ANYA OMAH

FAKE ROOMIE

Liebe braucht keine Regeln

Lektorat / Korrektorat: www.wortplus.eu
Umschlaggestaltung: Anya Omah, Grittany Design
Satz: Grittany Design, Berlin

Druck und Bindung: BookPress, Olsztyn

1. Auflage 02/2019

ISBN: 978-3-96415-018-9

www.latos-verlag.de
www.wildbooks.de

Die Fakten: Amy ist witzig, klug, süß und verdammt heiß.
Das Problem: Sie ist meine beste Freundin.
Die Herausforderung: Meine Finger von ihr zu lassen.
Meine Lösung: Fünf Regeln, die ich niemals breche.

1. Wir verbringen keine Nächte zusammen.
2. Wir vermeiden es, uns nackt zu sehen.
3. Wir küssen uns niemals auf den Mund.
4. Wir gehen auf keinen Fall miteinander ins Bett.
5. Wir verlieben uns nicht!

PROLOG

AUGUST 1998

Rauch.

Das ganze Wohnzimmer ist voller Rauch. Stinkender Rauch, der mich und meinen Daddy zum Husten bringt und mir in den Augen brennt.

»Ryan! Ryan!«, schreit Daddy. »Ryan!«

Auch ich will nach ihm rufen, aber mein Hals tut so weh, dass kein Wort herauskommt. Ich merke, dass ich nicht mehr so gut Luft bekomme, und halte mich an Daddy fest, der mit mir im Arm aus dem Haus rennt. Erst auf der Wiese lässt er mich los. Ich spüre das feuchte Gras unter den Füßen. Meine Beine fühlen sich schlapp an, weil ich geschlafen habe, als mich Daddy ohne ein Wort einfach aus dem Bett gezerrt hat. Aber jetzt bin ich wach und schnappe nach Luft.

Wo ist Ryan?

Daddy beugt sich hustend zu mir herunter, nimmt mein Gesicht in seine Hände. »Amy?« Seine Augen sind jetzt so groß, dass ich trotz der Dunkelheit das Weiße darin erkenne. »Du rennst jetzt, so schnell du kannst, zu den Jeffersons und sagst ihnen, dass es bei uns brennt. Ich muss zurück ins Haus und deinen Bruder holen.«

»Kann ich nicht mitkommen?«, frage ich.

»Nein!«

»Bitte, Daddy. Ich …«

»Nein! Du tust, was ich dir sage!«, brüllt er und ich zucke zusammen. So laut hat mich Daddy noch nie angeschrien. Nicht mal, als ich heimlich Mummys Kette umhatte und heulend zugeben musste, dass ich sie auf dem Spielplatz verloren habe. Statt zu schimpfen, hat Daddy mich einfach nur getröstet, obwohl die Halskette ein Geschenk von ihm war, als sie noch gelebt hat. Ein Erinnerungsstück, das Mummy jeden Tag trug – auch an dem Tag, als sie starb. Seitdem gibt es nur noch Daddy, Ryan und mich – uns drei Musketiere. Alle für einen, einer für alle, sagt Daddy immer und deshalb muss ich mit ins Haus. Ich will nicht allein hier draußen bleiben. Ich will bei Daddy sein. Ich will mit ihm zusammen nach Ryan suchen und halte mich weinend an seinem nackten Arm fest. Wie ich trägt Daddy nur seine Pyjamahose.

»Wir sind gleich zurück. Versprochen, Amy.«

Ein Leuchten, als hätte jemand das Licht angemacht, lässt mich zu unserem Haus gucken. Ich sehe Flammen durchs Fenster unserer Küche. Ryan ist noch immer da drin, weil er in dem Rauch bestimmt nicht alleine rausfindet.

Daddy reißt sich von mir los, rennt zum Haus und ruft: »Hol sofort Hilfe, Amy! Schnell!«

»Komm zurück!«, schreie ich, so laut ich kann. »Kommt zurück«, sage ich dann leise, und mir wird schwindelig und schlecht, als Daddy im Rauch verschwindet. Obwohl er gesagt hat, dass ich Hilfe holen soll, stehe ich einfach da, kann mich nicht bewegen. Ich zittere und immer mehr Tränen laufen mir übers Gesicht. Ich wische sie mir von den Augen, damit ich was erkenne. Damit ich sehe, wie Daddy und Ryan wiederkommen. Er hat es mir versprochen.

»Bitte«, flüstere ich. »Bitte kommt endlich raus«, flehe ich mit bibberndem Kinn und zucke, als auf einmal das Küchenfenster mit einem Knall zerspringt. Ich spüre die Hitze auf meiner Haut und mein klopfendes Herz. Es zischt, knackt und die Luft riecht jetzt noch verbrannter als vorher.

»Daddyyy!«, schreie ich und schmecke das Salz meiner Tränen, die mir in den offenen Mund laufen. »Ryaaaaannn!«

Keine Antwort. Aber ich schreie weiter, so laut ich kann – bis ich von dem grauen Rauch, den der Wind zu mir weht, keine Luft mehr bekomme. Weiße Punkte tanzen vor meinen Augen, meine Beine knicken ein und ich falle hustend nach vorne. Ich fühle den Rasen unter meinen Fingern und dass Hände nach mir greifen. Menschen tauchen neben mir auf, aber keiner davon sieht aus wie Daddy und Ryan. Jemand hebt mich hoch, spricht mit mir und trägt mich weg von unserem brennenden Haus. Weg von Daddy und meinem Bruder, die noch immer da drin sind. Ich will schreien, strampeln, will hierbleiben und warten, bis sie wieder rauskommen.

Daddy hat es versprochen. Er hat es mir versprochen …

1

Amy
SEPTEMBER 2018

Einen hab ich noch. Den wirst du lieben«, kündigt Liam Witz Nummer sieben an. Nummer eins bis sechs haben mich jedoch eher zum Weinen als zum Lachen gebracht. Blöderweise habe ich mich von Liams blendendem Aussehen hinters Licht führen lassen und zu spät bemerkt, dass er zu den Männern zählt, die ihren Reiz verlieren, sobald man sie länger als fünf Minuten zu Wort kommen lässt. Das war leider nicht abzusehen, als er mich verschwitzt, mit frisch aufgepumpten Muskeln und vor Testosteron nur so strotzend im Fitnessstudio nach einem Date gefragt hat. Ich war sogar beeindruckt, wie lässig und souverän er im Gegensatz zu manch anderen dabei war. Leider ist davon nichts mehr übrig. Seit ich in seinen Wagen gestiegen bin, versucht er krampfhaft, lustig zu sein. Selbst das waghalsige Dessous-Shooting auf dem zugefrorenen See in Moskau war spaßiger als dieses Date. Was man nicht alles tut, um auf die Titelseite der *Mademoiselle* zu kommen. Zeiten, die leider vorbei sind, da ich mit 28 offenbar zu alt und mit Maßen von 89-60-93 bei 1,78 zu dick bin. Aber das ist eine andere Geschichte. Die mit Liam stand von Beginn an unter einem schlechten Stern. Ich hatte bereits die Nase voll, bevor unser Date richtig losging, weil er anscheinend nicht in der Lage war, meine Adresse korrekt ins

Navi einzugeben. Statt zu mir nach Hause fuhr er ans andere Ende von New York, weshalb er mich fast eine Stunde später als vereinbart abgeholt hat. Die Reservierung um sieben im *Lou Lou* auf der Upper West Side Manhattans hatte sich damit erledigt. Jetzt sitzen wir uns overdressed – ich im kleinen Schwarzen, er in weißem Hemd und Anzughose – in *Conny's Diner* auf unbequemen Klappstühlen gegenüber und lauschen Songs von Johnny Cash. Fernab von Manhattan, weil Liam kein anderes Restaurant gefunden hat, das an einem Samstagabend spontan einen Tisch für zwei Personen hatte. Kurz gesagt: Diese Verabredung ist auf dem besten Weg, die Hitliste meiner Katastrophendates anzuführen. Aktuell liegt Liam noch knapp hinter Don, dem heißen Spanier, der an unserem Abschiedskuss fast erstickt wäre, da ich Krabben gegessen hatte, gegen die er offenbar allergisch war. Ich fuhr ihn ins Krankenhaus und verbrachte aus Solidarität die halbe Nacht im Wartezimmer.

»Also …«, beginnt Liam leicht vorgelehnt. Seine Mundwinkel zucken bereits, da er seine Witze nämlich superamüsant findet. Auch dann, wenn er als Einziger darüber lacht. Laut und für einen Typen viel zu hoch. Wenn man die Augen schließt, klingt er wie eine Dame mittleren Alters – ich habe es getestet. Mir bleibt nur zu hoffen, dass man uns jetzt das Essen bringt. Einen Bacon-Cheeseburger und einen warmen Schokoladenkuchen als Dessert, den ich mir nur aus Frust bestellt habe. Das heißt, morgen eine Extrarunde im Central Park oder aber ich stelle meine Ernährung auf Fastfood um und starte eine Karriere als Plus-Size-Model. Ich bin das ständige Hungern ohnehin leid.

»Pass auf«, fährt Liam fort und reibt sich die Hände.

Ich meinen juckt es, weil ich schon wieder darüber nachdenke, eine Not-SMS an Cameron abzusetzen. Stattdessen unterdrücke ich ein Schnauben und halte unauffällig nach Trudy, unserer Kellnerin, Ausschau. Gott sei Dank kommt sie genau in diesem Moment mit zwei Tellern auf uns zu. Halleluja! Ihr Timing hätte nicht perfekter sein können. Sie bleibt neben unserem Tisch stehen und stoppt Liams Redefluss. »Ich habe hier zwei Cheeseburger. Einen mit Bacon …«

»Für die wunderschöne Lady«, sagt Liam unerwartet charmant.

»Und einen mit Chili.«

»Der ist für mich. Danke.«

Lächelnd setzt uns Trudy die Teller vor, wünscht uns einen guten Appetit und zieht sich wieder zurück. Ich nehme für uns beide Besteck aus dem Korb in der Tischmitte, reiche ihm eins und wickele meins aus der roten Serviette. Da Liam vorher unbedingt noch seinen Witz loswerden will, fange ich schon mal ohne ihn an und schneide ein Stück vom Burger ab. Voller Vorfreude führe ich es zum Mund, als …

»Geht eine Frau zum Arzt und fragt: ›Herr Doktor, kann ich mit Durchfall eigentlich baden gehen?‹ – ›Klar, wenn Sie die Wanne vollkriegen.‹«

Und zack – mein Hunger hat sich mal eben in Luft aufgelöst. Ich lasse die Gabel sinken, lege sie auf meinen Teller und schaue angewidert in Liams Gesicht. »Echt jetzt?«

Liam lacht sein damenhaftes Lachen. »Ach, komm schon, Amy … Das war doch nur ein Witz.«

»Über Fäkalien. Während ich esse beziehungsweise essen wollte.« Inzwischen bin ich einfach nur noch genervt und schiebe entgeistert mein Essen zu ihm hinüber. »Guten Hunger. Meiner ist mir gerade vergangen.«

»Jetzt hab dich nicht so«, versucht er, mich zu beschwichtigen, und schiebt meinen Teller wieder zu mir zurück.

»Dir ist schon klar, dass bestimmte Themen beim Essen gemieden werden sollten?«

Liam sieht mich verständnislos an. »Dann haben wir wohl nicht denselben Humor.«

»Sieht ganz so aus«, gebe ich ihm recht.

»Aber ich bin sicher, dass wir uns in anderen Dingen blendend verstehen werden.« Er zwinkert mir zu und ahnt ja nicht, dass es zu anderen Dingen auf keinen Fall kommen wird. Mit einem Mann lachen zu können ist mir nämlich mindestens genauso wichtig wie gute Gespräche und leidenschaftlicher Sex. In genau der Reihenfolge, auch wenn ich diese in letzter Zeit nicht oft eingehalten habe.

Da Liam für mich jeglichen Reiz verloren hat, beschließe ich, diese Abfolge ab heute wieder einzuführen und ihn abzuschießen. Auf sanfte Weise. Auf Camerons und meine, sprich die Camy-Weise. Seine Anspielung auf Sex, den wir niemals haben werden, kommentiere ich mit einem aufgesetzten Lächeln und überlege, ob ich Cameron jetzt oder in einer halben Stunde bitten soll, mich zu retten.

Da Liam mir nun aber ohne Vorwarnung ein Stück Burger so nah ans Gesicht hält, dass ich jetzt Käsesauce, Ketchup oder beides am Kinn habe, bin ich endgültig raus. Offenbar hält er es für total angebracht, mich mit einem lauten »Ahhhhhh« füttern zu müssen und dabei meine untere Gesichtshälfte vollzuschmieren. Immerhin hat er mir damit einen Grund geliefert, die Toilette aufzusuchen. Nur aus Höflichkeit nehme ich ihm die Gabel aus der Hand und beiße einen Minibissen ab.

»Das Witzeerzählen und Füttern solltest du in Zukunft sein lassen«, sage ich kauend und deute auf mein Kinn.

»Mhmm … steht dir … Siehst verdammt lecker aus.« Liam sieht mich an, als wollte er mich anstelle seines Burgers verschlingen.

»Ich geh zur Toilette, mich saubermachen …« *… und meinem besten Freund schreiben*, füge ich gedanklich an.

Seine blauen Augen leuchten mir verheißungsvoll entgegen. »Brauchst du Hilfe?«

Gott bewahre!, platzt es fast aus mir heraus. Als ob ich jetzt oder in irgendeinem anderen Leben auch nur auf die Idee käme, auf dem Klo mit ihm rumzumachen. »Nein, danke.« Innerlich den Kopf schüttelnd, stehe ich auf, zupfe mein Minikleid zurecht und lasse mir von der Kellnerin zeigen, wo die Damentoiletten sind. Dann stöckele ich auf meinen dreizehn Zentimeter hohen Heels quer durch das schwarz-weiß geflieste Diner. Vorbei an einer Jukebox sowie zwei bierbäuchigen Männern mit Schnäuzern, die sich fast die Halswirbel ausrenken, um mir nachzusehen. Vermutlich halten die mich für eine Fata Morgana, so fehl am Platz fühle ich mich in diesem Schuppen.

Mein Weg führt mich eine ziemlich steile und unebene Treppe hinunter. Ich halte mich am rostigen Geländer fest und danke Gott für meine Fähigkeit, auf hohen Absätzen fast genauso gut gehen zu können wie in Sneakers. Ohne meine langjährige Laufsteg-Erfahrung hätte ich mir spätestens jetzt einen Bänderriss zugezogen. Heil unten angekommen, schließe ich mich in einer der beiden Kabinen ein, krame mein Handy aus der Clutch und schicke Cameron eine Nachricht.

Samstag, 20:56: *CODE RED.*

Es dauert keine halbe Minute, bis Cameron endlich antwortet.

Samstag, 20:56: *So schlimm? :)*

Samstag, 20:57: *Schlimmer! Hol mich bitte hier weg!*

Samstag, 20:57: *Wo bist du?*

Ich atme erleichtert aus und schicke ihm meinen Standort.

Samstag, 22:58: *Was machst du denn in Brooklyn? Ich dachte, ihr wolltet in Manhattan was essen gehen.*

Samstag, 20:58: *Das dachte ich auch. Lange Geschichte.*

Samstag, 20:58: *Auf die bin ich gespannt. Bis gleich, Lydia ;)*

Lydia? Ich schüttle lächelnd den Kopf und frage mich, was sich mein bester Freund nun wieder für eine Story ausgedacht hat, um mich aus einem Date zu retten.

»Und?«, fragt mich Liam, nachdem Trudy unsere Teller abgeräumt hat. »Was machen wir zwei später noch?«

»Keine Ahnung.« Cam, wo steckst du? Ich will Liam nicht erklären müssen, dass ich die Nacht allein verbringen und ihn nie wieder treffen will. Darin bin ich einfach furchtbar schlecht. Vermutlich, weil Cameron und ich uns das seit Jahren gegenseitig ersparen. Aber wenn mein bester Freund nicht gleich hier auftaucht, wird mir nichts anderes übrigbleiben, als Liam auf ganz klassische Weise abzuservieren. Flehend schaue ich zum gefühlt hundertsten Mal, seit ich von der Toilette zurück bin, zum Eingang, durch den genau in diesem Moment ein Lichtstrahl dringt, auf dem mein Ritter auf einem weißen Schimmel galoppiert. Okay, es ist nur Cameron. Lichtstrahl, Pferd und Rüstung entsprangen meinem Wunsch nach Erlösung von diesem Date. Allerdings flößt Camerons Statur den meisten Männern auch ohne Ritterrüstung Respekt ein. Er ist breitschultrig, gut gebaut und mit seinen fast zwei Metern einer der wenigen Männer, die mich trotz meiner Heels noch deutlich überragen. Das schafft selbst Liam, der an die eins neunzig sein dürfte, nicht.

»Kennst du diesen Typen? Was starrt er dich denn so an?«, fragt mich Liam, der meinem Blick gefolgt ist und jetzt auf Camerons treffen dürfte. Dieser ist bedrohlich auf mich gerichtet, was vermutlich zu seinem Schauspiel gehört, auf das ich wirklich gespannt bin. Hoffentlich gelingt es mir, ernst zu bleiben. Ich will gerade behaupten, ihn nicht zu kennen, als er mit finsterer Miene an unseren Tisch tritt und auch gleich loslegt:

»Na, so was. Wen haben wir denn da? Lydia, oder?«

»Lydia?« Liam sieht mich irritiert an.

»Ist er dein neues Opfer?«, fährt Cameron fort. »Willst du mit ihm die gleiche Tour abziehen wie mit mir? Ihm irgendeinen Scheiß in den Drink schütten, mit zu ihm gehen und warten, bis er ausgeknockt ist, damit du ihn ausrauben kannst, hm?«

Mir klappt fast der Mund auf, so überrascht bin ich von Camerons Lügengeschichte. Diese bringt er jedoch so glaubhaft rüber, dass Liam tatsächlich verunsichert von mir zu seinem Wasserglas schielt. Ich spüre ein hysterisches Lachen in mir hochsteigen, würge es aber hinunter und spiele mit.

»Liam, das stimmt nicht. Keine Ahnung, wer dieser Typ ist. Ich sehe ihn zum ersten Mal. Ehrlich«, beteuere ich meine Unschuld wie jemand, der in Wahrheit mehrere Leichen im Keller hat.

»Wow!«, stößt Cameron aus und beugt sich zu mir hinunter. »Das scheint echt deine Masche zu sein, was?«

»Alter, jetzt komm mal wieder runter, okay? Wenn Amy sagt, dass sie dich nicht kennt, liegt hier wohl ein Missverständnis vor«, nimmt mich Liam überraschenderweise in Schutz.

»Das kann die Polizei bestimmt aus der Welt schaffen.« Cameron zieht sein Handy aus der Gesäßtasche seiner schwarzen Jeans, zu der er ein gleichfarbiges schmal geschnittenes Hemd und Lederschuhe trägt. Sein volles dunkles Haar, das an den Seiten kürzer ist als oben, hat er gestylt. Offenbar war er aus, bevor er hergefahren ist. »Ich ruf jetzt nämlich die Cops, sag ihnen, dass mir vor einer Woche mein Laptop und Portemonnaie gestohlen wurden und dass sie beides mit hoher Wahrscheinlichkeit in deiner Wohnung finden werden.«

Cameron mimt die Opferrolle so gut, dass mir tatsächlich Blut in die Wangen schießt.

Liam sieht mich entsetzt an. »Das ist ein Scherz, oder?«

Ich antworte nicht und presse meine Lippen aufeinander, um meine Mundwinkel am Zucken zu hindern. Nicht lachen, bloß nicht lachen.

»Das dachte ich auch, als ich am nächsten Morgen mit mordsmäßigen Kopfschmerzen aufgestanden bin und von ihr jede verdammte Spur fehlte. Also, Amy, Lydia oder wie auch immer du heißt«, richtet Cameron, den ich von nun an nur noch Münchhausen nennen werde, das Wort wieder an mich. »Wir können das entweder mit den Cops klären oder du gibst mir meine Sachen zurück. Und zwar jetzt.«

»Einmal Grandmas Schokokuchen mit Vanilleeis und Sahne«, platzt Trudy ins Geschehen.

Ich unterdrücke mit aller Macht ein Schmunzeln und versuche, in meiner Rolle zu bleiben, indem ich Liam entschuldigend ansehe.

»Stellen Sie ihn hin und bringen Sie uns die Rechnung«, presst mein Date hervor und greift kopfschüttelnd nach seinem Wasser.

»Das würd ich lieber lassen, Mann«, gibt Cameron zu bedenken.

»Ich hab dir nichts reingeschüttet«, beteuere ich aus einem Impuls heraus meine Unschuld.

Doch Liam hebt zweifelnd eine Augenbraue und stellt das Glas wieder ab. Da hat mein bester Freund wirklich ganze Arbeit geleistet und mich erfolgreich als diebische Femme Fatal hingestellt. Sollten die Männer im Fitnessstudio von nun an einen Bogen um mich machen, weiß ich wenigstens warum.

»Können wir dann?«, fragt Cameron ungeduldig, wofür er von mir einen giftigen Blick erntet, den ich nicht mal spielen muss. Liam tut mir plötzlich leid, weshalb ich Bargeld aus meiner Clutch hole und dreißig Dollar in die Mitte des Tisches lege, um meinen Anteil inklusive Trinkgeld zu bezahlen.

Liam lehnt es nicht ab. »Ist irgendwas von dem, was du mir heute erzählt hast, wahr? Bist du überhaupt ein Model?«, will er wissen. Als ob mich nichts anderes ausmachen würde.

»Ja.«

»Aber kein besonders erfolgreiches, wenn du solche krummen Dinger nötig hast.« Er macht eine abfällige Handbewegung in Camerons Richtung und lässt ein verächtliches Schnauben hören. »Danke für die Warnung, Alter!«

»Die heißen Weiber sind leider immer die schrägsten«, kontert Cameron mit einem Schalk in den Augen, den man nur sieht, wenn man ihn so gut kennt wie ich. Umgekehrt gilt das Gleiche, sodass auch er mir ansehen dürfte, was ihm blüht, sobald ich mit ihm allein bin. Beim Verlassen des Diners packt mich Cameron am Unterarm, als wäre ich tatsächlich eine Diebin auf der Flucht.

»Lass das«, zische ich.

»Das macht aber gerade so viel Spaß!«, flüstert er. »Wenn ich mehr Zeit gehabt hätte, wäre ich als Cop verkleidet hier aufgetaucht, um dich in Handschellen abzuführen.«

Meine Mundwinkel zucken, weil ich Cameron genau so einschätze. Mit meiner Antwort beziehungsweise Reaktion auf seine bühnenreife Show warte ich, bis wir in seinem Porsche auf der gegenüberliegenden Straßenseite, außerhalb Liams Sichtweite sitzen.

»Du Arsch solltest mich retten und nicht meinen Ruf ruinieren!«, stoße ich halb lachend, halb schimpfend hervor und vermöbele ihn mit meiner Clutch. »Deinetwegen kann ich mir jetzt ein neues Fitnessstudio suchen.«

Breit grinsend wehrt Cameron meine Hiebe mit erhobenem Arm ab. »Dank mir bist du den Typen ein für alle Mal los. Das wolltest du doch, oder etwa nicht?«

Ich höre auf, ihn zu schlagen, und sehe vorwurfsvoll in seine braunen Augen, die mich amüsiert anfunkeln. »Du hättest auch einfach den eifersüchtigen Ex spielen können.«

»Um seinen Beschützerinstinkt zu wecken?« Er hebt eine Augenbraue und erklärt: »Nicht alle Männer schreckt das ab. Der hätte sich nach einer Woche wieder bei dir gemeldet, glaub mir. Außerdem war es ein CODE RED, also was beschwerst du dich?«

»Das sage ich dir beim nächsten Mal auch, wenn ich dran bin. Du weißt ja, Rache ist süß.«

Cameron lacht. »Du wirst mir noch dankbar sein. Und jetzt schnall dich an, damit wir hier wegkommen. Lust auf eine Opening-Party?«

»Wenn es da was zu essen gibt«, antworte ich meinen Bauch haltend.

»Es ist die Eröffnung von Mr. Yokis Restaurant, also ja. Aber warst du nicht gerade was essen? Wie kommt's, dass du noch Hunger hast?«

Ich verdrehe stöhnend die Augen. »Weil mein Date dafür gesorgt hat, dass mir dieser vergeht.«

»Wie das?« Cameron startet den Wagen und fährt los.

»Willst du die lange oder die kurze Version?«

»Bis Downtown brauchen wir circa zwanzig Minuten …«

»Dann bekommst du die lange Version«, entgegne ich und beginne damit, dass Liam mich eine ganze Stunde zu spät abgeholt hat.

»Nett von dir, ihm nach der Aktion noch eine Chance zu geben.«

»So bin ich. Hat aber nichts genützt.« Ich erzähle Cameron von Liams krampfhaften Versuchen, mich zum Lachen zu bringen. »Und dann … als ich gerade in meinen Burger beißen wollte, hat er einen Witz erzählt, bei dem es um Durchfall ging.«

Cameron schüttelt lachend den Kopf. »Geiler Typ.«

»Das sehe ich anders.«

»Jetzt verstehe ich noch weniger, worüber du dich aufregst. Dank mir ist Fäkal-Liam Geschichte.«

»Wie hast du ihn genannt? Fäkal-Liam?«, frage ich und lache prustend auf. Cameron hat die Angewohnheit, allen meinen Dates, aus denen nichts wurde, Namen zu geben. Don war beispielsweise Mr. Crab – als Anspielung auf seine Krabbenallergie.

»O Gott, Cameron«, sage ich, als ich meinen Lachflash halbwegs überwunden habe. »Weißt du, dass ich dank dir zum ersten Mal heute lache.«

»Du hängst eindeutig mit den falschen Männern rum«, antwortet er trocken.

»Eindeutig«, gebe ich ihm recht und betrachte meinen besten Freund von der Seite. »Danke, dass du mich gerettet hast. Auch wenn deine Schauspieleinlage leicht übertrieben war«, schiebe ich gespielt vorwurfsvoll hinterher.

Sein amüsiert klingendes »Jederzeit wieder« verheißt nichts Gutes. Ich ahne, dass er seinen Auftritt genossen hat und den nächsten vermutlich kaum abwarten kann.

Aber vielleicht habe ich ja Glück und erwische beim nächsten Date den Richtigen. Denn so sehr ich unsere gegenseitigen Rettungsaktionen auch liebe, habe ich die Suche nach Mr. Right allmählich satt. Ich sehne mich nach Beständigkeit, nach echten Gefühlen, Zärtlichkeit, Zweisamkeit. Ich möchte in die Augen eines Mannes blicken und mich zu Hause fühlen.

Zu Hause …

Schmerz bohrt sich tief in mein Herz, als mich die Erinnerung an den schlimmsten Tag meines Lebens wieder einholt. Ich schließe die Augen, lasse die Bilder in meinem Kopf zu. Statt sie zu verdrängen, befolge ich den Rat meiner Therapeutin und versuche, den Schmerz auszuhalten, ihn auf diese Weise zu kontrollieren, bevor er mich kontrolliert. Jeden Tag eine winzige Dosis, damit mein Herz ihn als Teil von sich akzeptiert und nicht immer wieder an ihm zerbricht.

Ich atme ein. Ryan und ich radeln die Straße vor unserem Haus hoch und wieder runter.

Ich atme aus. Daddy liest uns vor dem Schlafengehen aus »Die drei Musketiere« vor.

Ich öffne die Lider und rede mir ein, mit jedem Tag stärker zu werden.

2

CAMERON
AUGUST 1998

Das ist viel zu fest, Mom.«

»Jetzt stell dich nicht so an, Cammy. Du wolltest mitkommen, also hör auf zu jammern.«

»Da wusste ich ja auch nicht, dass ich eine Krawatte anziehen muss. Können wir die nicht weglassen?«

»Nein.«

»Warum nicht?«

»Weil man auf einer Beerdigung nun mal einen schwarzen Anzug mit Krawatte trägt, Cammy. Das hat was mit Höflichkeit und Respekt zu tun.« Sie klingt traurig. Letzte Woche, nach dem Brand, bei dem Mr. Watson und Ryan gestorben sind, hat sie in Dads Armen geweint. Deshalb versuche ich, lieb zu sein und fast alles zu tun, was mir meine Eltern sagen.

»Können wir denn keine Ausnahme machen?«, frage ich vorsichtig und fasse mir an den Hals. »Ich ersticke sonst.«

»Niemand erstickt hier«, höre ich Dad von der Tür meines Zimmers aus sagen. »Lass mich das machen, Schatz. Okay?« Er kommt rein und gibt Mom einen Kuss auf den Kopf.

»Na schön«, sagt sie stöhnend und hebt den Zeigefinger. »Aber die Krawatte bleibt dran.«

»Okay, Chefin!«

Mom schlägt Dad gegen den Bauch und verlässt dann mein Zimmer.

»Kann ich die abnehmen? Bitte«, bettle ich, obwohl Mom Nein gesagt hat. Beim Fernsehgucken klappt das meistens auch.

»Tut mir leid, Kumpel. Du hast deine Mutter gehört. Aber vom Krawattenbinden hat sie wirklich keine Ahnung«, flüstert er zu mir heruntergebeugt und fummelt an meinem Kragen rum. Wie ich trägt er einen schwarzen Anzug und ein weißes Hemd mit einer Krawatte. Als er meine lockert, schnappe ich erleichtert nach Luft.

»Besser, Sportsfreund?«

Ich nicke. »Und was ist mit dem Anzug?«

»Was soll damit sein?«

Ich stelle mich vor den Spiegelschrank, schiebe meine Brille ein Stück höher und mache ein unglückliches Gesicht. »Der zwickt und sieht doof aus.«

»Wer sagt denn, dass er doof aussieht?«

»Sieh selbst.«

Dad kommt neben mich, fasst sich ans Kinn und schaut mein Spiegelbild an. »Hm, ja … Ich glaube, ich weiß, was du meinst. Du siehst anders aus als sonst.« Er neigt den Kopf zur Seite.

»Wie anders?«

»Gut anders. Älter.«

»Wie viel älter?«

»Zwölf … oder dreizehn«, sagt Dad, obwohl ich erst zehn bin. »Anzüge sind nämlich eigentlich was für Männer und nichts für kleine Jungs.«

»Ich bin nicht klein!«, widerspreche ich. »In meiner Klasse bin ich der Größte.«

»Aber vielleicht bist du noch nicht erwachsen genug, um einen Anzug zu tragen. Vielleicht brauchst du noch zwei oder drei Jahre.«

Ich schüttle den Kopf. »Nein. Schließlich gehe ich ja auch auf die Beerdigung.«

Dad hockt sich vor mich und sieht mir ernst in die Augen. »Du weißt, dass du nicht mitkommen musst. Tante Sophie kann auf dich aufpassen, bis wir wieder zurück sind.«

»Aber ich muss Ryan noch was geben«, sage ich.

»Was denn?«

»Das Trikot von Mariano Rivera mit seiner Unterschrift drauf.«

»Das haben wir dir zu Weihnachten geschenkt. Es war eine limitierte Ausgabe, die man nirgendwo mehr kaufen kann. Bist du sicher, dass du es nicht behalten willst?«

»Ja. Da wo Ryan jetzt ist, gibt es gar keine Trikots. Er war mein einziger Freund und mochte Baseball genauso gerne wie ich«, antworte ich und merke, dass mein Hals beim Schlucken wehtut.

Dad blinzelt mich an, als hätte er was im Auge, dann streicht er mir über den Arm und sagt: »Das ist … das ist unglaublich nett und … erwachsen von dir. Ich bin sehr stolz auf dich und Ryan wird sich über das Trikot sehr freuen. Aber wenn du lieber zu Hause bleiben willst, kann ich es für dich dort hinlegen.«

»Auf seinen Sarg?«, frage ich.

Dad nickt.

Ich schüttle den Kopf, gucke auf meine Schuhe und denke daran, dass Ryan jetzt für immer in einer Holzkiste liegt und mich nie wieder zum Spielen abholt. Niemand wird mich mehr zum Spielen abholen. Meine Hände stecke ich ganz tief in meine Hosentaschen und mache Fäuste.

»Möchtest du darüber reden, Cammy?«

»Nein. Ist schon gut.«

»Manchmal hilft es, über die Dinge zu reden, die einen traurig oder wütend machen. Deine Mom und ich sprechen oft über das, was den Jeffersons passiert ist.«

»Bist du auch traurig?«

»Sogar sehr. So wie Ryan dein Kumpel war, war Greg Moms und mein Kumpel. Wir vermissen ihn. Ihn und Ryan.«

»Ich auch«, sage ich leise und sehe Dad wieder ins Gesicht. »Deshalb will ich mitkommen und mich verabschieden.«

»Okay.« Dad schluckt. »Das kann ich sehr gut verstehen.«

»Dad?«

»Ja?«

»Du und Mom dürft bitte nicht sterben.«

»O Cammy …« Dad nimmt mein Gesicht in seine Hände. »Das werden wir nicht. Wir werden immer für dich da sein. Immer.«

»Versprochen?«

»Hey … « Dad lächelt. »Habe ich dich jemals angelogen, hm?«

»Nein, aber … Ryans Schwester ist jetzt auch ganz alleine.«

»Sie lebt jetzt bei Verwandten, die sich um sie kümmern. Uns hat Amy auch noch und sie freut sich bestimmt, wenn du ihr ein Freund bist und dich in der Schule ein bisschen um sie kümmerst, hm?«

»Ich glaube nicht.«

»Was glaubst du nicht?«

»Dass sie mit mir befreundet sein will.«

»Klar! Du bist der coolste Junge, den ich kenne. Warum sollte sie das denn nicht wollen?«

»Weil …« *… mich in der Schule alle Brillenschlange oder Blindgiraffe nennen und mich niemand mag. Ryan war der Einzige, der mich nicht gehänselt hat und mein Freund sein wollte.* »Weil wir gar nicht in die gleiche Klasse gehen.«

»Na und? Ihr könnt doch trotzdem befreundet sein.«

Ich zucke mit den Schultern. »Okay.«

»Cammyyyyy! Steveeeee! Wir müssen los!«, ruft Mom von unten hoch.

»Wir kommen!«, schreit Dad zurück und stellt sich wieder hin: »Bist du so weit, Kumpel?«

Ich gehe zu meinem Bett, klettere drauf und nehme Riveras Trikot von der Wand. »Jetzt ja!«, sage ich und springe von der Matratze.

»Bekomme ich einen Drücker, bevor wir gehen?«, fragt Dad.

Ich breite die Arme aus und lege sie um seinen Bauch. Er presst mich an sich. »Mom und ich haben dich sehr, sehr lieb.«

»Ich weiß.«

»Määääp! Dei-ne Ant-wort war lei-der un-voll-ständig. Bit-te versu-che es noch mal«, sagt Dad in dieser lustigen Roboterstimme, mit der er Mom manchmal ärgert.

Ich lache in sein Hemd. »Ich hab euch auch sehr lieb.«

Mom hatte recht. Hier tragen alle Männer einen schwarzen Anzug mit einem weißen Hemd und einer Krawatte. Auch zwei Jungs in meinem Alter, die gerade den Tisch verlassen, an dem alle trockenen Kuchen gegessen haben. Ich schaue ihnen nach, wie sie durch die Tür verschwinden. Vom Wohnzimmerfenster aus sehe ich, dass sie jetzt draußen sind und über die Wiese rennen. Ich wäre jetzt auch lieber draußen, statt mit meinen Eltern und Menschen, die ich noch nie gesehen habe, im Wohnzimmer von Amys Patentante Jenna zu sitzen. Ryans Schwester ist die Einzige, die ich kenne. Sie guckt vom anderen Ende des Tisches aus in meine Richtung, hebt ihre Hand und winkt mir zu. Niemand außer mir bekommt es mit, also winke ich zurück und warte ab. Außer, dass sie mich weiterhin anguckt und ich zurückgucke, passiert nichts. Doch dann fragt Amy ihre Patentante, ob sie aufstehen darf, und kommt auf mich zu. In einem schwarzen Kleid bleibt sie neben meinem Stuhl stehen und fragt: »Hast du Lust, mit mir nach draußen zu gehen?«

Ich sehe fragend zu meinen Eltern. Da sie nicken, zucke ich mit den Schultern, stehe auf und folge ihr. Amy setzt sich auf die Treppenstufe vor dem Haus. »Willst du dich nicht setzen?«, fragt sie und sieht blinzelnd zu mir hoch. Die Sonne scheint ihr ins Gesicht und bringt ihr blondes langes Haar zum Glänzen.

Wieder zucke ich mit den Schultern und nehme neben ihr Platz. Außer manchmal im Klassenzimmer saß ich noch nie so nah neben einem Mädchen. Mädchen reden normalerweise nicht mit mir und ich nicht mit ihnen. Vielleicht liegt es ja an dem Anzug.

»Warum hast du Ryan ein Trikot für seine Reise mitgegeben?«, will Amy wissen.

»Ryan ist nicht verreist. Er ist tot.«

»Ja, ich weiß.« Sie klingt traurig und schaut in die blauen Wolken. »Aber alle, die tot sind, reisen in den Himmel, weißt du? Meine

Mommy ist auch da oben und wartet auf meinen Bruder und meinen Daddy.«

»Ich kenne auch jemanden, der im Himmel ist«, sage ich.

Amy schaut mich wieder an. »Wen?«

»Meine Granny. Aber sie ist gestorben, als ich noch klein war.«

»Wie alt bist du?«

»Zehn.«

»Ryan war auch zehn.«

»Ich weiß. Er war mein allerbester Freund.«

Amy zieht ihre Beine an den Körper und umarmt sie. Wie eine Kugel sitzt sie jetzt neben mir. »Wenn es keinen Himmel geben würde, dann wären meine Eltern, mein Bruder und deine Granny jetzt bei uns.« Ihre Schultern fangen an zu zucken und ich höre, dass sie weint. Ganz leise, in ihre Hände. Meine stecke ich in die Hosentaschen, schaue nach unten auf die Treppenstufe und mache Fäuste. So fest, dass meine Finger davon wehtun.

»Ich … ich … h-hasse den H-himmel!« Amy schluchzt und ich sehe sie wieder von der Seite an.

»Mein Grandpa sagt immer, dass der Himmel da ist, damit Menschen, die einen liebhaben, von überall auf der Welt auf einen aufpassen können.«

Amy wischt sich mit den Händen das Gesicht ab. Ihre blauen Augen sind rot und traurig, als sie mich wieder anguckt. »Hast du meinem Bruder das Trikot gegeben, weil er dein allerbester Freund war?«

»Ja, und weil Mariano Rivera sein und mein Lieblingsspieler ist.«

»Wer ist das?«, fragt sie.

»Der beste Pitcher der Welt.«

»Was ist ein Pitcher?«

»Der Werfer beim Baseball.« *Uns hat Amy auch noch und sie freut sich bestimmt, wenn du ihr ein Freund bist.* »Soll ich dir zeigen, wie das geht?«, frage ich und bin überrascht, dass sie »Ja« sagt.

Noch überraschter bin ich, als sie sich am Montag in der Schulpause einfach so neben mich auf den dicken Baumstamm setzt.

Ryan und ich haben hier immer unser Pausenbrot gegessen, aber seit er gestorben ist, sitze ich alleine hier.

»Hi«, sagt Amy.

»Hi«, antworte ich.

Sie schaut auf mein angebissenes Erdnussbutterbrot und fragt: »Magst du Käse?«

»Ja.«

»Wollen wir tauschen?«

Ich nicke, obwohl ich Erdnuss viel lieber mag. »Hier.«

Sie gibt mir ihr Brot und wir essen, ohne zu reden. Ich lasse mir nicht anmerken, dass es mir nicht schmeckt, und schaue ihr dabei zu, wie sie erst den Rand abknabbert.

Von da an kommt Amy drei Wochen und drei Tage lang immer montags, dienstags und freitags in der ersten großen Pause zu dem Baumstamm und setzt sich neben mich, obwohl sie von ihren Freundinnen zum Spielen gerufen wird. Ich weiß nicht, warum sie lieber die Butterbrote mit mir tauscht, die wir dann gemeinsam essen, ohne zu reden, statt Fangen, Verstecken oder Himmel und Hölle zu spielen. Erst dachte ich, dass es an der Erdnussbutter liegt, aber als ich einmal Marmelade auf dem Brot habe, tauschen wir wieder.

»Warum hast du immer Käse drauf, wenn du keinen magst?«, frage ich sie.

»Ich mag Käse, aber der von meiner Tante schmeckt komisch.« Sie macht eine Grimasse. »Irgendwie so nach …«

»Stinkesocken?«, frage ich.

Amy kichert, obwohl ich gar keinen Witz gemacht habe. »Ja. Meine Tante sagt, der schmeckt so, weil da kein Fett drin ist. Fett macht krank. Aber ich mag Fett.«

»Ich auch«, sage ich und schaue auf mein Marmeladenbrot, das ich Amy gegeben habe.

Sie bricht es in zwei Hälften und gibt mir die, von der sie den Rand noch nicht abgeknabbert hat. »Hier.«

»Danke.«

»Bitte.«

So viel haben wir beim Essen noch nie miteinander gesprochen. So viel hat außer Ryan noch keins der Kinder hier in der Schule mit mir gesprochen. Außer, wenn sie mich hänseln.

»Soll ich morgen meinen Baseball mitbringen und dir das Werfen zeigen?«, frage ich.

Sie nickt und lächelt mich kauend an.

3

Amy

Wow! Cameron! Das ist ja großartig!«, sage ich beeindruckt. Mein bescheidener bester Freund hat beim Essen mal eben ganz nebenbei erwähnt, dass *Jefferson Luxury & Business Real Estate* erstmalig für den Immobilien Award nominiert wurde. Er könnte also mit gerade dreißig Jahren eine dieser begehrten Auszeichnungen gewinnen. Und das in der Kategorie *CEO des Jahres – national,* was in dieser Branche einem Ritterschlag gleichkommt. »Darauf müssen wir gleich unbedingt anstoßen!«

Cameron sitzt mir grinsend gegenüber und winkt ab. »Noch hab ich den Preis nicht in der Tasche.«

»Aber so gut wie. Außerdem ist allein die Nominierung wert, dass wir uns später ins Partygetümmel stürzen und deinen Erfolg feiern.« Ich lege die Stäbchen auf meinen leeren Teller und bewege mich sitzend zu der elektronischen Musik, die von nebenan gedämpft zu uns dringt.

»Ich schau dir gern von der Bar aus beim Tanzen zu.«

Energisch schüttele ich den Kopf. »Vergiss es! Du kommst schön mit auf die Tanzfläche. Das bist du mir schuldig, nachdem du meinen Ruf zerstört hast.«

Mein bester Freund lässt ein raues, schadenfreudiges Lachen hören. »Hab ich das mit dem Essen denn nicht wiedergutgemacht?«

»Die asiatischen Tapas waren unfassbar lecker und ein guter Anfang, aber noch nicht genug.«

»Ich organisiere dir gerne einen Nachschlag«, stellt sich Cameron dumm.

»Wenn du willst, dass ich platze«, stöhne ich und lehne mich pappsatt in die schwarze Lederbank, die sich farblich perfekt in die ansonsten weiß-silber gehaltene Einrichtung des Restaurants einfügt. Diese ist – wie in so ziemlich allen Szene-Restaurants Manhattans oder denen, die es werden wollen – vom Feinsten. Teuer, exklusiv und stylisch. In diesem Fall mit einem Hauch Asia-Flair, der sich in den modernen Buddha-Gemälden an den Wänden und der exotischen Blumendekoration in der Mitte jedes versilberten Tisches wiederfindet. Die lampionähnliche Deckenbeleuchtung taucht die Räumlichkeiten in indirektes weißes Licht. Dass Cam und ich in einem Séparée, abseits der nebenan stattfindenden Party, sitzen dürfen, haben wir seinen guten Geschäftsbeziehungen zum Eigentümer zu verdanken. *Jefferson Luxury & Business Real Estate* hat Mr. Yoki nicht nur diesen Laden, sondern auch die in San Francisco und Los Angeles vermittelt. Als Nächstes soll Cameron ihm ein schickes Penthouse in New York besorgen. Vermutlich erhofft sich Mr. Yoki ein besseres Angebot, wenn er Cameron ein wenig Honig um den Mund schmiert, indem er uns die Speisen nicht nur selbst zubereitet, sondern auch persönlich an den Tisch gebracht hat. Uns wurde sogar angeboten, auch nach der Eröffnung auf Kosten des Hauses zum Essen vorbeizukommen. Da ich an das Prinzip *Geben und Nehmen* glaube, habe ich im Gegenzug versprochen, die Werbetrommel für ihn zu rühren. Unbezahlt, obwohl ich aufgrund meiner fast 900.000 Instagram-Follower normalerweise bis zu tausend Dollar Gage für Werbung kassiere. Entsprechende Fotos von mir und Mr. Yoki hat Cam bereits mit meinem Handy gemacht. Ich hole es aus meiner Clutch und verfasse einen kurzen Text zum Bild, das ich, mit passenden Hashtags versehen, poste. Ich will mein Telefon gerade zurück in meine Tasche stecken, als mir die Vibration die Ankunft einer E Mail von *Keyland Home Solutions* ankündigt. Eine Immobilienfirma, die ich damit beauftragt hatte, sich bei mir zu melden, sobald ein ganz bestimmtes Objekt zum Verkauf steht. Allerdings liegt das nun schon drei Jahre zurück. Vor zwei oder gar einem Jahr wäre ich noch auf diese Information gefasst gewesen. Schließlich hatten meine Therapeutin und ich ausführlich darüber gesprochen. Dr. Rivers hatte mich in zahlreichen Sitzungen auf das Eintreten dieses Falls vorbereitet. Mental und emotional. Ich war mir der Konsequenzen in ihrer vollen Tragweite bewusst. Ich war bereit, mich all den schmerzhaften Erinnerungen zu stellen, weil sie alles sind, was mir seit dem Brand geblieben ist. Aber jetzt? Jetzt zittern mir beim Lesen der Mail die Hände. Mein Herz rast und das Atmen fühlt sich an, als wären meine Lungen zugeschnürt.

»Amy?«, dringt Camerons Stimme wie aus weiter Ferne an meine Ohren, obwohl er mir direkt gegenübersitzt. »Ist alles okay?«

Dass ich im Schock noch immer den inzwischen schwarzen Bildschirm meines Handys anstarre, wird mir dadurch erst bewusst. Ich hebe den Blick und begegne der besorgten Miene meines besten Freundes. »Hm … was?«

»Ist alles okay?«, wiederholt er. »Du siehst aus, als hättest du einen Geist gesehen. Was ist los?« Er deutet auf mein Smartphone. »Gibt's schlechte Nachrichten?«

Statt zu antworten, atme ich tief gegen die Enge in meiner Brust an, woraufhin sich Cameron vorlehnt und mir eindringlich ins Gesicht sieht. »Okay, jetzt mache ich mir Sorgen. Sprich mit mir, Amy. Was ist passiert? Bist du in Schwierigkeiten?«

»Nein … ich … ich …« Es braucht einen weiteren langen Atemzug, bevor ich in der Lage bin, einen vollständigen Satz über die Lippen zu bringen. »Aber …«

»Aber?«

»Es … es gibt da etwas, von dem ich dir nie erzählt habe.«

»Okay …«

»Wie gesagt … es ist nichts Schlimmes und kein Grund, sich Sorgen zu machen«, schiebe ich hinterher, damit er beruhigt ist.

»Deine Körpersprache sagt aber was anderes.«

»Ich weiß … Ich … Puh.« Ich greife nach meinem vollen Wasserglas, führe es mit zitternder Hand zum Mund und trinke einen großen Schluck. Cameron wartet geduldig ab, obwohl ihm seine Neugierde und Anspannung anzusehen sind. »Also …« Ich stelle das Glas wieder ab.

»Du machst es ganz schön spannend.«

»Das ist es auch. Immerhin geht es um eine für mich wichtige und ziemlich große Entscheidung. Aber jetzt … jetzt weiß ich plötzlich nicht mehr, ob es die richtige war. Oder besser gesagt, ob ich bereit dafür bin.« Ich fahre mir durchs offene Haar, kaue auf meiner Unterlippe herum.

»Diese Entscheidung scheint dich aber ziemlich aufzuwühlen. Worum geht es denn?«, hakt Cameron vorsichtig nach.

»Darum, ob ich mir ein Haus kaufe«, beginne ich mit der halben Wahrheit. Nicht, weil ich sie ihm verschweigen will. Ich habe das Gefühl, mich selbst erst wieder an dieses Thema herantasten zu müssen, bevor ich es laut ausspreche.

»Willst du raus aus deiner Wohnung in Manhattan?«

»Ich … ich möchte was Eigenes, auch um mich finanziell ein wenig abzusichern. Ich werde nicht ewig modeln und verdienen, was ich jetzt verdiene«, rede ich noch immer um den heißen Brei.

»Das klingt doch vernünftig. Für deine Verhältnisse fast schon zu vernünftig. Amy Watson wird erwachsen und spießig«, scherzt er. Dann wird er wieder ernst und hebt anklagend eine Augenbraue. »Und warum konsultierst du ein zweit- oder drittklassiges Konkurrenzunternehmen, statt zu mir zu kommen? Dein Apartment habe ich dir schließlich auch vermittelt.«

Diesen Vorwurf habe ich kommen sehen und in Kauf genommen, als ich damals Kontakt zu *Keyland Home Solutions* aufnahm. Aber ich konnte Camerons Firma nicht beauftragen, ohne dass er von meinem Vorhaben erfahren hätte. Zu diesem Zeitpunkt war ich jedoch noch nicht bereit, ihn einzuweihen. Ich war ja nicht mal sicher, ob es überhaupt klappen würde, und wollte keine Pferde scheu machen.

»Es ist nicht irgendein Haus«, erkläre ich mit wackeliger Stimme.

»Sondern?«

Ich schlucke. »Es ist … das Haus meiner Eltern.«

Die Augen meines besten Freundes weiten sich.

»Ich hatte eine Maklerin damit beauftragt, es im Auge zu behalten, und habe gerade erfahren, dass es zum Verkauf steht.«

Es folgt Stille, in der wir beide fast synchron zu unseren Wassergläsern greifen, daraus trinken und sie gleichzeitig wieder abstellen.

»Wow!« Cameron fährt sich tief Luft holend durchs Haar; er wirkt noch immer sprachlos. »Und jetzt?«

»Jetzt bin ich maßlos überfordert.«

»Willst du es denn kaufen, um … um richtig darin zu leben?«

»Wenn du mich das vor ein oder zwei Jahren gefragt hättest, wäre meine Antwort Ja gewesen, aber jetzt gerade … weiß ich gar nichts mehr. Ich hab einfach nicht mehr damit gerechnet, dass das Haus überhaupt irgendwann wieder zum Verkauf stehen würde … Wobei es sich um eine Kaufoption handelt. Die Eigentümerin möchte es zunächst vermieten und dann, wenn alles passt verkaufen. So habe ich die Maklerin zumindest verstanden.«

»Wann hast du sie beauftragt?«, hakt Cameron nach. Nicht mehr vorwurfsvoll, sondern vorsichtig, weil er genau weiß, wie es jetzt in mir aussieht.

»Vor circa drei Jahren.«

»So lange machst du das schon mit dir alleine aus?«, fragt er mit sanfter Stimme.

»Nicht allein, sondern mit meiner Therapeutin.«

»Du weißt, was ich meine, Amy. Warum hast du mir nicht davon erzählt? Du kannst mit allem zu mir kommen. Schon immer.« Nun klingt er enttäuscht, was bei mir endgültig ein schlechtes Gewissen hervorruft.

Ich senke reumütig den Blick, bevor ich entschuldigend wieder in Camerons Gesicht sehe. »Aber … ich hatte Angst, du könntest es mir ausreden.«

Verständnislos schüttelt er den Kopf. »Wieso hätte ich das tun sollen?«

»Weil du es für eine schlechte Idee hältst, wenn ich in das Haus meiner Eltern ziehe? Zurück an den Ort, der voller schmerzhafter

Erinnerungen steckt?«, sage ich und merke selbst, wie verrückt und selbstverletzend das klingt.

Cameron rückt mit seinem Stuhl vom Tisch ab, steht auf und kommt zu mir auf die Bank. Samt Oberkörper wendet er sich mir zu und antwortet: »Es ist *dein* Leben, Amy. Es sind *deine* Erinnerungen. Es ist das Haus *deiner* Eltern und damit *deine* Entscheidung, bei der ich dich zu hundert Prozent unterstützen werde, ganz gleich, wie sie ausfällt.« Warm und weich liegt sein Blick auf meinem Gesicht. »Und wenn ich irgendetwas tun kann, um dir bei deiner Entscheidung zu helfen, dann lass es mich wissen, okay?« Ein verständnisvolles Lächeln umspielt seinen Mund, aus dem gerade genau die Worte kamen, die ich hören wollte und musste, um mich besser zu fühlen.

»Danke«, sage ich gerührt, erwidere sein Lächeln und gestehe: »Da gäbe es tatsächlich eine Sache.«

»Welche?«

»Du könntest mich zum Besichtigungstermin begleiten ...«

»Klar. Das versteht sich von selbst.«

»Das ist lieb.« Ich schlucke schwer und lege mein Handy auf den Tisch. »Nach ... dem Brand wurde einiges erneuert. Äußerlich sieht es zwar noch aus wie mein Elternhaus ... aber ... ich weiß nicht, was innen alles anders ist und ob ... ob es meinem ...« Ich zeichne Gänsefüßchen in die Luft. »... alten Zuhause überhaupt entspricht.«

»Möchtest du das denn?«

»Ja. Ich habe zwar furchtbare Angst davor, mich dadurch wieder an gewisse Dinge zu erinnern, aber noch mehr Angst habe ich davor, dass bestimmte Erinnerungen mehr und mehr verblassen und irgendwann ganz verschwunden sind. Verstehst du, was ich meine? Ich habe keine Fotos, keine Kleidungsstücke oder sonstige Gegenstände von früher ...« Schmerz durchfährt mich in doppelter Dosis. »Der Brand hat mir alles genommen.«

Cameron nickt. Auch ihm ist anzusehen, dass dieses Thema ihm sogar zwanzig Jahre später noch zusetzt. Immerhin war Ryan nicht nur mein Bruder, sondern auch sein bester Freund. »Komm her«, sagt er und rückt näher. Er legt seinen muskulösen Arm um meine

Schulter, drückt mich an seine Brust und küsst mein Haar, in das er murmelt: »Ich verstehe, was du meinst, und ich bin da für dich. Sag mir einfach, was du brauchst, okay?« Sofort lässt er mich wieder los, als hätte er innerlich bis drei gezählt. Früher haben wir das oft gemacht, wenn er mich wie jetzt tröstend in den Arm genommen hat. Wir zählten gemeinsam leise von eins bis drei, weil das die Zeitspanne war, in der ich seine Umarmung ertrug, ohne weinen zu müssen. Ich bin auch jetzt wieder kurz davor, doch Cameron weiß inzwischen instinktiv, wann er mich loslassen muss.

Blinzelnd dränge ich die Tränen zurück und atme tief durch. »Wann hättest du denn Zeit?«

»Wann immer du dich bereit dazu fühlst. Ich richte mich nach dir.«

»Du bist der vielbeschäftigte Geschäftsmann von uns beiden.«

»Und du das angesagte Model.«

Ich winke ab. »Die Zeiten sind vorbei. Ich bin nächstes Wochenende – Samstag und Sonntag – nur für eine Gala und eine Cluberöffnung gebucht. Übrigens mit dir als meine Begleitung.«

»Schön, dass ich das auch mal erfahre. Und wann wolltest du mir das mitteilen?«

»Habe ich doch gerade. Du kommst doch, oder?« Da Cameron solche Veranstaltungen allzu gern nutzt, um Frauen abzuschleppen, erübrigt sich meine Frage.

Er beantwortet sie mit einem Schmunzeln, das ich als Ja deute. »Und wegen der Besichtigung … Vereinbare, wenn möglich, für kommenden Freitag einen Termin. Ich halte mir den Nachmittag frei und hätte dann ab sechzehn Uhr Zeit. Sollte es der Maklerin nicht passen, verschiebe ich zur Not einen Termin.«

Ich nicke dankbar und nehme mein Handy wieder vom Tisch. »Perfekt. Ich antworte ihr eben.«

»Aber schnell.«

»Warum? Hast du es eilig?«, will ich wissen und öffne die Mail.

»Ja.«

Verwundert blicke ich in Camerons Gesicht. »Wollten wir nicht noch ein bisschen bleiben? Wo musst du denn hin?«

Er antwortet mit einem Grinsen, das mich skeptisch die Augenbraue hochziehen lässt.

»Was hast du vor?«

»Wir genehmigen uns jetzt ein paar Drinks und gehen tanzen.«

»Sagtest du tanzen?«, hake ich schmunzelnd nach.

»Jep! Und jetzt beeile dich, bevor ich es mir wieder anders überlege.«

»Bloß nicht«, sage ich schnell und lasse meine Finger nur so über meine Handytastatur fliegen. Ich weiß, dass Cameron sich nur zum Tanzen hinreißen lässt, um mich wieder auf andere Gedanken zu bringen. Und ich weiß auch, dass ich die Hausbesichtigung – ganz gleich, wie sehr sie mich aufwühlen wird – mit ihm an meiner Seite meistern werde.

4

Cameron
Oktober 1998

Amy ist die schlechteste Fängerin der Welt. Sie hat noch keinen meiner Bälle gehalten und die Schulpause ist gleich schon vorbei. Deshalb haben wir getauscht und sie ist jetzt der Pitcher.

»Bereit?«, ruft Amy laut, obwohl sie nur drei Schritte vor mir steht.

»Bereit!«, schreie ich zurück und sie holt zum Fastball aus. Zwar nicht so, wie ich es ihr gezeigt habe, mit den Fingern auf der Naht, aber er landet trotzdem in meinem Baseballhandschuh. Amy reckt die Arme in die Luft und freut sich. Ihre Freundinnen Hannah, Erica und Ivy jubeln uns vom Spielfeldrand, den wir mit Stöcken markiert haben, zu. Sie wedeln mit Taschentüchern und tun so, als wären sie Cheerleader, obwohl es beim Baseball überhaupt keine Cheerleader gibt. Amy meinte, dass es so mehr Spaß machen würde. Ich glaube, sie hat das Spiel nicht so ganz verstanden, aber das ist mir egal. Lachend laufe ich ihr entgegen und gebe ihr den Ball, damit sie ihn mir wieder zuwerfen kann. Doch diesmal wirft sie ihn so weit, dass ich nicht drankomme. Er landet hinter den Stöcken und rollt über den Boden, bis hin zu weißen Adidas-Schuhen mit fetten roten Schnürsenkeln. In meiner Klasse hat nur einer solche Schnürsenkel. Jeremy, der beliebteste Junge auf der *Ruby Allen School* und der Anführer einer Fünferclique, die alles macht, was er sagt. David, Kevin, Casper, Joshua und Red, die hinter ihm stehen.

Jeremy bückt sich, hebt den Ball auf und zeigt mit dem Finger auf mich. »Die Blindgiraffe kann noch nicht mal einen Ball fangen, der von einem Mädchen geworfen wird. Vielleicht ist er ja selbst ein Mädchen. Oder schwul!«, schreit er über den ganzen Schulhof und alle lachen. Außer Amy, die stellt sich neben mich. Zusammen mit Hannah, Erica und Ivy.

»Lass Cameron in Ruhe und gib uns den Ball wieder«, sagt sie.

»Wozu denn? Er ist doch eh zu blind zum Fangen. Kauf dir mal eine neue Brille, du Brillenschlange!«

»Selber Brillenschlange!«, ruft Amy und wieder lachen alle – diesmal über sie. Das macht mich plötzlich so sauer, dass ich meinen Handschuh ausziehe, ihn auf den Boden werfe und Jeremy schubse. So fest, dass er nach hinten fällt und auf dem Rücken landet. Ich habe mich noch nie geprügelt, weiß aber aus dem Fernsehen, wie das geht. Mit geballten Fäusten setze ich mich auf ihn und haue ihm ins Gesicht. Als auch er mich schlägt, fällt meine Brille von der Nase und ich erkenne ihn nur noch verschwommen. Trotzdem mache ich weiter und höre, wie sie uns anfeuern. Keiner lacht mehr und ich bin oben. Doch dann reißen Casper und Red mich von Jeremy runter und treten gegen meinen Bauch und meinen Rücken. Es tut weh und ich halte mir den Kopf, schließe meine Augen, aus denen Tränen über meine Wangen fließen. Amy schreit meinen Namen, alle anderen rufen den von Jeremy.

»Was ist denn hier los? Sofort aufhören!«, brüllt Mr. Scott, unser Klassenlehrer. Er geht dazwischen und trennt uns voneinander. Ich bleibe liegen, wische mir schnell das Gesicht trocken, bevor jemand sieht, dass ich geweint habe. Als ich meine Augen wieder öffne, sehe ich, wie Amy sich zu mir runterbeugt und über meine Schulter streicht.

»Die Brillenschlange hat angefangen«, petzt Jeremy.

»Er ist keine Brillenschlange!«, widerspricht ihm Amy wie vorhin.

»Ist er wohl!«

»Schluss jetzt! Hier ist niemand eine Brillenschlange«, schimpft

Mr. Scott. »Ich will euch nach der Schule alle in meinem Büro sehen. Bist du in Ordnung, Cameron, oder soll ich dich zum Sanitäter bringen?«

Obwohl mein Körper von den Tritten noch wehtut, stehe ich auf und schüttele den Kopf. »Ist schon okay.«

»Gut! Denn dich will ich nach der Schule auch sehen!« Wütend blickt er von mir zu Jeremy und seiner Clique, bevor er sie auf die andere Seite des Schulhofs scheucht. Jeremy und Casper drehen sich zu mir um und ziehen Grimassen, die ich ohne meine Brille nicht richtig erkenne. Amy hebt sie gerade auf, putzt sie an ihrer Hose sauber und gibt sie mir.

»Hier.«

»Danke«, sage ich und frage mich, was schwul bedeutet und ob Mr. Scott meinen Eltern erzählen wird, dass ich mich geprügelt habe. Wenn ja, dann hoffentlich nur meinem Dad. Mom wird bestimmt schimpfen und mir Fernsehverbot geben. Meine Brille setze ich wieder auf und suche den Boden nach dem Baseball ab. Ich finde aber nur meinen Handschuh und hebe ihn auf. Da es jetzt klingelt und der Unterricht beginnt, muss ich den Ball in der zweiten Pause weitersuchen.

»Haben sie dir wehgetan?«, fragt Amy. Sie sieht traurig zu mir hoch.

»Ein bisschen«, lüge ich leise, damit ihre Freundinnen, die neben uns gehen, es nicht mitbekommen.

»*Ich mag deine Brille*«, sagt Amy.

»Ich hasse sie.«

»Warum?«

»Weil sie doof aussieht.« Ich schaue auf meine Füße.

»Finde ich nicht. Ich hätte auch gern eine Brille. In rot oder in lila oder in hellblau. Vielleicht frage ich Tante Jenna später, ob sie mir eine kauft.«

Überrascht schaue ich Amy wieder ins Gesicht. Hat sie denn keine Angst, so wie ich gehänselt zu werden? Wahrscheinlich nicht – weil sie beliebt ist und schön. Sie ist das schönste Mädchen in der Schule und würde sogar mit meiner hässlichen Brille hübsch aussehen. Keiner würde sie Brillenschlange nennen, und wenn doch, würde ich ihn vermöbeln.

Ich sitze auf meinem Bett und gehe meine Baseball-Liga-Spielkarten durch, als es an meiner Zimmertür klopft.

»Heraus«, rufe ich, weil ich niemanden sehen will und sauer auf meine Mom bin. Mr. Scott hat ihr von der Prügelei erzählt. Jetzt habe ich drei Tage Fernsehverbot und darf mein Zimmer nur zum Essen verlassen oder wenn ich zur Toilette muss.

Die Tür meines Zimmers öffnet sich und mein Dad kommt rein. Da er noch immer seinen Arbeitsanzug trägt, kann er noch nicht lange zu Hause sein. »Ich hab doch heraus gesagt«, schimpfe ich.

»Echt? Das muss ich wohl überhört haben«, antwortet mein Dad. »Darf ich denn bleiben, wenn ich schon mal hier bin?«

Ich zucke mit den Schultern und sortiere meine Spielkarten nach Homeruns.

Dad setzt sich neben mich und schaut mir dabei zu. »Wie war es heute in der Schule, Kumpel?«

»Okay.«

»Okay gut oder okay schlecht?«

»Okay«, wiederhole ich, ohne hochzuschauen.

»Kannst du auch was anderes als okay sagen?«

»Ja.«

»Dann, bitte.«

»Bitte, was?«

Dad stöhnt. »Willst du mich verärgern, Cammy?«

»Wieso? Du wolltest doch wissen, ob ich was anderes als okay sagen kann.«

»Ich will wissen, was heute in der Schule vorgefallen ist.«

»Frag doch Mom«, sage ich beleidigt.

»Das habe ich schon und jetzt bin ich hier, um deine Version zu hören. Also?«

Wieder zucke ich mit den Schultern.

»Mehr hast du nicht dazu zu sagen?«

»Es ist doch egal, was ich sage. Stubenarrest und Fernsehverbot hab ich trotzdem.«

»Wenn du weiterhin schmollst, statt mit mir zu reden, auf jeden Fall. Also?«

Ich schaue von den Karten in Dads Gesicht. Er guckt nicht, als ob er böse wäre oder gleich mit mir schimpfen würde. »Ich habe mich heute geprügelt.«

»Warum?«

»Weil Jeremy und seine Clique uns geärgert haben.«

»Dich und …?«

»Amy.« Ich erzähle, dass Jeremy uns den Ball weggenommen und mich Brillenschlange genannt hat. »Dann haben sie angefangen, Amy auszulachen.«

»Und weiter?«

»Ich bin sauer geworden und habe Jeremy geschlagen.«

Dad nickt und sieht ein bisschen aus, als würde er lächeln. »Verstehe. Du hast Amy verteidigt.«

»Ja. Du hast doch gesagt, ich soll mich um sie kümmern.«

»Aber doch nicht so! Haben deine Mom und ich dir denn nicht beigebracht, Worte statt Fäuste zu benutzen?«

»Mir sind aber keine Worte eingefallen.«

»Dann benutzt du eben dein Köpfchen. Du ignorierst die anderen und gehst einfach woanders hin. Das ist viel klüger, als sich zu prügeln. Du siehst ja, wo das hinführt. Stubenarrest, Fernsehverbot …« Er neigt den Kopf zur Seite, umfasst mein Kinn. »… und eine geschwollene Lippe. Hat dieser Jeremy denn wenigstens auch was abbekommen?«

»Ich hab ihn zweimal im Gesicht getroffen.«

»Gut gemacht«, flüstert Dad und zwinkert mir zu. »Trotzdem ist Gewalt keine Lösung, okay?«

Ich nicke.

»Haben wir uns verstanden?«, fragt Dad.

»Jahaaaa.«

»Ja, was?«

»Ja, ich benutze beim nächsten Mal meinen Kopf und gehe weg.«

»Gut.« Er wuschelt meine Haare, steht auf und geht zur Tür.

»Dad?«, frage ich, als er sie öffnet.

Er dreht sich zu mir um. »Ja?«

»Was ist schwul?«

»Was?« Er sieht mich überrascht an. »Wie ... wie kommst du denn jetzt darauf?«

»Jeremy hat mich schwul genannt, weil ich mit Mädchen spiele. Ist schwul was Schlimmes?«

»Nein.« Kopfschüttelnd kommt er zurück an mein Bett und sieht irgendwie durcheinander aus, als er sich wieder neben mich setzt. »Schwul zu sein ist nichts Schlimmes und man ist nicht schwul, nur weil man mit Mädchen spielt.«

»Wann ist man denn dann schwul?«

»Ähm ...« Dad kratzt sich den Kopf und reibt sich die Stirn. »Das ... das kann dir deine Mutter viel besser erklären. Aber was viel wichtiger ist: Ich glaube, dass dieser Jeremy eifersüchtig auf dich ist, weil er auch gerne mit Mädchen spielen würde. Das möchten alle Jungs. Als ich in deinem Alter war, wollte ich das auch. Aber ich war anscheinend nicht so cool wie du.«

»Ich trage eine dicke, fette Brille. Ich bin nicht cool.«

»Das scheinen die Mädchen aber anders zu sehen.«

Ich mag deine Brille. »Hm ... glaubst du?«

»Würden sonst alle Mädchen mit dir spielen wollen?«

»Nicht alle, nur Amy und ihre Freundinnen.«

»Und wie viele Freundinnen hat Amy?«

»Drei.«

»Das macht also vier hübsche Mädchen, die alle mit dir befreundet sein wollen.« Dad schaut mich an, als müsste ich darauf stolz sein. »Wenn das nicht cool ist, weiß ich auch nicht.«

Ich zucke mit den Schultern und verkneife mir ein Lachen.

»Also, wenn du mich fragst, hat dieser Jeremy dich nur geärgert, weil er neidisch ist.«

Ich behalte für mich, dass ich auch schon gehänselt wurde, bevor ich Amy und ihre Freundinnen kannte. Da hat Ryan noch gelebt und mich verteidigt. Jetzt verteidigt mich Amy und ich sie.

5

Amy

Sehr geehrte Miss Watson,

ich freue mich über Ihr fortbestehendes Interesse an dem oben genannten Objekt. Leider habe ich an den von Ihnen vorgeschlagenen Tagen keine Besichtigungstermine mehr frei. Ich kann Ihnen aber spontan Dienstag, also morgen um 11 Uhr anbieten.

Ansonsten wäre eine Besichtigung erst wieder Anfang November möglich.

Mit besten Grüßen
Cecilia Keyland

Co-CEO Keyland Home Solutions

Ich kam gerade von einem fünfzigminütigen Lauf im Central Park, als diese Mail um zehn Uhr eintrudelte. Jetzt, da ich eine halbe Flasche Wasser geext habe und an meinen Küchentresen gelehnt allmählich wieder zu Atem komme, lese ich die Mail erneut. Beim ersten Überfliegen habe ich so was wie Erleichterung verspürt. Darüber, mich meiner Vergangenheit erst in zwei Wochen stellen zu müssen und zuvor vielleicht sogar noch eine Sondersitzung bei

Dr. Rivers wahrnehmen zu können. Die müsste ich vorher jedoch vereinbaren. Inzwischen gehe ich nur noch alle zwei Wochen zu ihr, sofern ich – um es in ihren Worten auszudrücken – keine Lebenskrise durchmache. Da ich weiß, wie es sich anfühlt, in einer zu stecken, kann ich getrost sagen, dass es mir eigentlich gut geht. Ich lese die Mail ein drittes Mal – diesmal zwischen den Zeilen – und meine Erleichterung schlägt in Sorge um. Ob Mrs. Keyland meine Terminvorschläge aufgrund anderer Interessenten abgelehnt hat? Anzunehmen, ich sei die Einzige, wäre nämlich sehr leichtsinnig und könnte nach hinten losgehen. Die Entscheidung, das Haus zu kaufen oder nicht, will ich mir auf keinen Fall davon abnehmen lassen, dass mir jemand zuvorgekommen ist.

Ich rufe meinen Kalender auf und stelle fest, dass ich für morgen Mittag noch nichts eingetragen habe. Sehr gut. Rasch verfasse ich eine Antwort und sage zu. Die verbindliche Bestätigung erfolgt nur fünf Minuten später und bringt mein Herz zum Rasen. Was mache ich, wenn Cameron keine Zeit hat? Es gibt niemanden, der mir in dieser Situation den nötigen Halt geben könnte. Auch nicht Erica oder Ivy. Wie Cameron kennen auch sie mich von klein auf und wüssten, was mir dieses Haus bedeutet, allerdings hat sich der Kontakt zu beiden verflüchtigt. Und mit Kendra, die ich von einigen Modelljobs kenne, habe ich nur oberflächlich was zu tun. Sie ist die Art Freundin, mit der man regelmäßig feiern geht und Spaß hat, ohne auch nur das Geringste übereinander zu wissen. Außerdem hat sie keine meiner zahlreichen SMS – okay, es waren nur zwei – beantwortet, seit Cameron sie nach einer kurzen Affäre abserviert hat. Wow! Bin ich wirklich so einsam? Offenbar schon, weshalb mir nichts anderes übrigbleibt, als zu hoffen, dass mein vielbeschäftigter bester Freund ganz spontan Zeit für mich hat. Ich will ihm gerade schreiben, als mir der Gedanke kommt, ihn live sehr viel leichter überzeugen zu können. Meine langjährige Freundschaft zu ihm hat mich gelehrt, dass er mir nie etwas abschlagen kann, wenn ich mit Schmollmund und Welpenblick »Bitte, bitte« sage. Jetzt muss ich nur noch das Glück haben, ihn in seinem Büro zu erwischen. Für gewöhnlich macht er immer, wirklich immer, pünktlich von elf bis zwölf Pause, um nach seinem morgendlichen Protein-Shake sein zweites, richtiges Frühstück zu sich zu nehmen. Woher ich das so genau weiß? Weil er mich vor circa einem Jahr abblitzen ließ, als ich ihn gegen Mittag mit Hühnchen-Curry von unserem Lieblingsthailänder in seinem Büro überraschen wollte. Er ließ seine Portion für den Nachmittag von seiner Sekretärin Carry kaltstellen und sah mir beim Essen zu, während er Mails verfasste. Mit der Begründung, dass er sich von Montag bis Freitag strikt an seinen Ernährungsplan halten müsse, den er nur am Wochenende schleifen lässt. Dabei hätte gerade mir klar sein müssen, dass regelmäßige Workouts allein nicht ausreichen, um so auszusehen, wie Cameron nun mal aussieht. Zumindest, soweit ich das beurteilen kann. Es ist ja nicht so, als ob mein bester Freund ständig mit nacktem Oberkörper vor mir her stolzieren würde. Dank Regel Nummer zwei von insgesamt fünf, auf die wir uns vor Jahren mal geeinigt haben, um unsere Freundschaft zu schützen.

»Da wären wir, Miss. 570 Lexington Avenue«, kommt es vom Uberfahrer.

Ich bedanke mich und steige in Midtown Manhattan vor dem *General Electric Building* aus. Hier hat *Jefferson Luxury & Business Real Estate* seinen Hauptsitz, wobei sich die Büroräume der Firma mittlerweile über drei Etagen erstrecken. Das von Cameron und seinem Management befindet sich im 30. Geschoss. Aber das ist nicht der Grund, aus dem ich den Kopf in den Nacken lege und die Fassade hochschaue. Das tue ich, weil die Spitze dieses Hochhauses im Gegensatz zu vielen anderen, die die Skyline New Yorks bilden, einfach spektakulär schön ist. Sie besteht aus einem Turm im Stil der Art-Deco. Aufwendige Steinverzierungen sowie gläserne Keramikziegel bilden zickzackartige Spitzen, die an eine Terrakotta-Krone erinnern. Angelehnt an die Formen gotischer Kirchtürme, ist sie mit Filigran bedeckt und wirkt wie eine Fackel, wenn sie nachts beleuchtet wird. Einfach wunderschön.

Seufzend ziehe ich den Gürtel meines Mantels enger und stelle meinen Kragen auf, um meine Ohren vor dem pfeifenden Oktoberwind zu schützen. Wie jedes Mal, wenn ich vor einem Gebäude stehe, dessen Bauart mich beeindruckt, frage ich mich, ob es die richtige Entscheidung war, mein Architekturstudium zu unterbrechen, um Model zu werden. Im Grunde habe ich damals den einen Traum für einen anderen aufgegeben. Statt Gebäude zu entwerfen, habe ich ihre Fassaden mit Plakaten von mir geschmückt. Wenigstens etwas, rede ich mir meine Entscheidung schön und betrete das Hochhaus.

In der 30. Etage angekommen, stelle ich überrascht fest, dass nicht Carry, sondern jemand anderes am Empfang sitzt. Eine hübsche Asiatin, Anfang zwanzig, im schicken hellblauen Kostümchen. Ling Wu, wie ich von hier aus auf dem Schild lese. Da sie neu zu sein scheint, wird sie sich vermutlich strikt an ihre Vorschriften halten, zumal ich für sie eine Fremde bin. Toll. Mein Vorhaben, wie immer direkt zu Cameron durchzumarschieren, kann ich dann wohl vergessen. Jetzt ärgert es mich, meinen Besuch nicht bei ihm angekündigt zu haben – vorhin, als er telefonisch noch erreichbar war. In seiner Pause macht er sein Handy nämlich immer aus, um nicht gestört zu werden. Nur in Notfällen hat Carry – die heute durch Ling ersetzt wurde – die Erlaubnis, jemanden zu ihm zu lassen. Ich hingegen konnte immer die Freundschaftskarte zücken und lege mir angesichts der neuen Situation schon mal eine Lügengeschichte zurecht.

Lächelnd bleibe ich am Empfangstresen stehen und stelle mich vor. »Hi, ich bin Amy Watson und …« Die Art, wie sie ihre schmalen Augen aufreißt und sich übers ganze Gesicht strahlend mit beiden Händen an die Brust fasst, lässt mich innehalten.

»O mein Gott, Sie sind es!«

»Wer?«

»Das Model, oder?«

»Ja«, antworte ich leicht verzögert, weil ich damit nicht gerechnet habe und merke, wie sich meine Wangen erhitzen. Obwohl ich bereits das Cover einiger bekannter Mode- und Lifestyle-Magazine zieren durfte, kommt es nicht allzu oft vor, dass mich jemand erkennt, geschweige denn anspricht. Zumal New York nur so von tausendmal bekannteren Stars wimmelt. Dementsprechend verlegen fällt meine Reaktion aus, als Ling ein entzücktes Quieken von sich gibt.

»Ich folge Ihnen bei Instagram und bin ein großer Fan.« Na, wenn das nicht mein Ticket in Camerons Büro ist. »Besonders von Ihren Beauty-Tipps auf You Tube. Dank Ihnen bin ich auf so viele tolle Produkte gegen unreine Haut gestoßen.«

Ihr zu sagen, dass die meisten davon nichts taugen und ich viel Geld dafür bekommen habe, in meinem Channel das Gegenteil zu behaupten, liegt mir auf der Zunge. Aber das wäre Vertragsbruch, weshalb ich einfach nur lächele. »Wie schön, das freut mich wirklich sehr.«

Ling sieht mir ins Gesicht, als wäre ich das achte Weltwunder oder die letzte Art einer vom Aussterben bedrohten Spezies. »Wow, Sie sind live sogar noch schöner als auf all den Bildern«, erklärt sie ihr Starren.

»Wie süß von Ihnen. Vielen Dank. Ähm … Wenn Sie mögen, können wir ein Selfie machen«, schlage ich vor. Weil ich sie wirklich niedlich finde und sie gleich bitten werde, mich zu ihrem Boss zu lassen.

»O mein Gott, echt? Das wäre ein Traum.« Verstohlen blickt sie zur verschlossenen Glastür, hinter der sich die Managementbüros befinden, und wirkt leicht nervös. »Dann müssen wir uns aber beeilen. Eigentlich darf ich prominente Kunden nicht um Fotos oder Autogramme bitten.«

»Dann ist wohl heute Ihr Glückstag«, sage ich mit einem Zwinkern. »Ich bin nämlich keine Kundin, sondern eine sehr gute Freundin von Mr. Jefferson. Und außerdem kam die Frage nach einem Selfie von mir. Das kann ich Ihrem Boss gerne bestätigen, sollte es Ärger geben.«

»Oh … Wenn das so ist, dann …« Mit ihrem Smartphone in der Hand umrundet sie den Tresen und stellt sich neben mich. Ich gehe leicht in die Knie, damit wir für das Foto ungefähr gleich groß sind. Als ich den Arm um sie lege, bemerke ich nicht nur das Zittern ihres Körpers, sondern auch das der Hand, mit dem sie das Selfie machen möchte.

»Soll ich?«, frage ich auf ihr Telefon deutend.

»Ja, bitte … Sorry, ich bin so aufgeregt. Das hier ist gerade ein absoluter Fangirl-Moment für mich.«

»Schon okay.« Ich nehme es ihr ab und halte es in die Höhe. »Bereit?«

»Ja.«

Wir lächeln in die Kamera und ich tippe zweimal auf den Auslöser. »Gut so?«

»Perfekt! Vielen Dank.«

»Gerne.«

Wieder hinter ihrem Tresen, sieht sie mich glücklich an. »Wow! Das war definitiv das Highlight meiner Woche.«

Ich lache. »Freut mich.« Abwartend sehe ich sie an.

»Oh, bitte entschuldigen Sie. Ich hab Sie so überfallen und ganz vergessen zu fragen, wie ich Ihnen helfen kann.«

»Ich müsste zu Cameron Jefferson.«

»Er hat gerade Mittagspause. Haben Sie einen Termin?«

»Nein, ich hatte gehofft, Sie würden mich so zu ihm lassen. Ich müsste dringend etwas Wichtiges mit ihm …«

»Schon gut«, unterbricht sie mich. »Er hat gerade keinen Termin, und wenn Sie eine gute Freundin sind, wird das sicher okay sein. Ich kündige Sie vorsichtshalber an, aber gehen Sie ruhig schon mal durch.« Sie betätigt einen Knopf, woraufhin das Surren der Glastür ertönt. »Das letzte Büro am Ende des Ganges.«

»Super, vielen Dank!«

»Nein, ich habe zu danken!«

Wir lächeln einander an, bevor ich herumfahre und zur Tür gehe. Ich drücke sie auf und versinke beim nächsten Schritt in dem grauen Hochflorteppich, der in auf Hochglanz polierten Marmorstein übergeht. Jedes Mal, wenn ich hier bin, komme ich mir vor wie auf einer Vernissage. An den Wänden hängen zahlreiche mit entsprechender Beleuchtung in Szene gesetzte Fotos luxuriöser Villen, Häuser sowie Apartments. Um mir eins dieser Objekte leisten zu können, müsste ich nicht nur mein Sparkonto plündern, sondern auch all meine Designer-Taschen sowie -Kleider verkaufen. Es sei denn, Victoria's Secret bietet mir einen Job als einer ihrer Engel an.

Ich richte meinen Blick wieder nach vorne und sehe, wie sich die Tür zu Camerons Büro öffnet. Carry stolpert hastig heraus und fährt sich nervös durchs dunkle Haar – das jetzt, wo sie vor mir steht, leicht zerzaust aussieht.

»Hi Amy. Na?«, grüßt sie mich etwas atemlos; ihre Wangen sind gerötet.

»Hi. Wie geht's? Kommst du gerade von Cameron?« Dass sich diese Frage erübrigt, fällt mir erst auf, als ich sie schon gestellt habe.

»Ja, ähm … Wir … wir hatten was zu besprechen«, stottert sie, legt sich ihren Schal um und presst ihre rot geschminkten Lippen zusammen. Wobei von der Farbe nicht mehr allzu viel übrig ist. Angesichts ihrer Zerstreutheit habe ich einen Verdacht, woran das liegen könnte.

»Ach so … Ihr habt euer Meeting jetzt aber nicht meinetwegen beendet, oder?«

Sie schüttelt den Kopf. »Nein, nein … Alles gut. Geh ruhig rein.«

»Okay.« Sie zu fragen, warum nicht sie, sondern eine neue am Empfangstresen sitzt, verkneife ich mir. Stattdessen wünsche ich ihr einen schönen Tag und klopfe wenig später an Camerons Tür.

»Ja, bitte.«

Ich trete ein, finde seinen Schreibtisch aber leer vor. Auch im restlichen Büro mit Panoramaaussicht auf Manhattan fehlt jede Spur von ihm.

»Wo steckst du denn?«, rufe ich und gehe auf den Nebenraum zu. Eine Art Mini-Apartment, in dem er manchmal schläft, wenn er die Nacht durchgearbeitet hat.

»Hier drüben. Komm rein.«

Ich schiebe die angelehnte Tür auf und finde Cameron mit dem Rücken zu mir vor. Wohlgemerkt mit nacktem Rücken. Mein Verdacht, Carry betreffend, verdichtet sich soeben. »Ziehst du dich gerade an oder aus?«, scherze ich und schaue mich in dem stilvoll, aber sehr minimalistisch eingerichteten Raum um. Sein Faible für dunkle Möbel ist nicht zu übersehen. Selbst die Wände sind dunkelgrau und lassen diesen circa vierzig Quadratmeter großen Raum viel kleiner erscheinen, als er tatsächlich ist.

»Beides. Was gibt's?« Er verschwindet ins kleine Badezimmer, das sogar mit einer Dusche ausgestattet ist.

Das Bett auf der anderen Seite des Raumes sieht gemacht aus. Ich will meine Vermutung gerade revidieren, da entdecke ich einen roten Spitzentanga auf dem schwarzen Ledersofa. Ich ahne, wem er gehört, und rümpfe die Nase. »Hättest du Carrys Höschen nicht vorher entsorgen können?«

»Hättest du mir nicht schreiben können, dass du in meiner Pause vorbeikommen willst?«, kontert er und kehrt in einem weißen Hemd zurück in den Wohnbereich. Die Lippen zu einem fetten Ich-hatte-Sex-Grinsen verzogen, knöpft er die letzten Knöpfe zu und bindet sich eine Krawatte um. Ganz ohne Spiegel und der Knoten sitzt genauso perfekt wie sein maßgeschneiderter dunkelblauer Anzug.

»Ich dachte, du vögelst keine Mitarbeiterinnen.«

Er nimmt den Tanga vom Sofa, steckt ihn wie eine Trophäe in die Tasche seiner Anzughose und bedeutet mir, Platz zu nehmen. »Nicht dass es dich etwas anginge, aber Carry arbeitet nicht mehr für mich. Sie hat mir heute Morgen die Kündigung eingereicht.«

»Und da dachtest du, dass ein kleiner Abschluss-Quickie nicht schaden könnte?«

Er setzt sich neben mich. »Es war ihre Idee.«

Schmunzelnd schüttele ich den Kopf. »Du bist unmöglich, weißt du das?«

»Warum?«

»Das behalte ich aus taktischen Gründen lieber für mich, weil ich vorhabe, dich um einen Gefallen zu bitten.«

»Hat sich die Maklerin gemeldet?«

»Sieht man mir das an?«

»Nein, war geraten.« Er greift rechts neben sich und nimmt eine Wasserflasche vom gläsernen Beistelltisch. »Möchtest du auch? Dann hol ich dir ein Glas.«

Ich lehne ab und sehe ihm beim Trinken aus der Flasche zu. Halb leer stellt er sie wieder zurück auf den Tisch. »Und?« Er schielt kurz zum superflachen Riesenfernseher an der gegenüberliegenden Wand, auf dem irgendwelche Börsenkurse angezeigt werden. »Hast du einen Besichtigungstermin bekommen?« Seine Aufmerksamkeit gilt nun wieder mir.

»Ja. Allerdings …« Ich verziehe das Gesicht. »Schon morgen. Um elf.«

»Da hab ich ein Meeting, Amy. Ging das nicht an einem anderen Tag?«

»Alle anderen Termine sind schon für andere Interessenten vergeben und der nächste Termin wäre erst in zwei Wochen möglich gewesen. Aber ich will nicht riskieren, dass sie das Haus an jemand anderen verkauft, bevor ich es mir überhaupt angesehen habe.«

»O Amy …« Cameron schüttelt den Kopf.

»Was denn?«

»Wir haben Mitte des Monats und sie will vermutlich noch die Provision einsacken, indem sie es so schnell wie möglich verkauft. Deshalb hat sie behauptet, nur noch morgen einen Termin zu haben. Das ist ein uralter Makler-Trick, um schnelle Verkaufsabschlüsse zu erzielen, und du bist drauf reingefallen.«

»Ein Grund mehr, dein Meeting zu verschieben und mich zu begleiten. Wer weiß, mit welchen Tricks sie mich noch hinters Licht zu führen versucht. Abgesehen davon …« Ich sehe mit großen Augen hilfesuchend in seine. »… schaffe ich das ohne dich nicht. Bitte.«

Cameron lehnt sich geschlagen zurück und seufzt. »Um elf?«

Ich nicke und schürze die Lippen.

Die von Cameron verziehen sich zu einem wissenden Schmunzeln. »Lass diesen Hundeblick sein, bevor ich dir auch noch mein Haus in den Hamptons überschreibe …«

Lachend rücke ich zu ihm auf und lehne mich gegen seine Brust. »Danke. Du bist lieb. Und du riechst nach Carrys Parfüm«, wechsele ich etwas abrupt das Thema, weil mich ihr Duft plötzlich umwölkt. »Werdet ihr euch wiedersehen?«

»Nein.«

»Weiß sie das?«

»Gerade als ich ihr das klarmachen wollte, kamst du.«

»Ey!« Ich gebe ihm einen Klaps auf die Brust. »Versuch ja nicht, mir die Schuld daran zu geben, wenn sie sich mehr erhofft.«

»Für mehr habe ich keine Zeit, was gerade sie als meine ehemalige Sekretärin wissen müsste. Außerdem ist sie erwachsen und wird sich denken können, dass es eine einmalige Sache war.«

»So wie Lucia, Anna, Kendra – die mich seitdem übrigens ignoriert –, um nur ein paar zu nennen.«

»Dir ist schon bekannt, was man über Leute sagt, die im Glashaus sitzen?«

»Im Gegensatz zu dir gelobe ich aber Besserung.«

»Seit wann?« Er klingt überrascht und belustigt zugleich.

»Seit Fäkal-Liam.«

Wir müssen beide lachen.

6

Amy

Mir war heute Morgen nach dem Aufstehen vor Aufregung so schlecht, dass ich nicht mal einen Kaffee hinunterbekommen habe. Jetzt weiß ich nicht, ob der Druck in meinem Magen ausschließlich der Nervosität oder dem Hunger geschuldet ist. Cameron steht neben mir und sieht mich besorgt von der Seite an. Ich zwinge meine Mundwinkel nach oben, will mir auch vor ihm meine Übelkeit nicht anmerken lassen und höre Mrs. Keyland weiter zu.

Sie deutet mit einer Hand zu meinem Elternhaus, während die andere in der Tasche ihres orangefarbenen Mantels steckt, der sich mit dem Rot ihrer Haare beißt. »Hier vor uns haben wir eines der ältesten Häuser des historischen Viertels von Brooklyn Heights. Dieses besondere Objekt ist auch als die *Königin der Brooklyn Heights* bekannt, weil es eines der schönsten Beispiele für Holzhäuser in New York ist. Die wurden im Jahr 1852 eigentlich verboten, doch bei diesem hier machte man eine Ausnahme, da es von der *Brooklyn Historical Society* als Erinnerung an die Anfänge von Brooklyn Heights in Ehren gehalten wurde. Aus diesem Grund wurde es nach einem Brand vor circa zwanzig Jahren sowohl von außen als auch von innen dem Original entsprechend nachgebaut.«

Ich zucke innerlich zusammen und spüre einen schmerzhaften Herzschlag später Camerons Hand an meinem Rücken.

»Im Zuge dessen«, fährt sie fort, »wurde eine Kernsanierung vorgenommen, sodass der Bau jetzt nicht nur den modernsten Standards entspricht, sondern auch den neuen Brandschutzrichtlinien, was vorher nicht der Fall war.«

Dad und Ryan könnten also noch am Leben sein, wenn es diese Richtlinien schon vor zwanzig Jahren gegeben hätte. Oder wenn die *Historical Society* damals konsequent jedes Holzhaus verboten und dieses abgerissen oder – ich schlucke schwer – ich Hilfe geholt hätte. Schuld bohrt sich tief in meine Brust, obwohl ich weiß, dass mich keine trifft.

Sie waren gerade mal acht, und selbst wenn Sie sofort losgerannt wären, hätte man weder Ihren Dad noch Ihren Bruder retten können. Aber ich hätte es versuchen müssen, widerspreche ich meiner Therapeutin im Geiste. Plötzlich befinde ich mich wieder in dieser Was-wäre-gewesen-wenn- Schleife, ausgelöst durch die Maklerin, die unwissentlich Salz in meine Wunden streut. Ich versuche, das Brennen zu ignorieren und mich auf ihre Worte zu konzentrieren.

»Wie Sie sehen, besteht das Haus zwar noch immer komplett aus Holz, allerdings sorgen Schaumschutzanstriche sowie neuartige Hochleistungsbrandschutzbeschichtungen für eine äußerst geringe Entflammbarkeit. Dieses geschichtsträchtige Objekt kann auf das frühe 19. Jahrhundert datiert werden. Einige Archive vermuten sogar, dass es von 1790 stammt, wobei die Clapboard-Struktur und der Charme des föderalistischen Stils erhalten wurden. Das Haupthaus besteht aus drei Stockwerken, vier Schlafzimmern, zwei Bädern, einem Kaminzimmer, einer Wohnküche und einem Speisesaal.«

Sie hat den Keller vergessen, schießt es mir durch den Kopf. Im Keller haben mein Bruder und ich immer heimlich »Mutprobe« gespielt; wer es am längsten ohne Licht aushielt, hatte gewonnen.

Ich atme ein. Ryan erzählt mir Gruselgeschichten, damit ich wieder Angst bekomme und er gewinnt. Doch dann macht jemand so laut und plötzlich »Buh!«, dass wir uns beide erschrecken und anfangen zu weinen. Es ist Daddy, der uns daraufhin in die Arme schließt und sagt, es tue ihm leid. *Ich atme aus.* Mein Bruder und ich ziehen an Halloween als Geister verkleidet von Haus zu Haus und sammeln Süßigkeiten ein.

»Wir beginnen die Besichtigung mit dem Haupthaus.« Die Stimme der Maklerin holt mich zurück in die Gegenwart. »Das einstöckige Kutschenhaus mit zwei Schlafzimmern, das ebenfalls zu diesem Anwesen gehört, nehmen wir uns danach vor. Aber genug geredet. Schauen wir uns das Schmuckstück doch mal im Detail an.« Ihr schmaler Mund verzieht sich zu einem vielversprechenden Lächeln, das ich erwidere, ohne es in den Augen zu spüren. Als sie sich abwendet und in ihrer Designertasche herumwühlt, neigt sich Cameron zu mir herunter.

»Bist du okay?«, fragt er nur für mich hörbar, während Mrs. Keyland einen Schlüssel hervorholt und mit dem Rücken zu uns die Haustür aufschließt.

»Ja«, lüge ich und folge ihr ins Innere des Hauses. Langsam und vorsichtig betrete ich den nussbraunen Holzboden mit breiten Planken, der bei jedem Schritt ein vertraut klingendes Knarren von sich gibt. Vertraut sind mir auch der Kamin im Wohnzimmer mit der Holzumrandung und der Einbauschrank rechts davon, welcher sich über die ganze Wand erstreckt. An der gegenüberliegenden stand früher unser Sofa – zwischen den beiden Fenstern. Aus dem rechten hat Daddy uns jeden Morgen, wenn wir zur Schule gegangen sind, gewunken, bis wir um die Ecke verschwunden waren. Einmal ist Ryan vor eine Laterne gerannt, weil er sich nicht schnell genug umgedreht hatte. Mein Mund verzieht sich zu einem Lächeln, obwohl ich auf der Stelle losheulen könnte und bereits spüre, wie mir die Tränen kommen. Sowohl Cameron als auch Mrs. Keyland bemerken sie, weil es mir nicht rechtzeitig gelingt, sie wegzublinzeln.

»Ist alles in Ordnung, Miss Watson?« Die Maklerin wirkt eher irritiert als besorgt und blickt mich fragend an.

»Ja … ähm. Es ist bloß … Ich habe mir das Haus genau so vorgestellt. Es ist wunderschön und … und steckt so voller …« … *Erinnerungen*, kommt es mir fast über die Lippen. »… Geschichte«, sage ich stattdessen und begegne kurz Camerons bedauernd wissendem Blick.

»Wie recht Sie haben.« Sie wirkt erleichtert. »Da kann man schon mal sentimental werden.«

Wir gehen vom Wohnbereich in die Küche, die an den Flur mit der Treppe zu den Schlafzimmern grenzt. Jener Treppe, die Dad und Ryan nicht mehr hinunterkamen, weil ihnen die Flammen aus der Küche den Weg versperrten. Das besagt zumindest ein Gutachten, das ich zehn Jahre nach dem Brand angefordert und mich erst ein weiteres Jahr später zu lesen getraut habe. Danach habe ich eine Woche lang geweint.

»Ich müsste mal auf die Toilette«, sage ich mit heiserer Stimme und eile instinktiv den Flur runter, an dessen Ende sich das Gäste-WC befindet. Mit dem Rücken an die verschlossene Tür gelehnt, schließe ich die Augen, presse meine bebenden Lippen fest zusammen. Dann erst lasse ich sie zu, eine weitere Dosis Schmerz. Diesmal bewusst und kontrolliert, damit er mich nicht übermannt. Denn ich will das hier schaffen. Ich muss. Es ist das Erbe meiner Eltern. Vielleicht nicht juristisch gesehen, weil sie hier nur zur Miete gewohnt haben, aber emotional betrachtet ist es *mein* Haus. Das hier ist alles, was mir von Ryan, Dad und auch Mom geblieben ist. Alles, was mich ihnen irgendwie noch näher bringt. Denn meine Erinnerungen waren schon lange nicht mehr so lebendig, real … und ja, auch schmerzhaft wie heute. Gleichzeitig habe ich das Gefühl, dieses Loch in meinem Herzen mit eben diesen Erinnerungen füllen zu können. Ich kann und will dieses Haus nicht jemand anderem überlassen, weshalb ich meine Emotionen in den Griff bekommen und die Maklerin davon überzeugen muss, dass ich die perfekte Käuferin bin.

»Amy?«, dringt Camerons Stimme gedämpft durch die Holztür. »Ist alles in Ordnung?«

Ich straffe mein Schultern, hole tief Luft und ziehe meinen Pferdeschwanz straff. Dann öffne ich die Tür und antworte knapp, aber entschlossen: »Ich brauche dieses Haus, Cameron!«

»Es freut mich sehr, dass Sie das Objekt haben wollen!«

Wir haben die Besichtigung soeben beendet und treten aus dem Haus. Mrs. Keyland schließt die Haustür ab und wendet sich uns mit einem zufriedenen Gesichtsausdruck zu. »Wenn Sie sich wirklich sicher sind, gebe ich der Eigentümerin Bescheid. Mrs. Dorothy Mayfield ist eine ganz entzückende, etwas ältere Dame.«

»Bitte tun Sie das. Ich bin mir mehr als sicher.«

»Und Sie?«, will die Maklerin – warum auch immer – von Cameron wissen.

»Ich habe nichts an dem Haus auszusetzen, aber es ist nicht meine Entscheidung.« Er sieht von der Maklerin zu mir und wieder zurück.

»Endlich ein Mann, der das Prinzip Gleichberechtigung verstanden hat«, scherzt sie.

Ich habe wirklich keine Ahnung, wovon sie da spricht, weshalb ich ihren Kommentar einfach übergehe.

»Wie schätzen Sie denn die Chancen ein?«, erkundige ich mich stattdessen.

»Sehr gut. Sie beide bringen alles mit, was sich Mrs. Mayfield von den Käufern wünscht.«

»Ähm … Wir beide?«, hake nicht ich, sondern Cameron nach.

»Ja. Sie sind doch ein Paar, oder?« Ihr fragender Blick zuckt von mir zu Cameron, dessen Mund sich gerade zu einer Antwort öffnet.

»Das sind wir!«, platzt es instinktiv aus mir heraus, noch bevor Cameron ihr widersprechen kann. »Wir können es kaum erwarten, endlich unser eigenes Haus zu besitzen«, fahre ich fort und hake mich bei Cameron ein, der neben mir versteift, statt meine Lügengeschichte zu bestätigen.

Erst als ich ihm unauffällig auf den Fuß trete, scheint er seine Sprache wiederzufinden, wenn auch stotternd: »Ja, wir … ähm, also … meine Freundin und ich wollen endlich sesshaft werden und … so … Sie wissen schon.« Er sieht mich an und verzieht den Mund zu einem Grinsen, das so breit ist, dass es affektiert wirkt und alles andere als Begeisterung ausdrückt, wenn man es wie ich zu deuten weiß.

»Planen Sie denn auch Kinder, wenn ich fragen darf?«, erkundigt sich die Maklerin für meinen Geschmack viel zu neugierig.

Cameron räuspert sich.

»Ja. Irgendwann. Wir lieben Kinder, wollen uns aber erst mal auf unsere Karrieren konzentrieren«, entgegne ich ausweichend, ohne diesmal großartig flunkern zu müssen, weil nichts daran gelogen war.

»Sie machen das genau richtig. Immerhin will man seinen Kindern ja auch was bieten können, und wenn man so jung ist wie Sie, kann man sich ja noch etwas Zeit lassen. Sie beide sind ein ganz wundervolles Paar und passen perfekt in diese familienfreundliche Kommune. Darauf legt die Eigentümerin großen Wert, weshalb sie Paaren wie Ihnen den Vorzug gibt. Also, meinen Segen hätten Sie«, sagt Mrs. Keyland und lacht so laut, als hätte sie einen Witz gerissen.

Ich stimme aus Höflichkeit ein und bedeute Cameron mit einem weiteren Tritt auf den Fuß, meinem Beispiel zu folgen. Allerdings bräuchte man eine Lupe, um das Zucken seiner Mundwinkel zu erkennen. Wo bitte bleiben seine Schauspielkünste, die er noch vor vier Tagen vor Fäkal-Liam zum Besten gegeben hat, wenn man sie mal braucht?

»Das freut uns sehr. Oder, Schatz?« Ich sehe meinen hochbegeisterten und hoffentlich baldigen Fake-Roomie von der Seite an.

»Absolut, mein Engel!« Der ironische Unterton schwingt so leise mit, dass er nur für mich hörbar ist. Ich werde mich auf was gefasst machen können, sobald wir allein sind.

»Wundervoll! Dann wünsche ich Ihnen noch einen schönen Tag.« Sie schüttelt erst meine Hand und dann die von Cameron. »Ich melde mich noch diese Woche, wenn ich der Eigentümerin meinen Eindruck geschildert habe. Ist aber reine Formsache. Was die Abwicklung und endgültige Entscheidung betrifft, vertraut Mrs. Mayfield ganz auf mein Urteil.« Das kam mit einem zuversichtlichen Augenzwinkern. »Und bei Ihnen beiden habe ich ein gutes Gefühl.«

»Das freut uns!«

»Vielen Dank!«, kommt es von Cameron, der mich, kaum dass sie sich abgewandt hat, mit erhobener Augenbraue von der Seite ansieht.

»Nicht jetzt. Bitte warte, bis sie im Auto sitzt«, flüstere ich, als hätte ich geahnt, dass Mrs. Keyland nach drei Schritten stehen bleiben und sich noch mal zu uns umdrehen würde.

»Übrigens«, ruft sie, »Herzlichen Glückwunsch zur Nominierung für den Immobilien Award, Mr. Jefferson. Ich wusste sofort, wer Sie sind, als wir uns gegenüberstanden, und dachte schon, Sie würden mich hier ordentlich ins Schwitzen bringen.«

»Hätte ich auch getan, aber Sie haben einen guten Job gemacht«, schmeichelt Cameron ihr und wahrt Gott sei Dank die Fassung.

»Aus Ihrem Mund freut mich so ein Lob ganz besonders. Sie hören von mir.« Winkend fährt die Maklerin wieder herum und steigt drei, vier Meter weiter in ihren schwarzen BMW.

»Danke, dass du mitgespielt hast, auch wenn du das eigentlich viel besser kannst«, sage ich leicht vorwurfsvoll und lasse Camerons Arm los.

»So wie du mich überrumpelt hast, blieb mir ja nichts anderes übrig.« Mein bester Freund sieht mich verständnislos an.

»Ich wusste nicht, dass Pärchen bevorzugt werden. Was hätte ich denn machen sollen?«, rechtfertige ich mich, während wir die von Bäumen gesäumte Straße hinuntergehen.

»Wie wäre es mit der Wahrheit gewesen?«

»Du hast sie doch gehört: Die Eigentümerin verkauft nur an Paare.«

»Wenn sie erfährt, dass du gelogen hast, kannst du dir das Haus abschminken. Das ist dir klar, oder?«

In meinem Kopf formt sich gerade eine Idee – eine ziemlich verrückte –, wie sich das vermeiden ließe. »Und was ist, wenn wir einfach weiterhin so tun als ob?«, schlage ich vorsichtig und etwas leiser vor.

»Als ob … was?« Sein Tonfall verrät, dass er ganz genau weiß, was ich meine.

»Als ob wir tatsächlich zusammen wären?«

»Das meinst du nicht ernst, oder?«

Ich bleibe stehen, damit er gezwungen ist, sich zu mir umzudrehen, und sieht, dass mein Vorschlag nicht als Scherz gemeint war.

»Jetzt dreht sie völlig durch …«, sagt er, als würde er mit sich selbst sprechen, und schüttelt den Kopf.

»Bitte, Cameron, was wäre denn schon dabei?«

»Abgesehen davon, dass ich aus meinem Loft in Manhattan hierherziehen müsste und meine Eltern dann unsere Nachbarn wären, drei Dinge. Erstens: Ich bin ein sexuell aktiver Single, will es bleiben und lebe deshalb ziemlich gern allein. Zweitens: Ich hasse WGs. Auch schon während meiner Zeit als Student. Die Tatsache, dass du meine beste Freundin bist und ich dich wirklich gern um mich habe, ändert rein gar nichts an dieser Abneigung. Drittens: Regel Nummer eins! Wir verbringen keine Nächte miteinander. Ach, und wenn ich schon mal dabei bin, viertens …« Seine Mundwinkel fangen an zu zucken. »Wir sind befreundet. So lautete nämlich dein Einwand, als ich damals *nur* – ich betone nur – mit dir zum Junior-Prom gehen wollte. Aber zusammenziehen ist okay? Na, wenn das keine Doppelmoral ist, Miss Watson.«

Mein Mund öffnet sich in gespielter Empörung. »Wie kann man nur so nachtragend sein? Das ist hundert Jahre her.«

»Aber der Stich sitzt noch immer sehr tief«, scherzt er und fasst sich an die linke Brust.

»Alles, was ich wollte, war unsere Freundschaft zu schützen, weil du verliebt in mich warst«, lenke ich vom wahren Grund für meine Absage ab. Ich habe Cameron nie erzählt, warum ich mit Jeremy zum Ball gegangen bin, obwohl ich viel lieber mit ihm dort gewesen wäre. »Ich sage nur Flaschendrehen. Du erinnerst dich?«

Cameron verdreht die Augen. »Eigentlich hatte ich das erfolgreich verdrängt. Aber fürs Protokoll: Ich war nicht verliebt. Ich war einfach nur siebzehn, unerfahren und dauergeil.«

»Unerfahren waren wir beide. Ich dachte damals ja wirklich, du hättest dir in die Hose gemacht.«

»Hatte ich auf gewisse Weise ja auch«, lacht Cameron und verzieht peinlich berührt sein Gesicht. »Gott. Ich wäre am liebsten gestorben.«

7

CAMERON
April 2005

»Alter! Was hast du denn im Gesicht?«, brüllt Jeremy, als ich Ivys Partykeller betrete. Luftschlangen und Ballons hängen von der Decke und an den Wänden. Sie feiert heute ihren Sechzehnten und hat mich eingeladen. Oder besser gesagt Amy, und wo sie ist, bin auch ich. So war das schon immer, also auch heute. Aber so, wie mich Hannah, Erica, Jeremys Jungs und zwei andere Mädchen, die ich nur vom Sehen kenne, jetzt anstarren, würde ich am liebsten wieder gehen. Mir reicht es schon, mit Jeremy und seinem Gefolge in eine Klasse zu gehen. Außerhalb der Schule kann ich gut darauf verzichten, ständig von ihnen gemobbt zu werden. Blöderweise hat es sich irgendwie ergeben, dass Amys Freundinnen mit denen abhängen, obwohl sie zwei Klassen unter uns sind.

»Ist das Make up?«, zieht Jeremy mich vor versammelter Mannschaft auf und zeigt lachend mit dem Finger auf mich.

»Was?«

»Na, das Zeug in deinem Gesicht. Sieht aus wie Schminke!«

»Ist es aber nicht!«, fahre ich ihn an und merke, dass ich rot werde, weil es wirklich welche ist. Um nicht wie ein verschissener Streuselkuchen auszusehen und heute Abend vielleicht auch mal ein Mädchen abzubekommen, habe ich vorhin versucht, meine Pickel mit Moms Abdeckstift zu kaschieren. Ich war davon ausgegangen, es würde im gedimmten Party-Licht niemandem auffallen. Stattdessen scheint es so hell von der Decke, dass jeder sehen kann, wie recht Jeremy hat. Der Typ geht mir so was von auf den Sack. Er muss immer den Dicken markieren und lässt nie eine Gelegenheit aus, um mich fertigzumachen. Besonders, wenn Amy dabei ist. Sie sitzt mit ihm und den anderen am Tisch und steht auf, um mich zu begrüßen.

»Hi Cameron!«

»Und was sind das dann für helle Punkte auf deiner Wange und deinem Kinn?« Der Spasti lässt einfach nicht locker.

Während mich Amy umarmt, sehe ich, dass ihr alle Jungs auf den Arsch glotzen. Kein Wunder bei der Jeansshorts. Dazu trägt sie ein weißes Oberteil, das an ihren Brüsten eng anliegt und ihren halben Bauch zeigt. Ihr blondes Haar reicht ihr fast bis zur Taille.

»Stimmt! Jetzt, wo du's sagst«, steigt Casper lachend ein. »Ich glaub, der hat das gleiche Zeug in der Fresse, das sich meine Schwester draufschmiert, um ihre ekelhaften Pickel abzudecken.«

»Du hast gleich auch was in der Fresse!«, sage ich wütend.

»Whoooouuuwww, die Bohnenstange will sich prügeln!«

Früher war ich die Brillenschlange. Jetzt trage ich Kontaktlinsen und bin die Bohnenstange, weil ich mit fast eins achtzig der Größte, aber auch Dünnste in meinem Jahrgang bin. Dabei stopfe ich jeden Tag Unmengen Essen in mich rein. Aber statt in die Breite geht mein verdammter Körper nur in die Länge.

»Komm her! Dann können wir ja sehen, wer hier wem die Fresse poliert!«

»Könnt ihr nicht mal aufhören, so auf Cameron rumzuhacken?« Amy sieht flehend in die Runde. Ich mag es nicht, von ihr in Schutz genommen zu werden, auch wenn sie es gut meint und damit Erfolg hat. Denn die Münder von Jeremy und Casper klappen sofort zu, weil sie scharf auf Amy sind. Die würden ihr auch die Füße küssen, wenn sie dafür mit ihr rummachen könnten. »Das hier ist Ivys Geburtstagsparty«, fährt Amy fort, »und sie hat bestimmt keine Lust auf euren Stress.«

»Wer macht hier Stress?« Ivy stößt gerade mit einem Korb Weinflaschen zu uns und stellt ihn auf den Tisch, woraufhin alle johlen.

»Im Weinkeller meines Dads ist noch mehr davon«, erklärt sie stolz, obwohl allen klar ist, dass sie sich wahrscheinlich heimlich daran bedient.

»Das ist mein Mädchen!« Red zieht Ivy auf seinen Schoß, die quiekend den Arm um seinen Hals legt und ihn auf den Mund küsst. Die beiden machen kein Geheimnis daraus, miteinander zu gehen. Ich glaube auch nicht, dass sie noch Jungfrau ist.

»Dann kann die Party ja beginnen!«, schreit Jeremy und befielt Joshua, für Musik zu sorgen.

Gehorsam wie ein Hund, steht er sofort auf und geht zur Anlage neben der Bar.

»Komm, setz dich«, sagt Amy und deutet neben sich auf den Stuhl, der vor drei Sekunden noch von Josh besetzt war.

Ich will gerade Platz nehmen, aber Jeremy muss natürlich wieder Einspruch einlegen. »Dieser Stuhl ist besetzt, such dir einen anderen.«

Ich sehe mich genervt um. »Hier ist aber kein anderer.«

»Dann hol dir einen aus Ivys Wohnzimmer, Garten oder sonst wo her. Auf dem hier sitzt mein Homie Josh.« Herausfordernd sieht er mich an, macht einen auf Rambo, nur weil er Muskeln hat und Quarterback unseres Highschool-Teams ist. Die Scheiße ist, dass ich gegen ihn keine Chance hätte und mich vor den anderen auf keinen Fall blamieren will. Also tippe ich gegen Ivys Schulter, um zu fragen, wo ich einen weiteren Stuhl herbekomme.

»Nimm einfach meinen und ich setz mich auf deinen Schoß«, schlägt Amy vor, was Jeremy richtig dumm aus der Wäsche gucken lässt.

Allein schon deswegen nehme ich Amys Angebot an und provoziere ihn mit einem Grinsen, als sie sich seitlich auf mich setzt. Ihren Arm legt sie um meinen Nacken und lächelt.

»Cool, dass du gekommen bist, Cameron.«

Das sehe ich inzwischen auch so und lächele zurück. Ein paar Sekunden später geht die Musik an und die Mädchen – Amy eingeschlossen – singen irgendein Lied von Justin Bieber mit. Red und Casper schnappen sich je eine Flasche und öffnen sie. Nachdem sie sich und ihren Mädchen die Gläser randvoll gemacht haben, reichen sie sie weiter. Bei mir angekommen ist die eine Flasche zum Glück schon fast leer. Dann muss ich mir nämlich keine dummen Sprüche anhören, nur weil ich mich nicht besaufen will. Ich bekomme von Wein und Sekt immer mordsmäßige Kopfschmerzen und bleibe lieber bei Cola. Außerdem muss ich später noch mit dem Auto zurück und hab echt keinen Bock, einen Unfall zu bauen. Deshalb überlasse ich Amy den letzten Rest und beobachte, wie sie ihn direkt aus der Flasche trinkt.

»Möchtest du?« Sie sitzt noch immer auf meinem Schoß und hält mir den Wein hin. »Ein Schluck ist noch drin.«

Ich weiß nicht warum, aber der Gedanke, dass sie mit ihren Lippen dran war, macht mich heute irgendwie an. Dabei haben wir schon hundertmal aus demselben Glas oder derselben Flasche getrunken und uns das Besteck oder ein Brot geteilt. Aber sie saß dabei noch nie auf meinem Schoß und hatte ihren Arm um meine Schulter gelegt. Das hat noch nie ein Mädchen getan. Außerdem ist keine so hübsch wie sie. Ich setze die Flasche an und trinke die letzte Pfütze aus. Als ich sie zurück auf den Tisch stelle, fällt mir Jeremys böser Blick auf. Ich grinse zufrieden und würde am liebsten meinen Arm um Amys Taille legen, damit er noch eifersüchtiger wird. Aber das traue ich mich nicht. Vielleicht sollte ich doch etwas mehr Alkohol trinken, um mutiger zu werden. Denn es wurde bereits für Nachschub gesorgt und die dritte Flasche macht gerade die Runde.

»Schläfst du hier oder soll ich dich später fahren?«, frage ich Amy.

»Was? Ich versteh kein Wort, die Musik ist so laut.« Sie schiebt sich das Haar hinters Ohr und kommt mit ihrem Gesicht so nah an meins, dass sich unsere Wangen berühren. Wieder eine Sache, die mich heute anmacht.

»Ich bin mit dem Auto hier. Soll ich dich später mitnehmen?«, wiederhole ich meine Frage.

»Willst du denn nichts trinken?«

»Nicht, wenn ich dich nach Hause bringen soll.«

»Trink ruhig. Ist ja schließlich 'ne Party. Ich schlaf hier, dann muss ich Tante Jennas neuen Freund nicht ertragen.« Sie streckt ihren Arm nach einer der Weinflaschen aus, kommt aber nicht dran. Jeremy lässt es sich natürlich nicht nehmen, sie ihr zu reichen und dabei ihre Hand zu berühren. Diesmal ist er derjenige, der grinst, als hätte er den Superbowl gewonnen. Der Junge ist so eingebildet und checkt nicht mal, dass es Zufall war.

Amy bedankt sich und wendet sich dann sofort wieder mir zu. »Cheers«, sagt sie lächelnd, bevor wir abwechselnd aus der Flasche trinken und dabei rumalbern. Jedes Mal, wenn sie lacht, landet ihr Kopf an meiner Halsbeuge, wo mich ihr warmer Atem kitzelt, was wiederum mich zum Lachen bringt. Der Einzige, der hier nichts zu lachen hat, ist Jeremy. Er hat nicht mal ein Mädchen und zieht eine Fresse, als hätte jemand seinen Porsche – der eigentlich seinem stinkreichen Dad gehört – geklaut. Niemand außer mir scheint ihn zu beachten. Nicht mal seine Jungs. Red und Casper sind mit ihren Weibern beschäftigt und Josh noch immer mit der Musik, zu der die anderen in der Mitte des Raumes tanzen.

»Ey Leute! Lasst mal was zocken!«, schreit Jeremy in die Runde. War ja klar, dass er sich wieder in den Vordergrund spielen muss. Der Typ leidet echt an einem Aufmerksamkeitsdefizitsyndrom.

»Und was?«, kommt es von Red.

»Keinen Plan. Ein Trinkspiel. Ivy, hast du Wodka oder so was da?«

»Seh ich aus wie ein Liquor Store?«

»Ich meinte ja auch nicht dich, sondern deine Eltern.«

»Nein, sorry. Die trinken kein hartes Zeug.«

»Hmm …«

»Wie wäre es mit Wahrheit oder Pflicht?«, schlägt Erica auf Caspers Schoß vor. »Oder Flaschendrehen?«

»Ich bin für Flaschendrehen«, ruft Amy, womit alle anderen einverstanden sind, also auch ich.

Jeremy schnappt sich eine der leeren Weinflaschen, bedeutet Josh per Handzeichen, die Mucke leiser zu drehen, und brüllt: »Auf wen die Flasche zeigt …« Sein Blick ist herausfordernd auf mich gerichtet. »Der muss … uns sagen, ob er noch Jungfrau ist.«

Schluckend sehe ich durch die Runde und bin mir ziemlich sicher, der Einzige ohne Erfahrung zu sein. Außer vielleicht noch

Amy, da sie im Gegensatz zu ihren Freundinnen noch nie einen Freund hatte. Aber sie könnte, wenn sie wollte. Außerdem ist sie erst fünfzehn und ein Mädchen; von ihr wird nicht erwartet, schon mal Sex gehabt zu haben. Ich hingegen bin siebzehn und hab noch nicht mal ein Mädchen geküsst. Sollte die Flasche auf mich zeigen, worauf Jeremy es zu hundert Prozent anlegt, werde ich auf jeden Fall lügen. Und – oh Wunder – sie deutet natürlich auf mich. Der Spasti hat die Flasche nämlich – wenn überhaupt – nur angestupst, statt sie vernünftig zu drehen, damit sie auch ja bei mir stehen bleibt.

»Also, Cameron? Wie sieht's aus? Schon mal eine flachgelegt?«

Alle Augen sind auf mich gerichtet und ich merke, wie mir heiß wird.

»Ja!«

»Du lügst doch!«, widerspricht Jeremy, während Amy mich überrascht ansieht. Vermutlich, weil sie sich fragt, warum ich nie davon erzählt habe.

»Es ist die Wahrheit und jetzt bin ich dran.«

»Wann und wer?«, bohrt Jeremy weiter, als wäre das ein Verhör.

»Letztes Jahr im Sommerurlaub in Miami. Anna. Ihren Nachnamen kenne ich nicht. Zufrieden?« Das kam wie aus der Pistole geschossen und klingt so glaubwürdig, dass ich mir die Geschichte fast selbst abkaufe.

»Das kann ja jeder behaupten«, sagt Casper.

»Tja … ist aber so gewesen.« Ich zucke mit den Schultern. »Glaubt es oder nicht.«

»Können wir jetzt vielleicht weiterspielen?«, kommt es von Amy, die ziemlich genervt klingt.

»Ich glaub dir trotzdem kein Wort, Jefferson! Spiel!«

»Auf wen die Flasche zeigt, der muss eine halbe Pulle Wein exen.« Ich drehe die Flasche so, dass weder ich noch Amy drankommen.

Diesmal ist sie auf Red gerichtet, der sich darüber auch noch zu freuen scheint. Aber der Typ ist ja auch ein Alki, so oft wie der sich volllaufen lässt. Letztens hat er während der Pause auf dem Schulhof sogar einen Flachmann ausgepackt. »Her mit dem guten Zeug«, ruft er und lässt sich von Ivy die Flasche reichen. Er hat sie kaum angesetzt, da ist sie auch schon leer. Dann klopft er sich mit der Faust auf die Brust und lässt ein Rülpsen hören, das nach irgendwas Totem stinkt. Einfach nur widerlich.

»Alter, was hast du gegessen?«, will Casper wissen und fächert wie wir alle den Gestank aus der Luft.

»Pizza mit Knoblauch und Salami«, verkündet er stolz.

Jeremy rümpft die Nase. »Mein Beileid, Ivy.«

»Wieso? Ich hatte das Gleiche.« Wir müssen alle lachen. »Übrigens«, fährt sie fort und deutet zum runden Tisch neben der Tür, wo eine Art Buffet aufgebaut ist. »Das Essen steht da nicht bloß zur Deko. Ihr dürft euch gerne bedienen.«

»Aber erst, nachdem ich dran war. Alsoooo …«, beginnt Red gedehnt und leckt sich über die Lippen. »… auf wen die Flasche zeigt, der … der … hmmm … der muss jemand anderen küssen, aber …« Er hebt den Zeigefinger. »… mindestens zehn Sekunden mit Zunge. Die Paare sind ausgeschlossen«, ergänzt er, womit nur Jeremy, Amy und ich drankommen können. Oder anders formuliert: Einer von uns beiden wird Amy definitiv küssen müssen, und so, wie Jeremy Red irgendwelche Zeichen mit seinen Augen gibt, ahne ich auch grob, wer das sein wird. Mit angehaltenem Atem beobachte ich, wie sich die Flasche dreht. Jeremy stöhnt auf – wahrscheinlich, weil Red ihr zu viel Schwung gegeben hat, um beeinflussen zu können, auf wen sie zeigt. Alles ist möglich und mein Herz klopft schneller.

»Ups«, sagt Red, als sie weder bei mir noch bei Jeremy zum Stillstand kommt. »Unentschieden.« Er dreht die Flasche erneut. Sie zeigt diesmal auf Amy, die sich bestimmt für Jeremy entscheiden wird. Er ist zwar ein Idiot, sieht aber besser aus als ich und …

»Ich küsse Cameron!«

»Was?«, platzt es ungläubig aus mir heraus. Hab ich mich verhört?

»Sie will dich küssen. Respekt, Alter.« Casper nickt mir anerkennend zu, während sich Jeremy genervt zurücklehnt.

»Viel Spaß, Bohnenstange.«

»Pass auf, dass er dir nicht auf die Lippe beißt.«

Keine Ahnung, von wem diese Kommentare stammen. Ich höre gar nicht mehr richtig hin, konzentriere mich auf Amy, die sich mir jetzt zuwendet, und darauf, keinen Schweißausbruch zu bekommen. Ich darf das hier nicht versauen. Ich darf mich nicht blamieren.

»Sollen wir?«, fragt Amy, als würde es ihr gar nichts ausmachen, mich hier vor allen zu küssen. Sie sieht erst in meine Augen und dann auf meine Lippen. Ihre öffnen sich ein bisschen und sahen noch nie so rosa, voll und herzförmig aus wie jetzt.

Ich nicke schluckend.

Sie kommt näher. Ich komme auch näher.

Sie neigt ihren Kopf. Ich neige meinen Kopf auch.

Ich spüre ihren warmen Atem auf meinem Gesicht, rieche den Alkohol und sie. Dann berühren sich unsere Lippen und ich versteife, weiß nicht, was ich machen soll. Also tue ich, was sie tut, und bewege meinen Mund auf ihrem. Als ich ihre Zunge an meiner Unterlippe spüre und sie auf meine stößt, dröhnt mein Herzschlag wie der krasseste Bass durch meinen Körper. Amys Zunge kreist um meine, fühlt sich glatt und so unfassbar seidig an. Sie schmeckt nach Wein und irgendwas Süßem. Alles dreht sich, mein Körper fängt an zu kribbeln und – scheiße – ich bekomme einen Ständer, kann nichts dagegen machen. Denn das hier ist so viel geiler als die Pornos, auf die ich mir immer einen runterhole. Aber wenn Amy meine Latte bemerkt, wird sie abbrechen und bestimmt sauer sein – dachte ich. Stattdessen küsst sie mich weiter, rutscht mit ihrem Po sogar höher auf meinem Schoß, reibt dabei über meinen Schwanz und …

Nein! Nein, nein, nein, nein. Verdammt! Nicht jetzt. Nicht hier … nicht …

Fuck! Zu spät.

Ich presse die Augen zusammen, unterdrücke ein Stöhnen und komme. In meiner beigen Stoffhose, weil meine Mom ausgerechnet heute auf die Idee kam, meine schwarze Jeans zu waschen.

Mein Körper zittert und mir ist schwindelig, während sich Amys Mund abrupt von meinem löst. Sie springt auf und starrt geschockt auf den dunklen Fleck in meinem Schritt. Angewidert fasst sie sich an den Schenkel, der sich vermutlich feucht anfühlt. »Cameron!?«, stößt sie empört aus, was endgültig sämtliche Blicke auf mich und meinen Schritt zieht. Mein Kopf fühlt sich so heiß an, dass er jede Sekunde explodieren könnte. Ich hätte nichts dagegen und würde mir am liebsten die Kugel geben.

»Alter!« Jeremy ist von seinem Stuhl aufgesprungen. »Hast du dir etwa in die Hose gemacht?«

Alle lachen. Laut und grölend.

»Scheiße, Mann! Ich glaube, der Junge hat gerade abgespritzt.« Noch mehr Lachen und Amy sieht mich irritiert an. »War wahrscheinlich sein erster Kuss.«

»Wie süüüüßßßßß …«

Meine Hände ballen sich zu Fäusten.

»Von wegen, der hat schon mal eine flachgelegt.«

»Fickt euch doch!«, brülle ich und stehe so ruckartig auf, dass der Stuhl nach hinten kippt. Ich lasse ihn auf dem Boden liegen, stürme aus dem Keller und renne die Treppe rauf.

»Cameron, warte!« Amy ist mir gefolgt. Ausgerechnet. Sie ist echt die Letzte, die ich jetzt sehen will. Außerdem ist sie doch schuld an der ganzen Scheiße.

Auf der letzten Stufe fahre ich herum und sehe sie wütend an. »Was?«

»Es … es tut mir leid. Ich wusste nicht, dass …« Sie deutet auf meinen Schritt, den ich mit meiner Hand bedecke, obwohl es keine Rolle mehr spielt. »Ich … ich dachte, du hättest dir in die Hose gepinkelt … nicht, dass du … dass du meinetwegen … du weißt schon. Wenn ich gewusst hätte, dass du … du weißt schon … dann wäre ich sitzen geblieben.«

»Bist du aber nicht!«, sage ich, lasse sie stehen und fahre, den ganzen Weg über fluchend, nach Hause.

8

Amy

Nach der Hausbesichtigung konnte ich Cameron überreden, noch mit mir zum kleinen Italiener um die Ecke zu gehen. Ich hatte ihn gestern Abend in weiser Voraussicht per Google herausgesucht, weil mir klar war, dass wir – vor allem ich – Hunger haben würden. Das *Luigi's* ist keine zehn Minuten vom Haus entfernt und wurde erst vor fünf Jahren eröffnet.

Wir sitzen an einem runden Tisch am Fenster, so winzig, dass gerade mal unsere Teller, eine Karaffe Wasser und zwei Gläser Platz haben. Bestellt haben wir uns zwei Salate, mit Putenbrust für ihn und mit Meeresfrüchten für mich.

»Du müsstest doch nur so lange meinen Freund spielen, bis der Kauf abgewickelt ist«, argumentiere ich kauend.

»Was wie lange dauern kann?«

Ich ahne, dass ihm meine Antwort nicht gefallen wird, und sage nun etwas kleinlaut: »Mrs. Keyland sprach von sechs Monaten.«

Wie befürchtet verzieht Cameron entgeistert das Gesicht. »Ist das vertraglich festgelegt?«

»Nein. Ich denke, es geht Mrs. Mayfield einfach nur darum, herauszufinden, ob ich für einen späteren Kauf infrage komme. Und das tue ich nur, wenn …«

»Ja, ja, ich hab schon verstanden.«

»Komm schon«, flehe ich mit meinem Hundeblick, der heute nicht so zu zünden scheint wie gewohnt. »Ein halbes Jahr vergeht wie im Flug. Danach machen wir einfach Schluss und können uns dann ganz stolz zu den wenigen Paaren zählen, die nach einer Trennung noch eine Freundschaft hinbekommen.«

Cameron verdreht schmunzelnd die Augen. »Das hast du dir ja toll ausgedacht.«

Lächelnd übergehe ich seinen ironischen Unterton. »Danke. Ich weiß.«

»Dann willst du also wirklich die Gutgläubigkeit einer älteren Dame ausnutzen, nur um zu bekommen, was du willst.«

Ich lege meine Gabel auf den Teller und sehe Cameron nun wieder ernst ins Gesicht. »Um mein Elternhaus zu bekommen, Cameron. Nicht irgendeine Immobilie. Dieses Haus bedeutet mir … alles. Und das weißt du.«

»Dann sag es der Eigentümerin, beziehungsweise der Maklerin«, antwortet er mit einem festen Blick in meine Augen. »Sag Mrs. Keyland, was dich mit diesem Haus verbindet. Du musst ja nicht ins Detail gehen. Aber glaub mir, wenn sie darüber Bescheid weiß, wird sie keinen Moment zögern, dir das Haus – in Absprache mit der Eigentümerin, die sich garantiert noch an den Brand erinnern wird – sofort zu verkaufen, Amy.«

Ich schüttele den Kopf. »Nein.«

»Doch, vertrau mir.«

»Mit *nein* meine ich, dass ich das nicht tun werde.«

»Warum?« Er sieht mich verständnislos an.

Tief Luft holend atme ich die Enge in meiner Brust weg und antworte: »Weil ich den Tod meiner Familie nicht instrumentalisieren möchte.«

»Aber das tust du nicht, wenn …«

»So würde es sich für mich aber anfühlen«, unterbreche ich ihn. »Verstehst du das denn nicht? Ich …« Auf der Suche nach den richtigen Worten, mache ich eine Pause, während in Camerons Ausdruck ein Wandel zur Einsicht erkennbar ist.

»Ich möchte einen Neustart, auch wenn ich dazu in meine Vergangenheit reise. Aber das tue ich nicht, um mich von ihr einholen zu lassen, sondern damit … weil sie ein Teil von mir ist. Und dass ich die Besichtigung durchgestanden habe, zeigt mir, dass es die richtige Entscheidung war und dass ich stark genug bin, mein Schicksal zu akzeptieren … es endgültig anzunehmen. Wofür ich ja auch lange genug gebraucht habe. Aber jetzt bin ich bereit für diesen Schritt, für diesen Neuanfang. Der wird mir aber nicht gelingen, wenn ich mit dieser Sache hausieren gehe und sie womöglich noch die Runde macht. Ich will nicht die *neue Nachbarin mit dem tragischen Schicksal* sein. Man kann niemandem erzählen, dass … dass man mit acht Jahren dabei zusehen musste, wie der eigene Dad und Bruder im brennenden Haus ums Leben kamen, und dann sagen: Aber hey, tu einfach so, als hätte ich dir nie davon erzählt. Wenn sie es herausfindet, habe ich eben Pech, aber solange das nicht der Fall ist, behalte ich es für mich und möchte behandelt werden wie jeder andere auch«, beende ich meinen ungeplanten, aber auch sehr befreienden Monolog und sehe Cameron abwartend an.

Doch das Einzige, was von ihm zu hören ist, ist das Rücken seines Stuhls auf dem Fliesenboden, als er aufsteht und sich neben mich stellt. Irritiert sehe ich zu ihm auf und ergreife noch irritierter seine ausgestreckte Hand. Er zieht mich aus dem Stuhl an seine Brust und drückt mich an sich.

»Ich bin ein Idiot«, sagt Cameron, was vermutlich seine Art ist, sich für seinen Vorschlag, den ich durchaus nachvollziehen kann, zu entschuldigen. »Und ich bin verdammt stolz, so eine mutige, starke Freundin zu haben«, murmelt er in mein Haar und küsst es. Dass wir nicht alleine in dem Restaurant sind und gerade alle Aufmerksamkeit der Gäste auf uns ziehen, die sich vermutlich fragen, warum wir eng umschlungen neben unserem Tisch stehen, scheint ihm total egal zu sein.

Mir auch, weshalb ich seine Umarmung erwidere, bevor er mich drei Sekunden später wieder von sich schiebt. »Was sind schon sechs Monate? Wir machen das, okay? Ich helfe dir, dein Haus zu bekommen.«

Meine Mundwinkel treffen sich fast am Hinterkopf.

»Ich könnte dich hier und jetzt knutschen, weißt du das? Außerdem hätten wir dann Zeugen, die, wenn es hart auf hart kommt, bestätigen könnten, dass wir ein Paar sind«, schiebe ich scherzend hinterher.

Cameron grinst. »Stimmt, aber dann würden wir gegen Regel Nummer zwei verstoßen.«

»Welche war das noch?«, stelle ich mich dumm und wir nehmen lachend wieder Platz.

»Sollte es zur Vertragsunterzeichnung kommen, müssen wir die Regeln ohnehin noch mal durchgehen und eventuell die eine oder andere hinzufügen.« Er schenkt uns Wasser nach, während ich ein Stück Pute von seinem Teller stibitze.

»Zum Beispiel so was.« Er deutet auf meine Gabel, die gerade in meinem Mund verschwindet. »Das Rumpicken auf meinem Teller«, feixt er, woraufhin ich mich demonstrativ ein weiteres Mal an seinem Essen vergehe.

»Und weiter?«, frage ich mit einem provokanten Grinsen.

»Die Einrichtung des Hauses, wenn wir Fake-Roomies werden.«

»Was ist mit der Einrichtung des Hauses?«

»Ich werde mich nach einem langen, anstrengenden Arbeitstag ganz sicher nicht auf dein pinkfarbenes Leopardensofa setzen. Das kannst du vergessen.«

Ich hebe belustigt eine Augenbraue. »Also den Zusammenhang musst du mir jetzt mal erläutern. Was hat ein anstrengender Arbeitstag mit meinem pinkfarbenen Leopardensofa zu tun, das übrigens sehr gemütlich und wunderschön ist?«

»In deiner Wohnung, aber nicht in einem Haus, das wir gemeinsam beziehen werden. Und um auf deine Frage zurückzukommen: Sorry, dass ich dir das jetzt sage. Ich hatte gehofft, dieses Thema niemals ansprechen zu müssen, aber …« Seine Mundwinkel zucken. »… angesichts der Umstände …«

Ich sehe ihn mahnend an. »Überleg dir sehr gut, was du jetzt sagen wirst.«

»… muss ich dir mitteilen …«, fährt er unbeirrt fort, »dass ich mir in deinem Apartment immer vorkomme wie bei *All Kinds of Stuff*. Diesem Hippieladen.«

»Na und? Ich liebe diesen Laden.«

»So sieht es bei dir auch aus. Bunt, grell, vollgepackt und nichts passt so richtig zusammen.«

»Sagt derjenige, dessen Loft aussieht, als würde da niemand wohnen. Bei dir stehen zwar keine Kartons rum, aber man kommt rein und fragt sich, ob du gerade ein- oder ausziehen willst«, kontere ich. »Und das Schlimme ist, dass die drei oder vier Möbelstücke, die du besitzt, vermutlich fast so viel kosten, wie ich monatlich für die Miete bezahle.«

»Guter Stil kostet eben.« Er nimmt sein Wasserglas und funkelt mich beim Trinken amüsiert über den Rand an.

»Ich habe auch Stil«, widerspreche ich in gespielter Empörung.

»Was deine Klamotten betrifft, stimme ich dir voll und ganz zu.« Sein Mund verzieht sich zu einem Grinsen. »Schicker Mantel. Ist der neu?«

»Hör auf zu schleimen. Das ändert jetzt auch nichts mehr«, gebe ich mich beleidigt.

»War aber dennoch ernst gemeint. Also …« Sein Wasser stellt er zurück auf den Tisch. »Was nun?«

»Wir treffen uns in der Mitte?«, schlage ich vor.

»Definiere Mitte.«

»In jedem Raum darf ein buntes Möbelstück stehen und den Rest der Einrichtung bestimmen wir gemeinsam.«

Cameron lacht. »Soll das etwa ein Kompromiss sein?«

»Ja«, antworte ich. »So viele Kompromisse bin ich noch nie eingegangen.«

»Man merkt's.«

»Okay, nächster Vorschlag: Mit dem Kutscherhaus gibt es – Küche und Bäder eingeschlossen – insgesamt zehn Zimmer. Jeder bekommt fünf, die er einrichten kann, wie er möchte. Welche das sein werden, entscheidet das Los. Bis auf die Schlafzimmer, da jeder sein eigenes haben wird«, ergänze ich.

»Es wäre zwar sehr viel unkomplizierter, wenn du mich einfach einen Innenarchitekten engagieren lassen würdest, dem wir unsere Wünsche mitteilen …«

»Netter Versuch, aber nein«, entlarve ich sein hinterhältiges Vorhaben, meinen Vorschlag zu untergraben.

»Na schön«, gibt er sich geschlagen. »Das Los entscheidet.«

»Dann wäre das ja geklärt. Jetzt fehlt nur das Okay der Eigentümerin«, sage ich zufrieden und spüre ein nervöses Flattern im Bauch. »Ich will dieses Haus unbedingt haben. Keine Ahnung, was ich mache, wenn …« Eine Rothaarige, die draußen an unserem Fenster vorbeiläuft, unterbricht mich, weil sie aussieht wie Ivy. Ja, sie ist es. Die habe ich das letzte Mal vor drei Jahren gesehen, kurz bevor sie mit Cameron Schluss gemacht hat und wir uns dann irgendwie aus den Augen verloren haben.

»O mein Gott«, rufe ich aus. »Hast du gesehen? Ivy ist gerade an uns vorbeigegangen.«

Cameron verzieht skeptisch das Gesicht. »Die ist doch wegen des Jobs nach Dubai gezogen.«

»Vielleicht hat sie ja Urlaub und besucht ihre Eltern. Ich geh schnell hinterher«, beschließe ich leicht euphorisch und stehe auf.

»Wenn du meinst.« Begeisterung klingt anders, aber darauf nehme ich keine Rücksicht. Immerhin liegt ihre Trennung nun schon länger zurück und ich hatte ehrlich gesagt nie das Gefühl, dass er der Beziehung wirklich nachgetrauert hat.

Ich nehme meinen Mantel vom Haken neben der Eingangstür und verlasse das Restaurant. Leider zu spät, denn von Ivy fehlt jede Spur. Sie muss nach rechts in die Straße abgebogen sein und mir fehlt gerade der letzte Wille – vielleicht aber auch der Mut –, um ihr zu folgen. Ich nehme mir vor, mich die Tage mal wieder bei ihr zu melden, und kehre zu Cameron zurück. Er ist mit seinem Handy zugange und sieht auf, als ich wieder Platz nehme.

»Das war aber eine kurze Unterhaltung.«

»Hab sie leider nicht mehr erwischt.«

»Okay.« Wieder so eine emotionslose Reaktion.

»Hattet ihr eigentlich mal wieder Kontakt, seit sie … seit ihr

Schluss gemacht habt?«, formuliere ich meinen Satz schnell neu, um kein Salz in eine möglicherweise noch offene Wunde zu streuen.

»Nein«, antwortet Cameron erneut auffallend knapp.

»Interessiert dich denn gar nicht, wie es ihr geht?«, hake ich nach. Diesmal vorsichtig.

»Sie ist meine Ex. Nein.«

»Und ich dachte, gerade weil sie deine Ex ist und ihr drei Jahre zusammen wart, würde es dich interessieren.«

Sein Kiefer verspannt sich. »Tut es aber nicht.«

»Mich schon. Ich denke, ich werde den Kontakt zu ihr suchen. Immerhin waren wir jahrelang befreundet.«

»M-hm … Deshalb hast du dich in den letzten fünf Jahren auch so oft bei ihr gemeldet.« Seine Stimme trieft vor Sarkasmus, als wollte er mir unterschwellig etwas mitteilen.

»Hast du ein Problem damit?«, frage ich leicht gereizt.

»Womit?«

»Dass ich mich bei ihr melden will.«

»Wieso sollte ich? Tu, was du nicht lassen kannst.«

»Also ja«, interpretiere ich seinen immer noch schneidenden Tonfall.

»Nein. Alles gut.«

Sieht aber nicht so aus, kommt mir fast über die Lippen. »Okay«, sage ich stattdessen, weil ich spüre, dass ihn dieses Thema – warum auch immer – anpisst. Ob er vielleicht doch nicht so leicht über Ivy hinweggekommen ist, wie er mir all die Jahre weisgemacht hat?

9

Cameron

April 2005

Mein Leben ist vorbei!

Ich könnte mich genauso gut von der nächsten Brücke oder einem Hochhaus stürzen. Denn blicken lassen kann ich mich nirgendwo mehr. Weder auf der Highschool noch bei uns in der Straße oder an der Promenade, wo Amy und ich regelmäßig rumhängen. Ich könnte nicht mal zum Supermarkt um die Ecke gehen, weil dort jeder einkauft, mit dem ich in eine Klasse beziehungsweise zur gleichen Schule gehe. Sprich: Alle, die am Freitag auf Ivys Party waren. Wobei ich wette, dass dank Jeremy und seinem Gefolge inzwischen die ganze verdammte Schule von dem Kuss weiß.

Da ich aber nicht lebensmüde, sondern einfach nur der größte Loser aller Zeiten bin, bleibt mir nichts anderes übrig, als blauzumachen. Und zwar so lange, bis ich von der Schule geschmissen werde und auf eine neue kann. Mir ist egal, ob Mom und Dad vom Rektor angerufen werden und einen Aufstand machen. Von mir aus können die mir hundert Jahre Stubenarrest geben. Das wäre mir sogar recht, dann müsste ich nämlich nicht wie jetzt im Auto durch die Rushhour cruisen, nur um so zu tun, als wäre ich auf dem Weg zur Schule. Zum Glück beginnt der Unterricht montags erst um neun, weshalb ich um halb zehn wieder nach Hause kann, weil Mom und Dad dann arbeiten sind.

Als ich um neun Uhr dreißig mein Auto in der Auffahrt unseres Hauses parke, vibriert mein Handy. Ich stelle den Motor aus, krame es aus meiner Jeans und schaue drauf. Die Nachricht ist von Amy. Es ist die dritte seit Freitag, auf die ich nicht antworten werde. Wahrscheinlich will sie sich schon wieder entschuldigen, obwohl – das ist mir inzwischen klar – sie eigentlich gar nichts dafürkann, außer so verdammt gut küssen zu können, dass ich gekommen bin. Ich schließe die Haustür auf und gehe in mein Zimmer. Dort lege ich mich mit Kopfhörern aufs Bett und höre Musik, damit meine Nachbarn nicht mitbekommen, dass jemand da ist. Na ja … eigentlich verrät das ja schon mein Auto, aber das ist mir egal! Alles, was ich will, ist die Zeit zurückzudrehen und Jeremy aufs Maul zu hauen. So hart, dass er sich nie wieder über mich lustig macht, mich sogar fürchtet und Amy … Amy will ich so gut küssen, als hätte ich das schon tausendmal gemacht, damit sie in der Schule vor allen Mädchen davon schwärmt. Ich schließe die Augen, stelle mir vor, wie plötzlich alle Weiber, auch die aus der Senior Class, mit mir gehen wollen. Aber ich entscheide mich nur für eine: Amy.

»Scheiße!«, fluche ich, öffne die Augen und starre frustriert an die Decke, weil es dazu niemals kommen wird. Nicht, solange ich diese verfluchte Akne habe, aussehe wie eine Bohnenstange und küsse wie ein Versager. Wobei sich an dem letzten Punkt eventuell was ändern ließe.

Ich richte mich auf, gehe zu meinem DVD-Schrank neben dem Fernseher und hole die von Spiderman hervor. Das Cover dient jedoch nur als Tarnung für den Porno, der sich darin befindet. Eine Vorsichtsmaßnahme, damit meine Eltern nicht zufällig darauf stoßen. Ich lege die DVD ins Laufwerk, drücke auf Play und setze mich mit heruntergezogener Hose aufs Bett. Während ich meinen Schwanz aus meiner Shorts hole, spule ich bis zu der schärfsten Szene im ganzen Film vor: Sie liegt umgekehrt auf ihm, bläst ihm einen, und er leckt sie dabei. Keine Ahnung, warum mich die 69er Stellung momentan so anmacht. Vor drei Wochen war es das Cowgirl und davor stand ich total auf Doggystyle. Das wechselt immer. Je nach Phase. Aktuell sind Blowjobs voll mein Ding, weshalb ich sofort hart bin und anfange, mir einen runterzuholen. Diesmal will ich nicht sofort kommen, sondern versuche es hinauszuzögern. So lange wie möglich, damit so was wie Freitag nie wieder passiert. Wird es wahrscheinlich eh nicht, denn welches Mädchen wird mich nach der Aktion noch küssen wollen?

Irgendwann um drei – nachdem mein Experiment zweimal misslungen ist, bevor ich den Orgasmus beim dritten Mal so lange hinauszögert habe, dass ich gar nicht mehr kommen konnte –, klingelt es an der Haustür. Ich gehe zum Fenster, schaue hinaus und sehe Amy vor unserem Haus stehen. Sie winkt mir zu und ich winke stöhnend zurück. Obwohl ich immer noch keinen Bock habe, sie zu sehen, freut es mich irgendwie doch, dass sie da ist. Nur weiß ich absolut nicht, was ich zu ihr sagen soll, und würde sie deshalb am liebsten wegschicken. Aber Amy ist nun mal Amy und ich will kein Arschloch sein. Also räume ich schnell die vollgewichsten Taschentücher in den Mülleimer und schaue an mir runter, um sicherzugehen, dass ich mich nicht eingesaut habe. Auf der Treppe nach unten fahre ich mir durchs Haar und öffne ihr mit einem heftigen Klopfen in der Brust die Haustür.

»Hi«, sagt sie in stinknormalen Jeans und einem weißen T Shirt, das diesmal ihren Bauch verdeckt. Irgendwie kann sie tragen, was sie will, und sieht trotzdem immer schön aus.

»Hi«, antworte ich und schaue auf meine weißen Tennissocken.

»Du warst nicht in der Schule.«

»Na und?«

»Ich hab dir geschrieben.«

»Na und?«

»Drei Mal.«

Obwohl ich versuche, einen auf cool zu machen, bekomme ich ein schlechtes Gewissen. »Willst du reinkommen?«

Statt zu antworten, schiebt sie sich an mir vorbei ins Haus und schaut sich um, als wäre sie noch nie hier gewesen.

»Sind deine Eltern noch nicht da?«

»Sind arbeiten. Mom kommt in einer Stunde und Dad um sieben.«

»Okay. Ähm … Können wir uns setzen?«

»Von mir aus.«

»In deinem Zimmer oder hier?«

»Bei mir«, antworte ich und überlege mir, während ich vorgehe, was ich sagen soll, falls sie mich auf das Desaster anspricht.

Oben angekommen, nimmt sie auf meinem Bett und ich auf meinem Schreibtischstuhl Platz. Sie spielt an ihrem Pferdeschwanz rum und ich mit einem Kuli, den ich mir geschnappt habe. Wir schweigen uns an, als würde es darum gehen, nicht der Erste zu sein, der was sagt. Ich gewinne.

»Bist du krank?«, fragt sie vorsichtig.

Ich schüttele den Kopf.

»Warum warst du dann nicht in der Schule?«

Ich schlucke. »Kannst du dir das nicht denken?«

»Doch«, gibt sie seufzend zu. »Du bist noch sauer auf mich, oder?«

»Nein, eigentlich nicht.«

»Sondern?«

»Auf Jeremy und die Jungs, aber … am meisten auf mich selbst, schätze ich.«

»Warum?«

»Du kennst den Grund«, antworte ich, um diese peinliche Aktion nicht auch noch beim Namen nennen zu müssen.

»Wegen des Kusses?«

Ich nicke. »Und dem … was mir dabei passiert ist.« Wieder senke ich den Blick, kann ihr nicht in die Augen sehen.

»Mir tut es immer noch sehr leid, dass … dass ich so doof reagiert habe, Cameron. Ich dachte halt … na ja, du weißt schon. Das ist mir noch mit keinem passiert, verstehst du?«

Gut zu wissen. Ist ja nicht so, als ob ich mich nicht schon scheiße genug fühle.

»Also, ich meine … dass ein Junge wegen mir gekommen ist. Die Erfahrung habe ich noch nicht gemacht. Na ja … und um ehrlich zu sein, war das … mein erster richtiger Kuss«, erklärt sie und ich schaue sie überrascht an.

»Was?«, frage ich genauso erstaunt wie beim Flaschendrehen, als sie mich statt Jeremy küssen wollte. »Du hast vorher noch nie …?«

Sie schüttelt den Kopf und wird rot. »Du warst mein Erster.«

Ich kratze mich am Hinterkopf. »Tut mir leid.«

»Was?«

»Na, dass dein erster Kuss so eine Katastrophe war.«

»Fandest du?« Plötzlich wirkt sie enttäuscht. »Denn mir hat er gefallen.«

Diesmal sind es meine Wangen, die sich mit Blut füllen. »Dein Ernst?«, hake ich ungläubig nach und habe die Befürchtung, sie könnte mich bloß aufmuntern wollen. Aus Mitleid oder so.

»Im Ernst! Und ich hätte weitergemacht, wenn …«

»… ich nicht gekommen wäre«, traue ich mich, mein Missgeschick nun doch beim Namen zu nennen. Jetzt, da ich weiß, dass ihr der Kuss gefallen hat, ist mir die Sache nicht mehr ganz so peinlich.

»Und wenn wir allein gewesen wären«, ergänzt sie und sieht mir schluckend auf den Mund.

Wir sind jetzt allein, würde ich am liebsten sagen, sie auf meinen Schoß ziehen und ausprobieren, was ich gerade geübt habe: Nicht schon nach drei Sekunden zu kommen. Stattdessen bleibe ich stumm wie ein verdammter Fisch. Normalerweise haben Amy und ich immer hundert Gesprächsthemen, aber wenn es drauf ankommt, kriege ich meinen Mund nicht auf.

»Kommst du morgen wieder zur Schule?«, bricht sie die Stille.

»Auf keinen Fall! Jeremy hat bestimmt überall rumerzählt, was passiert ist.«

»Nein, hat er nicht. Niemand weiß es, bis auf diejenigen, die es mitbekommen haben, aber die halten dicht.«

»Woher willst du das wissen?«, frage ich skeptisch.

»Weil wir uns, nachdem du weg warst, *darauf geeinigt haben.*«

Ich verdrehe die Augen, weil ich genau weiß, was darauf geeinigt haben bedeutet: Amy hat sich mal wieder für mich eingesetzt.

»Was ist los?«, will sie wissen. »Warum reagierst du so?«

»Soll ich etwa danke sagen? Dafür, dass alle denken, ich könnte mich nicht selbst verteidigen?«

»Du musst gar nichts sagen«, fährt sich mich an. »Aber ich ... ich muss dir was sagen. Deswegen bin ich eigentlich auch hier.«

Keine Ahnung warum, aber mein Magen zieht sich plötzlich zusammen. »Und was?«

»Ich ... also du hast mich ja letzte Woche gefragt, ob wir zusammen zum Junior-Prom gehen wollen.«

»Ja ...«

»Das geht leider nicht, weil ... weil wir befreundet sind und ich das Gefühl habe, dass du mehr als Freundschaft willst.«

Der Druck in meinem Magen wandert hoch in meine Brust. »Wie ... mehr?«

»Na, eben mehr. Mehr ...« Sie senkt den Blick auf ihre Hände. »... als ich von dir möchte.«

Stille.

»Wir ... sollten uns nicht mehr auf den Mund küssen, Cameron.«

Warum? Ich dachte, du mochtest den Kuss. »Finde ich auch.«

»Außerdem werde ich mit Jeremy zum Ball gehen.« Ich erstarre. »Er ... er hat mich gefragt und ich hab ja gesagt.«

Ich hab dich zuerst gefragt, dröhnt es in meinem Kopf. Warum ausgerechnet er? Sie verteidigt mich ständig vor ihm, wollte mich statt ihn küssen und fand den Kuss sogar gut. Also, warum er? Warum darf er mehr wollen und ich nicht? Mag sie ihn? Mehr als mich?

»Bist du jetzt sauer?«, höre ich sie fragen.

Ich weiß nicht, was ich bin oder sein soll. Weil ich mich noch nie so gefühlt habe wie jetzt. Der Druck in meiner Brust ist zu einem Stechen geworden. Keins, das mal eben kurz piekst, sondern eines, das sich ganz langsam und Stück für Stück durchs Fleisch bohrt. »Keine Ahnung«, antworte ich, ohne sie dabei anzusehen. »Aber ich will, dass du jetzt gehst, Amy.«

»Bitte sei nicht böse, Cameron.«

Bitte geh nicht mit diesem Spasti zum Ball.

»Sind wir denn noch Freunde?«, fragt sie leise.

Ich höre ihrer Stimme an, dass sie gleich weinen wird, und antworte etwas heiser mit »Ja«, obwohl ich das Gefühl habe, dass es in ihrer Hand liegt, nicht in meiner.

Sie steht auf. Ihre roten Chucks kommen auf mich zu und bleiben knapp vor meinen weißen Tennissocken stehen.

»Sehen … wir uns morgen … in der Schule?«, schluchzt sie.

Ich kann jetzt nicht sprechen und schüttele den Kopf. Die ganze Zeit hatte ich Angst, von Jeremy fertiggemacht zu werden. Aber Amy mit ihm zu sehen wäre tausendmal schlimmer.

Ihr Schluchzen wird lauter. »Und übermorgen?«

Ich schlucke den Klumpen in meinem Hals runter und hole tief Luft. »Geh einfach.«

»Cameron, ich …« Sie bricht in Tränen aus und rennt heulend aus meinem Zimmer.

10

Amy

Die Limousine ist da. Bist du bereit?«, fragt mich Brenda, Schrägstrich meine Visagistin, Schrägstrich meine gute Fee, Schrägstrich meine persönliche Assistentin und mittlerweile auch Freundin. Sie ist diejenige, die mich für Auftritte wie die bevorstehende Club-Eröffnung des Sinners zurechtmacht. Mein Wohnzimmer mutiert dann immer zu einer Art Edelboutique und Friseurladen in einem, so viele Klamotten, Schuhe, Accessoires und Make up-Utensilien, wie sie immer anschleppt, um – wie sie sagt – den Wow-Effekt zu zaubern.

»Ich weiß nicht, sag du es mir«, antworte ich und betrachte mich – im Gegensatz zu sonst – etwas unsicher im Spiegel. Grund ist ein kirschrotes Glitzer-Kleid – ich hasse Glitzer –, von niemand Geringerem als *Morelino* zur Verfügung gestellt. Keine Ahnung, wie Brenda es jedes Mal schafft, solche tollen Designer an Land zu ziehen, denn ich liebe seine Mode. Das tue ich wirklich. Der Inhalt meines Kleiderschranks ist der Beweis. Aber die neueste Kollektion von ihm, besonders dieses Kleid, ist … nun ja … gewöhnungsbedürftig. Es ist nicht einfach sexy, sondern die reinste Provokation. Ultrakurz und mit einem Ausschnitt, der mir fast bis zum Bauchnabel reicht, weshalb ich natürlich keinen BH trage. In Unterwäsche käme ich mir angezogener vor und fange jetzt schon an, an dem

Stoff, der bei jedem Luftholen verrutscht, herumzuzupfen und den eng anliegenden Rock nach unten zu schieben. »Also, irgendwie fühle ich mich ein bisschen nackt, Brenda.«

»Der Club heißt Sinners und du bist die Sünde. Du musst dich nackt fühlen, Süße.«

»Hmpf …« Ich fahre mit den Fingerspitzen durch mein langes offenes Haar. »Hättest du mein Haar nicht wenigstens so stylen können, dass es über beide Schultern fällt?«

Sie schnalzt mit der Zunge. »Dann würde es doch aber viel zu viel von deinem sexy Dekolleté verdecken.«

»Ja, eben«, entgegne ich und begutachte mein Make up. Smokey Eyes und rot geschminkte Lippen – immerhin etwas, das mir halbwegs gefällt.

»Jetzt stell dich nicht so an. Du hast dich letztens erst nackt für diese Fotostrecke ablichten lassen. Da ist das hier doch Kindergarten«, argumentiert sie wie fast alle. Abgesehen davon, dass es sich dabei um ein Werbeshooting für eine medizinische Körperlotion handelte und die natürliche Schönheit des Frauenkörpers im Vordergrund stehen sollte, bedeutet Model zu sein doch nicht, dass ich eine Nudistin bin. Solche Kampagnen kosten mich jedes Mal Überwindung, denn ja – auch ich habe Stellen an meinem Körper, die ich nicht mag. Auch ich habe Komplexe, fühle mich an manchen Tagen unwohl, nicht sexy genug oder dick, weil ich nicht das typische Magermodel bin und schon seit Jahren damit kämpfe, mein Gewicht zu halten. Ich bin mir natürlich bewusst, dass ich schlanker bin als die Durchschnittsfrau. Aber manchmal hätte ich gerne ein paar Pfunde mehr und wäre stattdessen glücklicher und mit meinem Körper im Reinen, statt mich ständig zu wiegen und Maß nehmen zu müssen. Obwohl mir all das auf der Zunge liegt, lasse ich Brendas Anmerkung unkommentiert, weil sich an meinem Outfit ohnehin nichts mehr ändern lässt, wenn ich noch halbwegs pünktlich im Club erscheinen will. Außerdem lehnt man ein Kleid von *Morelino* nicht ab, weshalb ich diesen Job wie immer professionell durchziehen werde. »Okay, wo sind meine Schuhe?«

»Hier.« Brenda geht vor mir in die Hocke und holt superhohe

Riemchensandaletten in der Farbe des Kleides aus einer Box. »Fuß hoch.«

Es kostet mich wie immer Überwindung, mir von ihr die Schuhe anziehen zu lassen. *Du zahlst mir fünfhundert Dollar die Stunde, also halt den Mund und lass mich jeden Penny davon wert sein,* sagt sie immer, weshalb ich sie auch diesmal gewähren lasse.

»Kann es sein, dass die Schuhe eine Nummer zu klein sind?«, frage ich auf meine Füße blickend.

»Ja, Vierziger habe ich nicht mehr bekommen. Denk einfach daran, dass es *Bellinas* sind. Dann tun sie nicht so weh.«

Ich verziehe entgeistert das Gesicht und nehme mir vor, jede Sitzgelegenheit, die sich mir im Club bietet, wahrzunehmen.

Als Brenda sich wieder aufrichtet, ist sie nicht mehr nur einen, sondern fast zwei Köpfe kleiner als ich. Ein letztes Mal wirbelt sie um mich herum, zupft hier, zupft dort, arrangiert jede Haarsträhne an die Stelle, wo sie ihrer Meinung nach hingehört, und pudert zum Abschluss mein Gesicht mit einem Pinsel ab.

»Ich denke, wir haben es«, verkündet sie, und ein erleichtertes Lächeln vertreibt den konzentrierten Gesichtsausdruck. »Wenn du mit diesem Outfit nicht in die Hölle kommst, Mädchen, dann weiß ich aber auch nicht.«

»Dir ist schon klar, dass ich dich dort treffen werde.«

»Na, das will ich doch schwer hoffen, Amy. Immerhin arbeite ich seit fast vierzig Jahren daran, ein böses Mädchen zu sein.«

Wir müssen beide lachen.

»Und jetzt ab mit dir, bevor die Limousine ohne dich losfährt.«

Sie nimmt einen Webpelz-Mantel – ebenfalls eine Leihgabe von Morelino – vom Kleiderbügel und reicht ihn mir mit einer Clutch, die mir gehört.

»Danke für alles, Brenda. Und untersteh dich, gleich meine ganze Wohnung aufzuräumen.«

»War mir wie immer ein Vergnügen«, sagt sie, meine Mahnung ignorierend.

Wir verabschieden einander mit einer Umarmung, für die ich beinahe in die Hocke gehen muss. »Du weißt ja, wo du alles findest, falls du Hunger hast oder so«, sage ich und lasse sie in meinem Apartment zurück, damit sie in Ruhe ihre Sachen packen kann. Wenn ich zurück bin, wird sie schon weg sein und vermutlich wieder aufgeräumt und geputzt haben, obwohl ich es ihr jedes Mal verbiete. Ich glaube ja, dass sie ein ernsthaftes Workaholic-Problem hat.

Draußen angekommen, erwartet mich nicht nur eine schwarze Limo, sondern auch ein Schrank von einem Mann im schwarzen Anzug, der heute Abend für meine Sicherheit sorgt. Ja, auch das bringt mein Job mit sich. Die Security-Agentur, mit der mein Management zusammenarbeitet, stellt mir jedes Mal einen neuen Bodyguard zur Verfügung. Daher muss ich mir immer wieder einen neuen Namen merken und erkundige mich nach seinem. »Hi, ich bin Amy. Wie heißt du?«

»Julian.«

»Danke fürs Abholen, Julian.«

»Gerne, Miss Watson. Die Limousine steht da vorn.« Er deutet auf einen riesengroßen schwarzen Wagen, der nur fünf Meter vor dem Haus parkt und trotz der Dunkelheit nicht zu übersehen ist.

Ich lege mir den Mantel über die Schultern und stöckele zum Wagen, dessen hintere Tür mir vom Fahrer aufgehalten wird. »Vielen Dank. Wir müssten noch einen Zwischenstopp einlegen und meinen Begleiter abholen. Sind Sie darüber informiert?«

»Das bin ich, Miss Watson«, versichert der Fahrer. »Die Adresse liegt mir ebenfalls vor.«

»Perfekt.«

»Okaaaaaaayyyy«, lautet Camerons Begrüßung, als er zu mir in die Limousine steigt und mich von meinem offenen, glatt gestylten Haar bis zu meinen schwarz lackierten Fußnägeln in Augenschein nimmt. »Heiße Arbeitskleidung, Miss Watson.«

»Ihr Outfit ist aber auch nicht von schlechten Eltern, Mr. Jefferson«, kontere ich und staune mal wieder über seine Wandlungsfähigkeit. Im positiven Sinn. Denn Anzüge stehen ihm genauso gut wie diese schwarze Destroyed-Jeans, zu der er dunkle Lederboots und ein schmal geschnittenes weißes Hemd trägt.

Ein breites Grinsen lässt seine Zähne aufblitzen und feine Fältchen in seinen Augenwinkeln entstehen, die sein Gesicht zum Strahlen bringen. »Man tut, was man kann.«

Ich lächele zurück, während sich der Wagen in Bewegung setzt. »Danke, dass du mitkommst. Dann fühlt es sich nicht ganz so nach einem Job an«, sage ich und versuche, nicht allzu leidend zu klingen. Ich habe nämlich nicht die geringste Lust, als Ehrengast, Promi oder was auch immer in diesem Club aufzutreten, geschweige denn überhaupt auf Party. Viel lieber würde ich zu Hause auf meiner Couch sitzen und so lange auf mein Handy oder meinen Laptop starren, bis eine Mail von Mrs. Keyland eintrudelt. Denn nein, sie hat sich noch immer nicht gemeldet, was mich allmählich verrückt macht. Zumal sie sich noch diese Woche melden wollte; ob sie den Samstag und Sonntag eingerechnet hat, weiß ich nicht.

»Wie lange geht denn der für dich offizielle Teil dieser Veranstaltung?«, will Cameron wissen.

»Bis halb zwei«, beklage ich mich und merke selbst, dass ich gerade auf sehr hohem Niveau meckere. Immerhin verdiene ich in gerade mal zwei Stunden mehr als so mancher in einem Monat. Sofort bekomme ich ein schlechtes Gewissen und ermahne mich, dankbar zu sein.

»Das geht doch … Wobei …« Sein Blick wandert meine nackten Beine hinab zu meinen Füßen. »Bei diesen Schuhen«, fährt er fort und hebt skeptisch eine Augenbraue. »Hat sich eigentlich die Maklerin gemeldet?«, wechselt er abrupt das Thema.

»Natürlich nicht. Sonst wärst du jetzt nämlich auf einem Ohr taub, so laut, wie ich vor Freude ins Telefon geschrien hätte.«

»Stimmt.«

»Meinst du, sie schaut sich noch nach anderen Kandidaten um?«, frage ich leicht besorgt.

»Gut möglich, muss aber nichts heißen.«

»Kann aber auch heißen, dass sie von mir … beziehungsweise uns doch nicht so begeistert war, wie sie behauptet hat.«

Cameron stöhnt auf. »Jetzt mach dich nicht verrückt. Unsere Mitarbeiter haben auch die Anweisung, eine Mindestzahl an Besichtigungen je Objekt durchzuführen. Auch wenn die Immobilie schon so gut wie verkauft ist. Einfach, um schon mal den persönlichen Kontakt herzustellen und sich potenzielle Käufer warm zu halten.«

»Ach, echt?« Camerons Erklärung beruhigt mich ein wenig. »Mit solchen faulen Tricks arbeitet ihr?«, ziehe ich ihn auf.

»Sagt ausgerechnet die, die mich bittet, ihren Freund zu spielen. Also, wenn das mit dem Modeln irgendwann Geschichte ist, kannst du gern bei uns Immobilien verkaufen.«

»Ich nehme dich beim Wort«, sage ich amüsiert und merke, wie das Auto langsamer wird. »Oh, ich glaub, wir sind da.«

Wie ich blickt Cameron durch die getönten Scheiben. »Sieht ganz so aus.«

Vor einem mit Scheinwerfern beleuchteten Gebäude kommt der Wagen zum Stehen. Die Eingangstür gleicht eher einem Tor, neben dem rechts und links Fackeln brennen.

»Die Arbeit ruft – für uns beide«, ergänze ich, da Cameron nicht nur als mein Begleiter von öffentlichem Interesse ist. Immerhin durfte er aufgrund seines beruflichen Erfolges ein Interview im Business-Journal geben, weil sein Immobilien-Unternehmen zu den Top drei des Landes zählt. Nicht zu vergessen: seine Nominierung für den Immobilien Award.

»Keine Sorge, mach ich ja nicht zum ersten Mal«, sagt Cameron, als die Wagentür geöffnet wird. Er steigt aus und hält mir seine Hand hin.

Da sich der Eingang nur wenige Meter vor uns befindet, lasse ich meinen Mantel auf dem Sitz und bete zu Gott, dass mein kurzes Kleid den Ausstieg aus der Limousine übersteht. Ohne hochzurutschen und für eine ungewollte Schlagzeile zu sorgen. Wobei das Aufblitzen von Pobacken, des Geschlechtsteils oder der Nippel eine sehr wirksame Art der Publicity darstellt und schon so manchen No-Name über Nacht zum It-Girl gemacht hat. Solche Tricks habe ich zum Glück nicht nötig und würde sie auch nicht in Erwägung ziehen. Daher überprüfe ich schnell, ob oben- und untenrum alles sitzt, und ergreife dann erst Camerons Hand, während ich mit der anderen den Saum des Rocks an Ort und Stelle halte. Ich setze ein

Bein aus dem Auto, lasse das andere folgen und mir von Cameron in einer einzigen fließenden Bewegung aus dem Auto helfen. Geschafft. Sofort knipse ich ein Lächeln an, während um uns herum Blitzlichter explodieren. Cameron legt seinen Arm um mich und wir posieren ein, zwei Mal, bevor wir, abgeschirmt von Julian und drei weiteren Bodyguards, über den roten Teppich ins Gebäude geführt werden. Jetzt beginnt der Teil, den ich bei solchen Events am meisten hasse. Posieren. Lächeln. Noch mal posieren, noch mal lächeln. Dumme, unnötige und vor allem viel zu private Fragen beantworten, ohne zu viel von sich preiszugeben. Und das für die nächste halbe Stunde. Es dauert auch nicht lange, bis sich eine Handvoll Berichterstatter und Fotografen gleichzeitig auf uns stürzt. Um uns herum Stimmengewirr und viele bekannte Gesichter der C-Prominenz, zu der auch ich mich zähle. Dennoch höre ich im Sekundentakt meinen Namen und werde von allen Seiten mit Fragen bombardiert.

»Was tragen Sie heute, Amy?«

»Wie gefällt Ihnen der neue Club?«

»Sind Sie und Cameron Jefferson ein Paar?«

»Was ist dran an den Gerüchten, dass zwischen Ihnen und Cameron mehr läuft?«

»Ihre Modelkollegin Kendra Mitchell hat sich kürzlich für den Playboy ausgezogen. Wann lassen Sie die Hüllen fallen?«

»Tragen Sie was drunter?«

»Das Kleid ist von Morelino und ich fühle mich geehrt, es heute tragen zu dürfen. Mein bester Freund und ich sind gerade erst angekommen, aber was ich bis jetzt vom Sinners gesehen habe, gefällt mir ausgesprochen gut«, gehe ich ganz bewusst nicht auf alle Frage ein und stelle mich lächelnd dem Blitzlichtgewitter, das Cameron genauso wenig ausmacht wie mir. Da er mich schon öfter auf solche Veranstaltungen begleitet hat, meistert er die Situation souverän, nickt hier, lächelt dort, winkt ab und zu. Andere Männer wären vermutlich maßlos überfordert, was die Suche nach dem perfekten Mann für mich nicht gerade erleichtert. Dieser müsste nämlich mit dem medialen Interesse klarkommen und auch bei Fragen, die seine Privatsphäre betreffen, die Ruhe bewahren.

»Cameron, wie schätzen Sie Ihre Chancen ein, den Immobilien Award zu gewinnen?«

»Wie stehen die Chancen, dass aus der Freundschaft zu Amy mehr wird?«

»War Amy der Grund für die Trennung von Kendra?«

»Kendra ist auch hier. Wird es nach ihren heißen Playboy-Fotos ein Liebes-Comeback geben?«

Ich ahne, dass Cameron innerlich gerade aus der Haut fährt. Anzusehen ist es ihm aber nicht, während er sich von allen Seiten ablichten lässt und gleichzeitig antwortet. »Allein die Nominierung bedeutet mir viel. Alles Weitere wird sich zeigen, aber ich würde zu einem Award natürlich nicht nein sagen und ihm einen Ehrenplatz in meinem Büro geben. Als tägliche Motivation«, scherzt er. »Ich kenne die Bilder von Kendra nicht, bin aber sicher, dass sie gut geworden sind. Sie ist ein sehr talentiertes Model und ich wünsche ihr für ihren weiteren Weg alles Gute und viel Erfolg. Danke!« Damit wendet er sich ab, legt seine Hand auf meinen Rücken und wir gehen gemeinsam zum Foyer.

Ich lächle ihn von der Seite an und flüstere: »Das hast du sehr süß gesagt, Cameron.«

»Tja, das ist die Kunst. Süß und trotzdem noch sexy und männlich zu sein«, kontert er selbstsicher mit ebenfalls gesenkter Stimme.

»Hast du die Fotos wirklich nicht gesehen?«, kann ich mir nicht verkneifen zu fragen.

»Nein.«

»Komm schon, vor mir kannst du es ruhig zugeben.«

»Würde ich auch, wenn es so wäre. Aber ich sah keinen Grund, mir die Bilder anzusehen, denn ich weiß ja, wie sie nackt aussieht.« Das kam trocken und bringt mich zum Schmunzeln.

»Auch wieder wahr«, antworte ich an der Sponsorenwand angekommen, vor der ich mich mit dem Veranstalter fotografieren lasse. Nachdem auch das hinter uns liegt und man uns in den VIP-Bereich des Clubs führt – wo pressefreie Zone ist –, atme ich erleichtert auf. Eine Kellnerin, die uns mit zwei Gläsern Champagner empfängt, kommt genau richtig.

Es ist kurz nach drei und ich habe seit einer Stunde offiziell Feierabend. Ich bin nicht mehr dazu verpflichtet, Fotos zu machen und so zu tun, als wäre dies der tollste Club New Yorks. Das ist nämlich nicht der Fall, da er sich in keiner Weise von denen unterscheidet, die ebenfalls mit sexy Barfrauen und -männern, lasziv tanzenden Mädchen und überteuerten Drinks Eindruck zu machen versuchen. Privat würde ich mich hier niemals aufhalten und möchte nur noch nach Hause, um aus dem Kleid und den Heels zu kommen. Da ich mit Cameron hier bin, kann ich nicht einfach gehen und halte suchend nach ihm Ausschau. Vermutlich hat er sich mit irgendeiner Frau, die er später mit zu sich nimmt, in eine etwas intimere Ecke zurückgezogen. Das würde zumindest erklären, warum er meine SMS noch nicht gelesen hat. Da ich ihn weder an der Bar noch in einem der Lounge-Sofas des inzwischen überfüllten VIP-Bereichs finde, versuche ich mein Glück auf der Tanzfläche. Ich zwänge mich an verschwitzten, sich zur Musik aneinander reibenden Leibern vorbei. Der Duft von teuren Parfums und Schweiß liegt genauso in der Luft wie Sex. Darauf laufen solche Partys am Ende immer hinaus. Ich spüre den dröhnenden Bass in meinem Magen und halte mir, geblendet von irgendwelchen Lichteffekten, kurz die Clutch vors Gesicht, als sich plötzlich eine Hand um meinen Arm schließt. Ruckartig werde ich in ein menschliches Sandwich, bestehend aus Kendra und irgendeinem Fotografen, gezogen, dessen Namen ich vergessen habe.

»Komm, tanz mit uns, Amy.« Kendra, die mich seit Monaten ignoriert, legt ihre Arme um meinen Hals und reibt sich an mir. In einem BH und einer Hotpants aus Leder, verziert mit Nieten und Ketten. Im Vergleich dazu fühle ich mich sogar angezogen und will sie gerade fragen, ob sie Cameron gesehen hat. Doch meine Frage bleibt mir im Hals stecken, als ich etwas Heißes, Nasses – die ekelhafte Zunge dieses Möchtegern-Fotografen – an meinem Nacken spüre. Sämtliche Härchen an meinem Körper stellen sich auf und mir läuft es eiskalt den Rücken runter, bevor ich aus meiner Schockstarre erwache. Angewidert schiebe ich Kendra von mir, fahre herum und verpasse ihm eine Ohrfeige.

»Geht's noch?«, brülle ich wütend und wische mir meinen Nacken trocken.

Torkelnd weicht der Typ zurück und sieht mich aus glasigen, zu Schlitzen geformten Augen an. »Du Schlampe! Was bildest du dir ein?«, lallt er und holt zum Schlag aus. Ich sehe seine flache Hand bereits auf mein Gesicht zufliegen, als ein Arm wie aus dem Nichts auftaucht und es verhindert. Es ist der von Cameron, dessen breites Kreuz sich jetzt wie ein Schutzwall zwischen mich und dieses Arschloch schiebt. Da er deutlich kleiner ist als wir, verschwindet er fast komplett aus meinem Sichtfeld. Ich bekomme nur mit, wie Cameron ihn von sich stößt, und hoffe inständig, dass er es dabei belässt. Mit einer Schlägerei täte mir Cameron nämlich überhaupt keinen Gefallen. Doch als er sich zu mir umdreht, ist der Fotograf verschwunden und die Situation bereinigt, ohne besonders viel Aufmerksamkeit auf sich gezogen zu haben. Puh.

»Bist du okay?«, will Cameron wissen und sieht mir besorgt in die Augen.

Ich nicke erleichtert. »Ja, alles gut.«

Er wendet sich Kendra zu, die leicht abwesend und … zugedröhnt wirkt.

»Auch alles okay.«

»Gut.« Sein Blick wandert wieder zu mir zurück, wo er bleibt. »Dich kann man aber auch keine Sekunde aus den Augen lassen, hm?«

»Du kamst genau richtig.«

»Allerdings! Sonst hätte ich den Scheißkerl nämlich nicht einfach so davonkommen lassen.« Aufgebracht fährt er sich durchs zurückgekämmte dunkle Haar.

Aus dem Impuls heraus, ihn beruhigen zu wollen, lege ich meine Hand an seine Brust, die sich schwer auf und ab bewegt. »Danke, Cameron. Auch dafür, dass du keine Szene gemacht hast.«

»Schon okay. Ich weiß ja, dass du hier deinen Job machen

musst – auch wenn ich ihn in solchen Momenten verfluche. Wozu hast du eigentlich die Bodyguards, wenn sich jeder Verrückte einfach so an dich ranmachen kann?«, regt er sich auf und schaut sich wütend um.

»Sie halten im Foyer die Stellung. In der VIP-Lounge ist ihre Anwesenheit normalerweise nicht erforderlich.«

»Ja, normalerweise.« Verständnislos schüttelt er den Kopf. »Ich hab deine SMS gelesen. Von mir aus können wir abhauen. Das ist nicht so mein Laden.«

»Meiner auch nicht«, sage ich und will mich gerade von Kendra verabschieden, von der jedoch jede Spur fehlt. Sich sang- und klanglos aus dem Staub zu machen, passt irgendwie ins Bild der letzten Monate.

Beim Verlassen des VIP-Bereichs schirmt Cameron mich nach allen Seiten ab, als wäre er jetzt mein Bodyguard. Nach der Aktion von vorhin ist mir das recht, weshalb ich mich an seinem Arm festklammere und mich dicht an seinen Rücken presse.

Wenig später in der Limousine streife ich mir stöhnend die Heels von den Füßen. »Gott, tut das gut«, sage ich und seufze erleichtert auf. »Du hast nicht zufällig Lust, gleich noch auf ein Glas Wein mit zu mir zu kommen und mir die Füße zu massieren?«

Meine Frage war eigentlich als Scherz gemeint, doch Cameron mustert mich, als würde er es tatsächlich in Erwägung ziehen.

»Wenn du wegen dieses Arschlochs von vorhin noch zu aufgewühlt bist und jetzt nicht allein sein willst, bleibe ich natürlich, bis es dir bessergeht.« In seiner sanften, rauen Stimme schwingt noch immer Sorge mit, die ich ihm nehmen will.

»Das ist superlieb von dir, aber mir geht es gut, Cameron, wirklich«, versichere ich, seinen prüfenden Blick erwidernd. »Das habe ich vorhin nicht einfach so gesagt.«

Skeptisch hebt er eine Braue. »Sicher.«

»Absolut. Ich komme klar. Sonst würde ich es zugeben.«

»Wenn das so ist, dann …« Er wirft einen Blick auf seine Rolex. »… lasse ich mich vom Fahrer lieber nach Hause bringen, okay? Es ist schon spät.«

Ich nicke verständnisvoll. Zumal ich weiß, dass Camerons Entscheidung mit Regel Nummer eins zusammenhängt. Dabei ist sie sowieso hinfällig, falls sich Mrs. Keyland für mich entscheidet. Falls. Die Vorstellung, sie könnte das Haus jemand anderem geben, zerrt plötzlich an meinen Mundwinkeln.

»Hey … Jetzt zieh doch nicht so ein Gesicht.«

»Tu ich doch gar nicht«, lüge ich.

Cameron verdreht stöhnend die Augen. »Na, gib schon her.«

»Was?«

»Deine geschundenen Füße.«

Ich lächele. »Oh, echt?«

Er schnappt sich meine Beine, rückt ans Ende der Sitzbank und platziert sie auf seinem Schoß. »Als ob du es nicht drauf angelegt hättest.«

»Hab ich nicht.«

»Hast du wohl«, beharrt er amüsiert.

»Nein, wirklich nicht.«

»Willst du diskutieren oder die Massage genießen?« Herausfordernd sieht er mich an und beginnt, meinen rechten Fuß auf eine Weise zu kneten, dass ich statt zu antworten bloß seelig die Augen schließe.

11

CAMERON
Mai 2005

»Cammyyyyyyy!«

Wie ich es hasse, von Mom genannt zu werden, als wäre ich noch ein Kind.

»Cammyyyyyyy!« Ich höre, wie sie die Treppe hochgeht, und weiß, dass sie gleich in mein Zimmer kommen wird. Vorher wird sie zwar anklopfen, die Tür aber trotzdem öffnen, ohne mein Herein abzuwarten. Auch das kann ich absolut nicht ab. »Ich wollte dir nur eben deinen Smoking bringen«, kündigt sie an, womit wir bei der Sache wären, die mich aktuell am meisten ankotzt: Der Abschlussball, zu dem ich nicht gehen werde, nicht gehen kann und will seit dem Gespräch mit Amy. Eine Woche liegt es nun schon zurück, aber die Vorstellung, dass sie mit Jeremy dort hingeht, hat mich krankgemacht. Nicht nur im Sinne von verrückt oder wahnsinnig, sondern richtig krank. Magen-Darm oder so, was mir echt entgegenkam. Ich konnte ganz offiziell bis Freitag zu Hause bleiben, obwohl es mir schon seit Donnerstag bessergeht – zumindest körperlich. Scheiße fühle ich mich immer noch und habe daher auch nicht vor, diesen beschissenen Smoking anzuziehen und der Einzige zu sein, der ohne Date auf den Ball geht. Meine Eltern wissen noch nichts davon, aber das wird sich ändern, sobald Mom mein Zimmer betritt, was genau jetzt – unmittelbar nachdem sie geklopft hat – der Fall ist.

Ich liege noch immer im Pyjama auf meinem Bett und starre an die Decke. »Du kannst den Smoking wieder mitnehmen. Ich geh nicht zum Ball.«

»Was soll das heißen, du gehst nicht zum Ball? Den haben wir dir doch extra dafür gekauft. Ich saß die letzten drei Stunden an der Nähmaschine, um ihn für dich anzupassen, Cammy.«

Schon wieder Cammy. Ich verdrehe die Augen. »Ja, tut mir leid.«

»Ist das alles, was du dazu zu sagen hast?« Sie kommt näher, bleibt neben meinem Bett stehen. »Würdest du mich bitte mal ansehen und mir verraten, was eigentlich los ist?«

Ich drehe den Kopf in ihre Richtung. Die Verwirrung und Fragen, auf die ich jetzt echt keinen Bock habe, stehen ihr ins Gesicht geschrieben. »Ich lasse den Ball ausfallen, gehe nicht hin.«

»Warum? Bist du noch krank? Es ging dir doch schon wieder gut«, fragt sie besorgt, legt den Smoking ordentlich über die Kopflehne meines Betts und setzt sich neben mich auf die Matratze. Als sie mir an die Stirn fassen will, drehe ich den Kopf weg.

»Ich will einfach nicht zum Ball, Mom. Punkt. Aus«, lasse ich meine Wut auf die ganze verfluchte Menschheit einfach an ihr aus.

»Aber wieso denn nicht, Cammy?«

»Meine Güte! Weil. Ich. Nicht. Will.« Jedes Wort einzeln betonend, mache ich meinen Standpunkt so energisch klar, dass sie mich beinahe erschrocken ansieht. So rede ich normalerweise nicht mit ihr und fühle mich augenblicklich mies. »Sorry, Mom, aber so ist es halt. Tut mir leid, dass du dir die Mühe mit dem Umnähen gemacht hast«, entschuldige ich mich – auch weil ich die Enttäuschung in ihrem Gesicht sehe. Sie und Dad hatten sich bereits mit anderen Eltern dort verabredet. Im Grunde können sie das ja immer noch tun, nur dass ich nicht dabei sein werde.

»Ist … ist was passiert? Weiß Amy schon Bescheid?«

Ich schlucke schwer. »Ja.«

»Also, dann … dann habt ihr also doch nicht vor, zusammen hinzugehen?«

»Nein.«

»Wird sie denn da sein?«

Mein Magen zieht sich zusammen. »Ja.«

»Oh.« Sie nickt, als wüsste sie jetzt über alles Bescheid. Darüber, dass dieser verfickte Kuss alles kaputtgemacht hat. Darüber, dass Amy mit Jeremy zum Ball gehen, auf der danach stattfindenden Party mit ihm tanzen und ihn vermutlich auch küssen wird. Vielleicht sogar mehr. Mir wird schon wieder schlecht, wenn ich nur daran denke.

»Hattet ihr Streit? Warst du deswegen die ganze Woche über ... krank?«, fragt sie vorsichtig, obwohl ihr Finger schon längst bis zum Anschlag in meiner Wunde steckt.

»Ich möchte nicht darüber reden, Mom. Okay?«

»Okay.« Ihre Augen füllen sich mit Mitleid, vermischt mit Sorge. Ich habe weder auf das eine noch das andere Bock und hoffe, dass sie jetzt geht.

Sie seufzt. »Kann ich irgendwas für dich tun?«

»Ich will einfach nur allein sein.«

»Ist gut. Ähm ...« Sie steht auf. »Dann geh ich mal.«

Ich drehe den Kopf weg, starre an die Wand und warte, bis sie die Tür zumacht. Dann ziehe ich mir die Decke über den Kopf und beiße so fest hinein, dass mein Kiefer davon schmerzt.

Ein Geräusch, als würden Äste oder kleine Steine gegen eine Scheibe schlagen, reißt mich nachts aus dem Schlaf. Oder besser gesagt aus dem Versuch zu schlafen. Ich blinzele zum Radiowecker auf meiner Kommode und sehe, dass es kurz nach eins ist. Wieder dieses Geräusch, das auf keinen Fall von Ästen kommen kann, da so dicht an unserem Haus keine Bäume stehen. Es kommen also nur noch Steine infrage. Steine, die jedoch nicht an mein Fenster prallen, sondern entweder an das vom Bad oder dem Schlafzimmer meiner Eltern. Meins befindet sich nämlich genau dazwischen. Gähnend schlage ich mir das Laken von den Beinen und steige aus dem Bett, um auszuschließen, dass ich Hallus habe. Ich gehe zum Fenster, schaue hinaus und traue meinen Augen nicht. Amy steht in einem langen blauen Kleid auf dem Dach meiner Karre und wirft mit Steinen. Nicht gegen mein Fenster, sondern das meiner Eltern. Blinzelnd vergewissere ich mich, dass ich auch wirklich wach bin, und reibe mir die Augen. Denn das Bild ist so dermaßen surreal, dass es sich genauso gut in einem total schrägen Traum abspielen könnte. Aber das hier ist kein Traum. Amy steht im Licht des vermutlich von ihr ausgelösten Bewegungsmelders wahrhaftig, live und in Farbe in einem Ballkleid auf meinem Auto. Sie ist drauf und dran, meine Eltern zu wecken, weshalb ich mit rasendem Puls das Fenster öffne und schreiflüstere: »Amy!«

Doch sie hört mich nicht und wirft den nächsten Stein gegen die falsche Scheibe.

»Hey! Amy!« Ich lehne mich weiter hinaus und gebe ein kurzes Pfeifen von mir, was sie endlich innehalten lässt.

»Cameron?«, schreitflüstert sie zurück und winkt mir zu. »Kann ich hochkommen?«

Mein Herz klopft mir bis zum Hals. »Es ist mitten in der Nacht, Amy.«

»Bitte.«

Ich bin viel zu neugierig und gespannt darauf, zu erfahren, was sie will, um jetzt stolz zu sein. Und gefehlt hat sie mir auch, obwohl ich sie gleichzeitig verflucht habe. Dass wir eine ganze Woche keinen Kontakt haben, kommt – wenn überhaupt – nur einmal im Jahr vor. Im Sommerurlaub mit meinen Eltern, und selbst dann schreiben wir uns mindestens alle zwei Tage Nachrichten oder schicken uns Bilder. Die letzten Tage waren die reinste Folter; ich kann sie nicht unten beziehungsweise auf meinem Auto stehen lassen. Außerdem hab ich keinen Bock, dass meine Eltern wach werden, und ziehe mir schnell ein T Shirt über. Dann schleiche ich die Treppe hinunter, öffne leise die Haustür und – keine Amy.

»Cameron?«, höre ich sie leise meinen Namen rufen und schaue um die Ecke.

Sie steht nicht mehr, sondern sitzt mittlerweile auf dem Dach meines Autos. »Kannst du mir helfen? Allein komme ich nicht runter.«

Ich verkneife mir zu fragen, wie sie es dann überhaupt hoch geschafft hat. Solche seltsamen Aktionen passen gar nicht zu ihr. Schnaubend nehme ich einen von Dads Laufschuhen und benutze ihn als Türstopper, um mich nicht auszusperren. Dann gehe ich barfuß zu meinem Auto, stelle mich vor Amy und reiche ihr meine Hand. Doch statt sie zu ergreifen, lässt sie sich wie ein nasser Sack einfach nach vorn fallen und landet ohne Vorwarnung in meinen Armen. Das kommt so unerwartet, dass ich bei dem Versuch, sie abzufangen, leicht ins Straucheln komme.

»Huch«, stößt sie so dicht vor meinem Gesicht hervor, dass mir ihr Atem ins Gesicht schlägt. Ich rieche Alkohol. Irgendwas Hochprozentiges. Jetzt wird mir einiges klar.

»Du hast getrunken«, stelle ich irritiert fest.

»Woher weißt du das?« So wie sie lallt, ist sie definitiv mehr als bloß angeheitert.

»Du hast auf meinem Auto gestanden, Steine an das Fenster meiner Eltern geworfen … und …« Mir fallen ihre nackten Füße auf. »… bist barfuß. Wo sind deine Schuhe?«, frage ich flüsternd.

»Irgendwo neben deinem Auto. Ich hab sie ausgezogen, um besser aufs Dach klettern zu können.« Ihre Stimme klingt leicht schleppend, aber auch irgendwie süß. So habe ich Amy noch nie erlebt.

»Dann stehen die Chancen, dass du mir keine Beulen reingemacht hast, ja gar nicht mal so schlecht«, scherze ich und halte sie fest.

»Ich war extra vorsichtig, versprochen. Damit du nicht noch einen Grund hast mich zu hassen.«

Ich hasse dich nicht, will ich antworten, aber hier draußen ist nicht der richtige Ort für solche Gespräche. Ich weiß ja nicht mal, ob sie sich den Dingen, die sie in diesem Zustand sagt, richtig bewusst ist und sich morgen noch daran erinnert. Vielleicht ist sie auch gar nicht zum Reden hier, aber das wird sich gleich herausstellen. Für den Moment ignoriere ich ihren Kommentar und hebe sie seitlich in meine Arme, weil ich ihrer Standfestigkeit nicht über den Weg traue. Um ihre Schuhe kümmere ich mich später.

Sie lässt ein viel zu lautes hohes Quieken hören, für das sie sich sofort entschuldigt. »O nein, das wollte ich nicht. Ich bin jetzt leise. Pssssst«, flüstert sie und legt ihren Zeigefinger an meine, statt an ihre Lippen.

Okay, sie ist noch fertiger, als ich dachte.

»Wir gehen jetzt rein, okay? Sei also bitte still, ja?«

»So ein schöner Mund …«, wispert sie und gleitet mit dem Finger über meine Oberlippe.

Wenn ich sie nicht im Arm hätte und schnell in mein Zimmer wollte, wäre ich jetzt erstarrt. Aber ich reiße mich zusammen, schließe mit dem Fuß die Tür hinter uns und nehme die Treppe nach oben, während sie nun meine Unterlippe nachzeichnet.

»So … weich … und seidig«, schwärmt sie und mein Herzschlag beschleunigt sich. Was zur Hölle ist mit ihr los? »Jeremys Lippen sind hart … fest … und rau.«

Diesmal halte ich reflexartig inne, weil sich mein ganzer Körper verkrampft. Fast hätte ich sie losgelassen, zwinge mich aber weiterzugehen, und setze sie, in meinem Zimmer angekommen, auf mein Bett. Dann mache ich das Licht an und bekomme direkt die nächste Klatsche. In ihrem hochgesteckten Haar ist eine Art Krone mit der Aufschrift Prom-Princess befestigt. Geil! Dann ist Jeremy wohl ihr Prinz und ich der Idiot.

»Herzlichen Glückwunsch!«, presse ich hervor, bleibe vor ihr stehen und deute auf ihren Kopf. »Bist du deswegen hier? Um mir auf die Nase zu binden, dass du jetzt Ballprinzessin bist?« Wollte sie deshalb mit ihm dorthin? Weil Jeremy beliebt ist und sie mit mir niemals zur Prinzessin gekürt worden wäre?

»Ich wollte die gar … nicht«, sagt Amy mit schleppender Stimme, fummelt sich die Krone aus dem Haar und wirft sie durch mein Zimmer. »Und Jeremy … will ich auch nicht.«

»Aber du hast ihn geküsst, oder?«, frage ich und spüre wieder dieses Stechen in der Brust.

»Er hat mich geküsst und es war schrecklich … Nicht so … so

wie bei uns beiden.« Sie steht auf, plumpst kurz zurück auf die Matratze und erhebt sich dann wieder. Langsam kommt sie auf mich zu, schaut mir in die Augen. Ihren ist deutlich anzusehen, dass sie nicht nüchtern ist. Ich sollte nichts von dem, was sie sagt, ernst nehmen, aber ich kann nicht anders.

»Du bist total betrunken, Amy.«

Sie steht jetzt so dicht vor mir, dass sie den Kopf in den Nacken legen muss, um mir ins Gesicht zu schauen. »Ich weiß … sonst wäre ich jetzt nicht hier. Sonst würde ich mich so was niemals trauen, Cameron.« Ihre Zehen berühren meine und ich weiche zurück, obwohl ich das gar nicht will. So wie sie jetzt vor mir steht, will ich … mehr. Aber *mehr* hat sie mir verboten. *Mehr* führt dazu, dass sie sich zurückzieht. *Mehr* treibt sie von mir weg, zu anderen Typen. *Mehr* macht alles so verdammt kompliziert.

»Was trauen?«, frage ich heiser.

Statt zu antworten, führt sie ihre Arme hinter den Rücken und fummelt so lange an ihrem Kleid rum, bis das Geräusch des Reißverschlusses zu hören ist. Da es keine Träger hat, gleitet es wie von selbst, wie ein Vorhang aus blauer Seide an ihrem Körper hinab und bauscht sich um ihre nackten Füße.

»Amy, was … was machst du denn da?«, stottere ich, als sie nur noch in weißer Unterwäsche vor mir steht. Mir wird warm, nein heiß. Dabei sehe ich ihre Figur nicht zum ersten Mal. Wir waren schon oft zusammen schwimmen, weshalb ich weiß, wie schlank sie ist, wie schön ihre Brüste im BH aussehen und wie flach ihr Bauch ist. Was ich nicht weiß, ist, wie es wäre, ihre blasse Haut zu berühren. Plötzlich verspüre ich den Drang, genau das zu tun, und merke, dass sich ihretwegen schon eine Erektion ankündigt. Als ließe sich das noch irgendwie verhindern, weiche ich erneut zurück.

»Gefalle ich dir nicht?«, fragt Amy und blickt etwas unsicher an sich herunter. Sie scheint echt keine Ahnung zu haben, wie unglaublich schön sie ist. Eigentlich bräuchte sie nur mal einen Blick auf meine im Schritt ausgebeulte Boxershorts zu werfen, die von meinem T Shirt bedeckt wird. Noch.

»Doch, aber …« Mir klopft das Herz bis zum Hals. »… aber ich versteh nicht, was das soll. Letzte Woche hast du gesagt, dass du nicht mit mir zum Ball willst, dass wir uns nicht mehr küssen sollten, und jetzt? Jetzt willst du plötzlich … Was … was willst du, Amy? Wieso bist du nach dem Ball nicht zu Jenna gefahren? Was ist mit Jeremy?«

»Jeremy ist … Er hat …« Ihre Lippen beben.

»Was hat er?«

»Er …« Sie holt zitternd tief Luft. »… hat keine Ahnung, dass ich hier bin.«

»Und?« Ich schlucke. »Warum bist du hier?«

»Weil ich …« Sie verschränkt ihre Arme vor der Brust und reibt ihre Oberarme. »Ich dachte, dass ich mit dir schlafen will …«

Meine Augen werden groß, während sich ihre mit Tränen füllen. Jetzt kapiere ich gar nichts mehr und warte total verwirrt auf den Rest ihres Satzes.

»… aber eigentlich will ich einfach nur, dass du mich nicht mehr hasst«, schluchzt sie und ihre Schultern fangen an zu beben. »Du bist mein bester Freund, Cameron, und … und wenn du mich hasst, wenn du mich nicht mehr magst, dann … dann hab ich niemanden mehr. Ich hab doch nur dich.«

Ihre Worte bohren sich tief in meine Brust und ich bekomme einen dicken fetten Kloß im Hals, den ich auch nach mehrmaligem Schlucken nicht runterbekomme. Hilflos stehe ich da, weiß nicht, was ich tun soll, weil sich Amy so widersprüchlich verhält, weil ich sie so nicht kenne. Eins weiß ich aber bestimmt und bücke mich nach ihrem Kleid, mit dem ich ihren Körper bedecke.

»Ich hasse dich nicht, Amy. Ich könnte dich niemals hassen«, sage ich leise, während Tränen über ihre Wangen laufen und schwarze Striemen hinterlassen. Sie fasst nach dem Kleid und presst es schluchzend an ihre Brust. Meine fühlt sich genauso eng an wie letzte Woche, als sie heulend aus meinem Zimmer gerannt ist. So weit lasse ich es diesmal aber nicht kommen, nähere mich ihr langsam und lege beide Arme um ihren zitternden Körper. Sie bricht sofort in Tränen aus und weint in mein T Shirt. Kurz und heftig, dann zählt sie stotternd bis drei, schiebt mich beinahe abrupt von sich und gibt mir damit wieder hundert Rätsel auf.

»Was … ähm …?«

»Wenn du … wenn du mich länger drückst, höre ich nicht mehr auf … zu weinen«, erklärt sie heiser. »Deswegen …«

»Die drei Sekunden?«, vervollständige ich ihren Satz, der für mich jedoch keinen Sinn ergibt, weil noch immer Tränen kommen. Mit dem Kleid wischt sie ihr Gesicht trocken, was einen dunklen Fleck auf dem Stoff hinterlässt.

»Scheiße! Jenna bringt mich um, wenn sie sieht, wie schmutzig es ist«, sagt sie besorgt.

Ohne groß nachzudenken, ziehe ich mein T Shirt aus – und gebe es ihr. »Nimm das hier.«

Aus feuchten Augen sieht sie dankbar zu mir hoch, bevor sie reinbläst wie ein Elefant, als sie ihre Nase damit putzt.

Wir müssen beide lachen und ich merke, wie mir das gefehlt hat. Dieses Unkomplizierte zwischen uns. Ich will, dass es wieder so wird. Ich will, dass wir uns treffen können, ohne mehr zu wollen, ohne dieses ekelhafte Ziehen in der Brust, ohne sie zum Weinen zu bringen, ohne dass sie betrunken zu mir kommt und lauter seltsame Sachen sagt. Ohne diese ganze Gefühlsscheiße. Ich will einfach nur, dass wir die besten Freunde sind und es bleiben.

Nachdem sie sich wieder beruhigt, eine halbe Flasche Wasser getrunken und einen Schokoriegel gegessen hat, liegen wir nebeneinander auf meinem Bett und starren an die Decke.

»Ist jetzt wieder alles okay zwischen uns?«, frage ich, um auf Nummer sicher zu gehen.

»Ja, ich schätze schon, oder?« Sie klingt genauso unsicher, wie ich mich fühle.

»Von mir aus auch, aber … aber vielleicht brauchen wir Regeln, damit … damit es so bleibt.«

Sie dreht sich auf die Seite, sieht mich an, also neige auch ich den Kopf in ihre Richtung, schaue sie ebenfalls an.

»Was für Regeln, Cameron?«

»Regeln, um unsere Freundschaft zu schützen.«

Sie nickt. »Und welche?«

»Eine hast du letzte Woche schon festgelegt: Wir sollten uns nicht mehr auf den Mund küssen.«

»Einverstanden.«

»Und das, was du vorhin wolltest, als du dich … ausgezogen hast. Sollten wir auch nicht tun.«

Sie wird rot. »Du meinst … miteinander schlafen oder so?«

»Ja.«

»M-hm. Okay.«

In Erinnerung daran, dass ich sofort hart war, als sie halb nackt vor mir stand, kommt mir eine weitere Regel in den Sinn. »Ich … ich sollte dich nicht nackt sehen, Amy. Auch wenn du wunderschön bist«, schiebe ich schnell hinterher, damit sie nicht denkt, sie sei hässlich.

Sie lächelt verlegen. »Und was ist mit dir?«

»Was soll mit mir sein?«

»Wenn ich nicht nackt vor dir sein darf, dann darfst du es auch nicht vor mir sein.«

»Warum?« Fast muss ich lachen. »Sieh mich doch mal an.«

»Das hab ich. Das …« Sie beißt sich auf die Unterlippe. »Das tue ich oft«, gesteht sie, als wäre es ein Geheimnis, das sie nie lüften wollte.

Jetzt kenne ich es und bin zu überrascht, um was zu sagen. Also bleibe ich still und sehe dabei in ihre blauen, noch immer leicht geröteten Augen. »Okay …«, breche ich seufzend das Schweigen und korrigiere mich: »*Wir* dürfen uns niemals nackt sehen.«

Noch immer sehen wir uns an und ich verspüre mehr und mehr den Drang, näher zu ihr zu rücken, sie wie vorhin in den Arm zu nehmen. Nicht, um sie zu trösten, denn dazu besteht kein Grund mehr. Aber sie zu halten hat sich so gut angefühlt, und hier nachts mit ihr zu liegen ist irgendwie … echt schön. Zu schön. »Ich glaube auch, dass es besser und einfacher wäre, sich an diese Regeln zu halten, wenn … wenn wir keine Nächte zusammen verbringen«, schlage ich vor.

»Okay. Ähm … willst du, dass ich jetzt gehe?«

»Nein. Du kannst hier schlafen und ich gehe ins Gästezimmer, sonst bekommen meine Eltern morgen früh einen Anfall, wenn sie sehen, dass wir in einem Bett gepennt haben.«

Amy lächelt. »Dann schlaf ich aber im Gästezimmer.«

»Nein! Mein Bett ist bequemer. Ich gehe rüber.«

Etwas, das ich bei Amy noch nie gesehen habe, flackert in ihren Augen auf. »Du bist echt lieb, Cameron. Danke«, flüstert sie und streicht mir so zaghaft über die Wange, dass ich ihre Finger kaum spüre, aber sich trotzdem ein heftiges Kribbeln in meinem Bauch ausbreitet.

»Eine Regel brauchen wir noch«, kommt es diesmal von Amy und sie klingt traurig. »Wir dürfen niemals mehr wollen als Freundschaft. Wir … dürfen uns nicht verlieben, Cameron.«

Nickend gebe ich ihr recht. »Nein, das dürfen wir nicht.«

12

Amy

Cameron hatte recht.

Ich habe mich wegen des Hauses unnötig verrückt gemacht. Denn am Montagmorgen, als ich noch im Nachthemd meinen Namen googelte – das mache ich immer, nachdem ich auf Events gebucht war –, trudelte endlich die langersehnte Mail von Mrs. Keyland ein. Als ich sie öffnete und nur das »Ich freue mich, Ihnen mitteilen zu dürfen« las, sprang ich vom Sofa auf und vollführte einen Freudentanz. Lachend und weinend. Vor Glück und Erleichterung, weil ich schon befürchtet hatte, das Haus nicht zu bekommen.

Heute, eine Woche später, ist der Mietvertrag mit Kaufoption unterschrieben und Mrs. Keyland übergibt uns gerade die Schlüssel.

»Herzlichen Glückwunsch! Ich wünsche Ihnen viel Freude in Ihrem neuen Heim.«

»Die werden wir haben«, antwortet Cameron.

»Vielen Dank!« Strahlend nehme ich den Schlüssel an mich.

»Dass Ihnen das Haus so viel bedeutet, bestätigt mich in meiner Entscheidung, es Ihnen überlassen zu haben«, sagt sie, wodurch mir erst auffällt, dass ich den Schlüssel nicht einfach bloß in der Hand halte, sondern an mein Herz presse.

»Ja, das tut es.« Ich nehme meine Hand von der linken Brust und lasse den Arm sinken. »Sie werden Ihre Entscheidung nicht bereuen.«

»Ich weiß, Miss Watson.« Sie nickt uns beiden lächelnd zu. »Sollten Sie Fragen haben, bin ich sehr gerne für Sie da. Rufen Sie einfach an und ich kümmere mich um Ihr Anliegen oder leite es, falls erforderlich, an die Eigentümerin weiter«, erklärt sie.

»Dann bleiben Sie weiterhin unsere erste Ansprechpartnerin?«

»Genau. Auf Wunsch der Eigentümerin, die sich Ihnen aber mit Sicherheit bald persönlich vorstellen wird.«

Gut zu wissen. »In Ordnung. Dann wissen wir Bescheid.«

Nachdem wir uns verabschiedet haben, stecke ich mit klopfendem Herzen und leicht zittrigen Fingern den Schlüssel ins Schloss der Haustür und schließe ab.

»Die Tür war bereits offen«, bemerkt Cameron neben mir.

»Ich weiß, aber das Haus gehört jetzt mir – beziehungsweise uns«, korrigiere ich mich schmunzelnd. »Und deshalb werden wir jetzt den Schlüssel vernünftig einweihen und die Tür aufschließen.«

Cameron sieht mich an, als hätte ich eine Schraube locker. »Können wir denn einfach hineingehen oder müssen wir vorher noch den Boden einweihen?«, macht er sich über mich lustig.

»Du bist ein Spielverderber, weißt du das?« Ich öffne die Tür und betrete das Haus meiner Eltern, das jetzt – wenn auch erst mal nur zur Miete – mir gehört. Überwältigt von dieser Vorstellung, fahre ich herum und falle Cameron, nachdem er die Tür hinter sich geschlossen hat, unerwartet um den Hals.

»Whoooooowwww! Wir sind jetzt allein und müssen uns nicht als Paar ausgeben«, scherzt er, meine Umarmung erwidernd.

»Ich weiß, aber ich bin … ich bin gerade so vollgepumpt mit Endorphinen, dass ich gar nicht weiß, wohin mit mir«, sage ich halb lachend und presse ihn noch fester an mich.

»Wenn das so ist, bist du hier genau richtig. Lass es raus!« Er drückt mir einen Kuss aufs Haar und macht Anstalten, sich von mir zu lösen. Vermutlich wegen der Drei-Sekunden-Sache.

»Nicht loslassen«, flüstere ich in seine Halsbeuge.

»Nicht?«

»Nein. Ich werde nicht weinen. Mir geht's gut, mehr als gut, und ich möchte noch ein bisschen so von dir gehalten werden, weil mich all die Emotionen sonst zum Platzen bringen.«

Als wollte er das verhindern, spannt er seine Arme fester um meinen Körper und so stehen wir dann eine Weile da. Schweigend. Glücklich. Nervös. Ängstlich. Aufgeregt. Voller Erwartung. Und ein bisschen Wehmut. Zumindest trifft all das auf mich zu und ich bin dankbar dafür, nicht allein durch dieses Gefühlschaos zu müssen.

»Was glaubst du, wie Liz und Steve auf die Neuigkeiten reagieren werden?«, frage ich Cameron eine halbe Stunde später. Wir sind zum Lunch bei seinen Eltern, nur drei Häuser weiter, eingeladen. Laut Cameron sind sie vollkommen aus dem Häuschen, mich auch mal zwischen den Feiertagen zu sehen. Seit Camerons Auszug mit neunzehn Jahren bekommen sie mich nur noch an Weihnachten und Thanksgiving zu Gesicht, womit mein letzter Besuch also zehn Monate zurückliegt. Vermutlich ahnen sie, dass es einen Grund für dieses außerplanmäßige Treffen gibt. Dass wir ihre neuen Nachbarn sind, wissen sie jedoch noch nicht.

»Zuerst werden sie sich freuen, mich … uns wieder in ihrer Nähe zu haben.«

»Und dann?«, greife ich vor, obwohl ich es mir denken kann.

»Wird vor allem meine Mom es … na ja … gewöhnungsbedürftig finden, dass wir uns als Paar ausgeben. Dad ist entspannt, dem wird das egal sein.«

»Okay«, sage ich leicht verunsichert und spüre, wie mein Puls vor Nervosität steigt. Steve und Liz waren für mich immer wie Familie und sind es noch immer, weil sie mich stets behandeln, als würde ich dazugehören. Dank ihnen konnte ich zu Weihnachten immer einen Tannenbaum dekorieren und Geschenke auspacken oder bei der Zubereitung des Truthahns für Thanksgiving helfen. Als wir in der Schule einmal die Aufgabe hatten, ein Elternteil über dessen Beruf zu interviewen und darüber einen Aufsatz zu verfassen, ging ich zu Steve. Nicht zu Jenna. Wann immer ich jemanden brauchte, der meine Hausaufgaben kontrollierte, ging ich zu Liz. Nicht zu Jenna. Camerons Mom war es, die mir mit vierzehn erklärte, dass ich nicht krank, sondern einfach nur meine Periode bekommen hatte und jetzt eine Frau war. Sie kaufte mir Binden und OBs und erklärte mir deren Anwendung.

Steve und Liz füllten das brennende Loch, das das Feuer in meinem Leben hinterlassen hatte, mit all der Liebe und Zuneigung, die mich Jenna nie wirklich spüren ließ. Bis heute. Dazu war die Schwester meiner Mom viel zu sehr mit irgendwelchen Ernährungsplänen, Schönheitskuren und Männergeschichten beschäftigt. Bis auf die Tatsache, von ihr aufgenommen worden zu sein – was ich ihr nie, niemals vergessen werde –, ist meine Modelkarriere das Einzige, was ich ihr noch zu verdanken habe. Ohne ihr ständiges Kalorienzählen wäre ich als Teenager niemals diesem Schlankheitswahn verfallen, der mir die erforderlichen Maße beschert hat. Manchmal habe ich sogar das Gefühl, dass sie meine Modellkarriere als ihren eigenen Erfolg verbucht. Als würde sie durch mich ihren Traum leben, denn wenn wir uns sehen, gibt es kein anderes Thema. Sie erkundigt sich nach meinen Jobs, aber nie danach, wie es mir privat geht. Anfangs tat es weh, aber inzwischen habe ich mich daran gewöhnt – auch weil ich Liz und Steve habe, die an jeder Facette meines Lebens interessiert sind. Deshalb ist Jennas Meinung zu meinem neuen Haus auch egal. Wohingegen mir bei Liz und Steve unheimlich wichtig ist, dass sie mit der neuen Situation klarkommen und mir beziehungsweise uns die kleine Notlüge unseren Beziehungsstatus betreffend nicht übelnehmen und damit einverstanden sind.

»Aber im Grunde spielt es doch überhaupt keine Rolle, was meine Eltern davon halten«, sagt Cameron, als hätte er meine Gedanken belauscht. »Wir gehen ja nicht zu ihnen, um nach Erlaubnis zu fragen, sondern um sie darüber zu informieren, bevor sie es von anderen erfahren oder durch Zufall mitbekommen, wie wir ins Haus gehen. Also mach dir keinen Kopf, okay? Das Einzige, worüber du dir schon mal Gedanken machen kannst, ist, wie wir meiner Mom schonend beibringen, dass wir nicht jeden Sonntag zum Essen vorbeikommen werden«, scherzt Cameron, was mir die Sorge nimmt und mich zum Lachen bringt.

»Aber das ist doch Tradition.«

»Gewesen …«, korrigiert mich Cameron. »Als ich noch zu Hause und du bei Jenna gelebt hast.«

In gespielter Euphorie klatsche ich vor ihm hüpfend in die Hände. »Dann sollten wir sie wieder aufleben lassen. Traditionen muss man pflegen.«

»Dann pfleg du mal, aber ohne mich. Nach einer Fünfzig-bis-sechzig-Stunden-Woche bin ich froh, wenn ich mal keine Termine habe. Genau das ist sonntags der Fall und soll auch so bleiben.«

»Ich verstehe, was du meinst. Trotzdem hätte mir die Vorstellung gefallen, wie früher von deiner Mom bekocht zu werden und gemeinsam mit euch am Tisch zu essen.« In Erinnerungen schwelgend gehe ich wieder neben Cameron her und hake mich bei ihm ein.

»Wie wäre es mit einer neuen Sonntags-Tradition?« Gespannt auf seinen Vorschlag sehe ich ihn von der Seite an und bemerke das amüsierte Funkeln in seinen Augen. »*Du* bekochst *mich* und *wir beide* essen gemeinsam.«

»Klar. Und danach putze ich das Haus, wasche deine Wäsche und bügle deine Hemden.« Meine Stimme trieft vor Ironie.

»Kommt es mir nur so vor oder hältst du mich tatsächlich für einen Macho?«

»Neeiiiiiiiin. Nach dem Vorschlag doch nicht. Aber vielleicht habe ich dich auch falsch verstanden und du wolltest in Wirklichkeit vorschlagen, dass *wir* zusammen kochen.«

»Genau das habe ich doch gesagt«, behauptet er mit zuckenden Mundwinkeln. »Du scheinst echt was an den Ohren zu haben.«

»Na, wenn das so ist, können wir die Sonntage gerne fürs gemeinsame Kochen einplanen«, nagele ich ihn fest. Nicht zum Scherz, sondern weil mir die Idee wirklich gefällt – und weil ich ein bisschen Schiss davor habe, sonntags mit mir und all den Erinnerungen allein in dem Haus zu sein.

»Du solltest echt in meiner Firma anfangen, so gut wie du darin bist, anderen etwas aufzuschwatzen.«

»War das ein Ja?«

Er sieht mich abwägend von der Seite an und gibt sich schließlich seufzend geschlagen.

Inzwischen trennen uns nur noch wenige Meter von dem roten Backsteinhaus seiner Eltern. Wir haben die Tür noch nicht ganz erreicht, da öffnet sie sich bereits und Steve empfängt uns. Mit demselben Grinsen, das ich von Cameron kenne, und ausgebreiteten Armen.

Bei ihm angekommen, will ich seinem Sohn den Vortritt lassen, doch Steve zieht mich mit den Worten »Nichts da! Ladys first« an seine Brust.

Lachend erwidere ich seine Umarmung und atme die vertraute Note von Holz und süßem Leim ein. Steve ist Manager und mittlerweile auch Inhaber von *Pagano Flooring*, einem Unternehmen, das hochwertige Holzböden herstellt und auch selbst verkauft.

»Wie schön, dich zu sehen, Amy.«

»Ich freu mich auch, dich zu sehen.«

Er drückt mich sanft von sich, um nun auch Cameron in seine Arme zu schließen. »Bist du gewachsen, Junge?«

»Nicht mehr, seit ich achtzehn oder neunzehn war.«

»Verdammt, dann scheine ich wohl zu schrumpfen.«

Sie klopfen sich gegenseitig auf die Schulter und ich sehe lächelnd dabei zu, weil ich es einfach liebe, wie sie miteinander umgehen. So herzlich und liebevoll, was aber auch sein Verhältnis zu Liz, die gerade zu uns stößt, beschreibt.

»Na, wen haben wir denn da?«, trällert sie und strahlt übers ganze Gesicht. »Wenn das nicht unsere Amy ist und … Wow, du wirst von Mal zu Mal schöner, wenn ich dich sehe.«

»Lizzzzz!«, rufe ich aus und falle ihr auch schon um den Hals.

»Komm her, meine Hübsche! Lass dich drücken!« Sie presst mich so fest an sich, dass ich fast keine Luft mehr bekomme. Aber das ist mir egal, weil mich ihre Umarmung sowie die Herzlichkeit und Wärme dieses Hauses immer einhüllen wie ein Kokon. Wie früher fühle ich mich beschützt und behütet. Wie früher lasse ich es mir nach der stürmischen Begrüßung nicht nehmen, beim Decken des

Tisches zu helfen. Wie früher stehen wir in einer Reihe, die in der Küche mit Liz beginnt und am Esstisch mit mir endet. Sie reicht Teller, Besteck und Gläser nacheinander an Steve, dieser an Cameron und Cameron an mich. Ich bin sozusagen dafür verantwortlich, dass alles an seinem Platz steht.

»Fertig!«, sage ich, nachdem ich das letzte Glas abgestellt habe.

»Yeah! Du hast es immer noch voll drauf!«, lobt mich Cameron zwinkernd und rückt für mich einen Stuhl zurecht, auf dem ich lachend Platz nehme. Er kommt neben mich.

»Hast du was anderes erwartet?«, scherzt Steve, der sich gegenüber seinem Sohn niederlässt. Als Liz sich mit einer Auflaufform, die sie in die Mitte des Tisches stellt, zu uns gesellt, ist es, als wäre die Zeit zurückgedreht worden. Wie damals – an jedem Sonntag – gibt es auch heute Mac and Cheese und anschließend Erdnussbutterkuchen. Es wird genauso viel geredet wie gelacht und viel zu viel gegessen – zumindest, was mich betrifft. Ich bin kurz vor dem Platzen und öffne unter dem Tisch heimlich den Knopf meiner Jeans. Cameron bekommt es natürlich mit und schmunzelt.

»O Liz, du hast dich wieder selbst übertroffen. Ich habe lange nicht mehr so gut gegessen.«

»Ha!« Sie verpasst Steve einen liebevollen Klaps gegen den Oberarm. »Ich hab dir doch gesagt, dass man für Mac and Cheese nie zu alt ist.«

Cameron und ich werfen uns einen belustigten Blick zu.

»Steve meinte nämlich, ich sollte einen Salat mit Diätdressing machen, weil du als Model außerhalb der Feiertage bestimmt auf deine Linie achten müsstest.«

»Ich hab's doch nur gut gemeint«, grummelt Steve in seinen grauen Vollbart, unter dem sich das gleiche markante Kinn verbirgt, das er Cameron vererbt hat. Gleiches gilt für seine dunklen Augen, die ein Kranz aus Lachfalten zum Strahlen bringt.

»Du hast doch keine Ahnung … Wie gut, dass ich unseren Cammy gefragt habe, was du gerne essen würdest.«

»Das war deine Idee?« Ich sehe ihn lächelnd an.

»Jap. Teamwork sozusagen.«

»Er hat die Anweisung gegeben und ich habe sie ausgeführt«, ergänzt seine Mom.

»Machst du das im Job etwa auch so?«, will Steve wissen und bringt uns damit alle zum Lachen.

Nachdem wir uns wieder beruhigt haben, herrscht plötzlich betretenes Schweigen. Ich ahne weshalb und blicke leicht nervös zu Cameron, in der Hoffnung, dass er die Stille bricht, indem er das Gespräch einleitet, wegen dem wir eigentlich hier sind. Doch Liz kommt ihm zuvor.

»Wie lange wollt ihr uns denn noch auf die Folter spannen, hm? Nun klärt uns endlich darüber auf, was der Grund für dieses wunderschöne außerplanmäßige Essen war. Dass ihr uns vor Thanksgiving unbedingt noch mal sehen wolltet, kaufen wir euch nicht ab.«

Ihr Blick wandert erwartungsvoll von mir zu Cameron und wieder zurück. Steve hat sich vorgelehnt und scheint es vor Neugierde kaum auszuhalten.

»Amy hat sich ein Haus gekauft«, lüftet Cameron zumindest schon mal einen Teil des Geheimnisses, das ja eigentlich gar keins ist.

»Na ja … Ich wohne erst mal nur zur Miete darin – mit der Option, es später zu kaufen. Allerdings ist es nicht irgendein Haus, sondern …« Ich schlucke. »… das, in dem ich früher mit meiner Familie gelebt habe.«

»Gott, Amy … Das ist ja …« Überrascht und gerührt zugleich, scheint sie nach den passenden Worten zu suchen.

»Großartig«, kommt Steve ihr zur Hilfe. »Wir hatten gesehen, dass es wieder frei ist.«

»Ja, ich … ähm … habe es von einer Maklerin im Auge behalten lassen, weil ich schon seit einer Weile mit dem Gedanken gespielt habe, dort zu leben, zwischen all den … Erinnerungen. Viele sind mir nach dem Brand ja nicht geblieben.« *Eine Dosis Schmerz.*

Liz greift über den Tisch nach meiner Hand und drückt sie mit einem warmen, verständnisvollen Lächeln.

Eine zweite Dosis Schmerz.

Es kostet mich meine ganze Kraft, ihre Anteilnahme auszuhalten. »Ich hätte mir keine bessere Nachmieterin oder Käuferin, aber vor allem Nachbarin vorstellen können, Liebes. Stimmt's, Steve?« Unter dem Vorwand, etwas trinken zu wollen, entziehe ich ihr langsam meine Hand und spüle den Kloß in meinem Hals mit einem großen Schluck Wasser hinunter.

»Ganz meine Meinung. Willkommen in der Nachbarschaft, Amy. Und wenn du Hilfe bei Renovierungsarbeiten oder einen schicken neuen Holzboden brauchst … ganz egal, was … ich .. wir sind für dich da.«

»Das ist so lieb. Vielen Dank.« Irgendwie habe ich den Moment verpasst, um ihnen mitzuteilen, dass ich nicht allein in das Haus ziehen werde, und sehe hilfesuchend zu Cameron.

»Also, eigentlich habt ihr jetzt zwei neue Nachbarn. Amy und ich gründen eine Art WG.«

Die Augen seiner Mutter weiten sich. »Eine WG?«

»Ja. Eine Wohngemeinschaft«, erklärt Cameron, als wäre seiner Mutter die Abkürzung nicht geläufig. Steve bleibt still und scheint die neue Information erst noch verarbeiten zu müssen.

»Ich weiß, was eine WG ist, aber … ich … ich wusste nicht, dass ihr eine gründen wollt. Wieso? Also, warum … so plötzlich? Wie seid ihr zu diesem Entschluss gekommen?« Ein erwartungsvolles Funkeln liegt in ihren Augen.

»Weil …«

»… ich das Haus sonst nicht bekommen hätte«, beende ich Camerons Satz. Sich als Paar auszugeben war schließlich meine Idee, weshalb ich das Gefühl habe, diejenige sein zu müssen, die davon erzählt. »Die Eigentümerin wollte das Haus nur an ein Paar verkaufen.«

»Aber … ihr … seid doch gar kein Paar, oder ist uns da etwas entgangen?« Wieder dieses erwartungsvolle Leuchten in ihrem Blick. Diesmal aber vermengt mit Skepsis.

Ich schüttele den Kopf und gestehe: »Nein, sind wir nicht.«

»Wir geben uns nur so lange für eins aus, bis die Kaufoption in Kraft tritt«, übernimmt jetzt wieder Cameron das Wort. »Und der Grund, aus dem wir euch einweihen, ist der, dass wir ab heute Nachbarn sind und …«

»Damit wir eure kleine Notlüge decken.« Steve zwinkert uns wissend zu. »Ihr könnt euch auf uns verlassen. Ich würde keine andere …« Er zeichnet Gänsefüße in die Luft. »… Schwiegertochter haben wollen.«

Mein Mund verzieht sich zu einem dankbaren Lächeln, das erstirbt, als mich Liz' entgeisterter Blick trifft.

»Das sind zwar nicht die Neuigkeiten, mit denen ich gerechnet habe, aber okay … Auf eine gute Nachbarschaft. Wenigstens bekommen wir euch jetzt häufiger zu Gesicht«, sagt sie mit einem seltsamen Unterton, der offensichtlich nur mir auffällt, so erleichtert, wie sich Cameron zurücklehnt.

Als Liz sich erhebt, um den Tisch abzuräumen, sehe ich die perfekte Gelegenheit, um unter vier Augen in Erfahrung zu bringen, was sie wirklich von alldem hält. »Bleibt ruhig sitzen«, sage ich zu den beiden Männern und nehme ihnen die Teller aus den Händen. »Ich mach das schon.«

Damit folge ich Liz in die Küche, wo sie gerade dabei ist, die Spülmaschine einzuräumen. Energisch und wütend, fast als würde sie es darauf anlegen, einen Teller zu Bruch gehen zu lassen. Die in meiner Hand stelle ich auf die Kücheninsel, hole tief Luft und frage: »Liz? Ist … alles okay?«

Noch mit dem Rücken zu mir schüttelt sie den Kopf und dreht sich langsam zu mir um. »Nein, Amy. Um ehrlich zu sein, ist hier gar nichts okay.«

13

Cameron
Oktober 2010

Cam?!«

Ich streife die Kapuze meines Hoodies vom Kopf, fahre mir durchs plattgelegene Haar und halte auf dem Campusgelände nach der Frau Ausschau, die mich gerufen hat.

»Cameron Jefferson?« Eine Rothaarige, die mir mehr als bekannt ist, schiebt sich durch eine Gruppe von Studenten und kommt mir entgegen.

»Ivy? Ivy Richards?«

»O mein Gott, Cam!« Ivy bleibt vor mir stehen und taxiert mich ungläubig von meinen weißen Sneakers bis zu meinen Haaren. An meinem Oberkörper bleibt ihr Blick hängen, bis sie mir kopfschüttelnd ins Gesicht sieht. »Krass, du bist es wirklich.«

»Ja … und du bist es auch wirklich«, nehme ich sie aufgrund ihrer Reaktion ein wenig auf die Schippe.

»Ich …« Sie blinzelt ein paar Mal. »… hätte dich fast nicht erkannt.« Ihr Blick wandert über meine Oberarme und Schultern. »Irgendwie habe ich dich ganz anders in Erinnerung.«

»Na ja … wir haben uns ja auch seit der Highschool nicht gesehen.«

Sie nickt. »Ist das echt schon drei Jahre her?«

»Fast.«

»Wie schnell die Zeit vergeht – und wie krass du dich in der Zeit verändert hast. Sorry, aber ich komme einfach nicht darüber hinweg, wie … wie muskulös du geworden bist … Früher warst du immer so …«

»Eine Bohnenstange?«, frage ich schmunzelnd und fühle mich geschmeichelt. Denn ja, ich gehe seit zwei Jahren fast jeden Tag ins Fitnessstudio. Allerdings fällt einem selbst der Effekt nie so sehr auf wie anderen. Nicht, dass ich meinen Körper täglich im Spiegel feiern würde, aber ich mag und die Frauen lieben ihn. Beides war früher nicht der Fall.

»Sagen wir mal … dünn. Jetzt bist du ja das Doppelte von dem, was du früher warst.« Sie nickt anerkennend. »Steht dir. Sehr sogar … und dieser Dreitagebart auch.« Ihre Augen funkeln mich an und sie lächelt, spielt mit ihrem Haar. »Erzähl mal, wie geht's dir und was machst du noch so, außer hier zu studieren?«

Ich werfe einen flüchtigen Blick auf meine Armbanduhr und stelle fest, dass Rechnungswesen erst in fünfzehn Minuten beginnt. Ein bisschen Zeit habe ich also noch.

»Mir geht's gut. Und ansonsten lerne ich, treibe Sport und mache all den Kram, den andere auch so machen.«

»Wie zum Beispiel morgen Abend auf die Freshman-Party gehen? Erica und ich werden auch da sein.«

»Ach stimmt, ihr studiert ja jetzt auch hier«, umgehe ich eine Antwort, weil ich weder Lust auf diese Party noch auf Amys Freundinnen habe. Mit Beginn des Studiums vor zweieinhalb Jahren habe ich bewusst alle alten Kontakte zu den Highschool-Leuten abgebrochen – natürlich bis auf den mit Amy, die im ersten Semester Architektur studiert. Ebenfalls an der NYU.

»Ja. Aber noch nicht lange. Wir haben zusammen mit Amy angefangen und sind Freshman«, betont sie, als wäre das ein hochdekorierter Titel, auf den man stolz sein müsste.

»Wie kommt's, dass ich euch noch nie gesehen habe?«, frage ich verwundert.

»Na ja … Wir nehmen es mit der Anwesenheit nicht ganz so genau und lassen es langsam angehen. Außerdem sind die Partys hier echt … anstrengend«, rechtfertigt sie sich schmunzelnd.

»Verstehe.« Die beiden haben sich kaum verändert. Feiern und Typen stehen auch jetzt im Vordergrund, denn die Freshman-Partys sind auch als Abschlepp-Partys bekannt. Typen höherer Semester gehen hin, um ohne viel Aufwand Studentinnen des ersten und zweiten Semesters klarzumachen, und Freshman-Mädchen glauben, es wäre cool, sich von älteren Studenten flachlegen zu lassen. So bekommt jeder, was er will.

»Wie sieht's aus, bist du morgen Abend dabei?«

Die Absage liegt mir auf der Zunge, doch …

»Amy wollte eventuell auch kommen.«

»Hat sie das gesagt?«, hake ich erstaunt nach.

»Jap. Mit irgendeinem Damian.«

Damian? Wer zur Hölle ist Damian? Diesen Namen hat sie vor mir noch nie erwähnt und auch nicht, dass sie vorhatte, auf eine Party zu gehen, bei der nur gesoffen und gevögelt wird. Mit beidem habe ich es in den letzten zwei Jahren so dermaßen übertrieben, dass mich daran nichts mehr reizt. Amy offenbar schon, was mich gerade extrem ankotzt. Sie hat es nicht verdient, wie ein Stück Fleisch behandelt und danach weggeworfen zu werden. Denn genau so läuft es auf solchen Partys. Das weiß ich aus Gründen, auf die ich nicht gerade stolz bin.

»Und? Wirst du da sein?«, drängt Ivy, warum auch immer, nach einer Antwort.

»Keine Ahnung. Falls ja, wirst du mich dort sehen.«

»Das glaube ich nicht, so überlaufen, wie es da sicher sein wird.« Sie holt ihr Handy aus ihrer Tasche und tippt auf dem Display rum. »Ist deine alte Nummer noch aktuell?«

»Ja«, antworte ich und spüre keine Sekunde später die Vibration meines Telefons an meinem Oberschenkel.

»Dann hast du jetzt auch meine. Falls du hingehst, sag Bescheid, dann können wir einen Treffpunkt ausmachen und zusammen auf alte Zeiten anstoßen … oder …« Sie sieht mir etwas tiefer in die Augen. »… uns auch mal anderweitig auf einen Drink verabreden.«

Mir ist klar, was sie damit sagen will. Seit meiner – sagen wir – körperlichen Veränderung bekomme ich einen Haufen solcher Angebote und nehme sie gelegentlich auch an. Aber in Ivys Fall bin ich mir nicht sicher und checke sie mit meinem Blick noch mal kurz ab. Klein war sie schon immer, aber nicht so kurvig im Sinne von vollbusig und weiblich. Obwohl ich Blondinen bevorzuge, finde ich ihre rote Lockenmähne ganz süß und ihr Gesicht recht hübsch. Allerdings ist sie eine gute Freundin von Amy, womit sie eigentlich schon raus ist. Einen Korb will ich ihr vorerst aber trotzdem nicht geben und antworte: »Alles klar, ich melde mich. Eventuell.«

»Tu das.« Sie lächelt. »Eventuell.«

»Jetzt muss ich weiter zu meiner Vorlesung.« Mit dem Finger deute ich zum Gebäude, in dem sie stattfindet.

»Klar … ich will dich nicht aufhalten.« Grüne Augen funkeln mir herausfordernd entgegen. »Es sei denn, du bittest mich darum.«

»Wie gesagt: Ich melde mich eventuell«, entgegne ich nüchtern, was sie offenbar als Aufforderung auffasst, mir um den Hals zu fallen.

»Es war echt schön, dich wiederzusehen.« Sie drückt mich an sich, zwingt mich förmlich, ihre Umarmung zu erwidern, was ich aus Höflichkeit auch eine Millisekunde lang tue.

Dann schiebe ich sie von mir. »Mh-m war super, bis dann.«

»Bis dann, Cam!«

Ich wende mich ab und höre noch, wie sie mir »Meld dich!« hinterherruft.

Von der Vorlesung bekomme ich nur die Hälfte mit, weil ich mich frage, was Amy auf dieser verfluchten Party will, wer dieser Damian ist und – das beschäftigt mich am meisten – wieso sie mir nichts davon erzählt hat. Fragen, die nur sie mir beantworten kann, weshalb ich mein Handy hervorhole und meinen Laptop aufklappe, um ihr unauffällig schreiben zu können. Kurz spiele ich mit dem Gedanken, sie direkt auf die Freshman-Party anzusprechen, entscheide mich dann aber dagegen, um nicht wie der eifersüchtige Freund rüberzukommen.

Freitag, 11:05: *Hey Freshman! Wie lange hast du heute Uni?*

Freitag, 11:06: *Bis drei. Überlege aber, Baurecht ausfallen zu lassen. Ich hasse dieses Fach.*

Freitag, 11:06: *Du hast gesagt, dass ich dich davon abhalten soll blauzumachen. Deshalb: Zieh es durch!*

Freitag, 11:06: *Eine sehr motivierende Ansprache. Danke!*

Freitag, 11:07: *Das konntest du natürlich nicht sehen, aber ich hab dabei mit Pompons gewedelt.*

Freitag, 11:07: *HAHAHA! Ich wollte schon immer einen persönlichen Cheerleader haben.*

Freitag, 11:08: *Bin ich engagiert?*

Freitag, 11:09: *Auf jeden Fall!*

Freitag, 11:10: *Yeah! Dann bleibt ja nur noch zu klären, was du diesen Samstag machst. Lust auf Kino? Du bist wieder mit bezahlen dran.*

So oft wie Amy und ich was unternehmen, hat sie irgendwann darauf bestanden, dass wir uns die Kosten teilen. Für mich war es immer selbstverständlich, sie einzuladen. Einfach weil ich Eltern habe, die mich finanziell unterstützen, und sie … na ja … nur Jenna, mit der sie sich nur semi-gut versteht. Dennoch legten wir beziehungsweise sie fest, immer abwechselnd zu bezahlen. Mal war ich dran und mal sie. Daher meine Betonung darauf, dass das Kino auf sie gehen würde. Nur ein Test, um zu sehen, ob sie die Party erwähnt, was sie sich gerade offenbar gründlich zu überlegen scheint, so lange, wie sie für ihre Antwort braucht.

Freitag, 11:15: *Sorry, aber ich bin schon mit Ivy und Erica verabredet.*

Keine Lüge, aber auch kein Wort von der Freshman-Party und diesem Damian. Einerseits bin ich erleichtert, nicht von ihr angelogen worden zu sein, denn wir sind immer ehrlich zueinander. Andererseits ärgert es mich, dass sie ein paar wichtige Details auslässt, die ich gerade aus ihr herauskitzeln will, als sie mir mit einer weiteren SMS zuvorkommt:

Freitag, 11:16: *Ach, übrigens ;) …*

Es folgen Screenshots eines Chatverlaufs zwischen ihr und Ivy.

Ivy: *OMG! OMG! OMG! Ich bin gerade durch Zufall Cameron Jefferson über den Weg gelaufen. Wann wolltest du mir sagen, dass aus der Bohnenstange so ein Hottie geworden ist?*

Ich hätte ihn fast nicht wiedererkannt und konnte gar nicht aufhören, ihn anzustarren. Gott, er ist soooooo hübsch … dieser Dreitagebart und diese Muskeln. Gut möglich, dass ich beim Sprechen gesabbert habe, ohne es zu merken. Hoffentlich hält er mich jetzt nicht für einen totalen Freak.

Amy: *Hahaha, also wenn euer Treffen so abgelaufen ist, wie du es schilderst, hält er dich für einen Oberfreak.*

Ivy: *Ich brauche unbedingt eine Gelegenheit, ihn vom Gegenteil zu überzeugen. Bitte sag mir, dass er keine Freundin hat. Bitteeeeeee.*

Amy: *Er ist solo!*

Ivy: *Yessssss!!! Endlich habe ich einen sinnvollen Grund, mich öfter in der Uni blicken zu lassen.*

Weiber! Ich verdrehe schmunzelnd die Augen und frage mich, wieso Ivy Amy nicht gebeten hat, mich mit zur Party zu schleppen, wenn sie doch so scharf auf mich ist. Von früher müsste sie doch noch wissen, dass Amy und ich fast alles zusammen machen. Zumindest war das damals der Fall, aber so wie es aussieht, will mich meine beste Freundin morgen Abend nicht dabeihaben. Ich beschließe, diesen Schlag ins Gesicht wegzustecken, ohne einen Laut von mir zu geben, und antworte:

> **Freitag, 11:14:** *Richte Ivy aus, dass ich sie nicht erst seit heute für einen Freak halte. Viel Spaß morgen Abend und pass auf dich auf.*

Zehn … neun … acht …

Ich strecke die Arme, beuge sie dann wieder und ziehe die Kurzhantel Richtung Schultern. Mich in der Spiegelwand des *Fit For Live,* das 24/7 geöffnet hat, betrachtend, achte ich auf die korrekte Haltung meines Oberkörpers.

… sieben … sechs … fünf …

Der Schweiß rinnt mir die Schläfen hinunter.

… vier … drei …

Jetzt wird's hart.

… zwei …

Stöhnend trotze ich den Zehn-Kilo-Gewichten – je Seite eines, versteht sich – und beiße die Zähne aufeinander. Ein letztes Mal spanne ich den Bizeps an und löse dann schwer atmend die Spannung. Genug Bizeps Curls für heute, beschließe ich und schnappe mir mein Handtuch. Ich gehe zur Beinpresse, wo Mo, mein Trainingsbuddy und Kommilitone, gerade 120 Kilo drückt.

Normalerweise trainiere ich nachts nicht, aber ich konnte nicht pennen und brauchte dringend Ablenkung.

»Kannst gleich hier … drauf«, stöhnt Mo mit vor Anstrengung verzerrtem Gesicht. »Brauche nur … noch einen … Satz.«

Ich nicke und stelle beim Abtrocknen meines Gesichts fest, dass mein Plan, nicht pausenlos an Amy und diese Party zu denken, bis gerade eben aufgegangen ist. Denn ich habe die Kurzhanteln kaum in die dafür vorgesehene Halterung zurückgehängt, da beherrscht sie schon wieder jeden Winkel meines Gehirns. Inzwischen habe ich mich damit abgefunden, dass sie mich heute nicht dabeihaben wollte. Ist ja nicht so, als ob ich nicht auch öfter mal ohne sie losgezogen wäre. Immer dann, wenn ich vorhatte, Mädchen abzuschleppen, und nicht wollte, dass sie davon wusste. Genau das macht die Vorstellung, dass sie allein beziehungsweise mit Ivy, Erica und irgendeinem Typen unterwegs ist, so unerträglich. Sie wird sich volllaufen und entweder von diesem Damian oder einem anderen Typen ficken lassen.

Ihr Leben. Ihre Entscheidung, für die sie mir keine Rechenschaft schuldet.

Doch gegen meine Sorge um sie bin ich machtlos. Es kotzt mich an, sie nicht zumindest vor der Masche dieser Schwachköpfe warnen zu können oder wenigstens in ihrer Nähe zu sein, nur für alle Fälle. Hätte ich vielleicht über meinen Schatten springen und Ivys Angebot annehmen sollen? Dann müsste ich mich jetzt nicht fragen, ob es ihr gut geht oder von wem sie sich gerade ausnutzen lässt. Ich ziehe mein Handy aus der Tasche meiner Trainingshose, um zu sehen, ob sie mir eine SMS geschrieben hat. Ich habe tatsächlich eine, jedoch von einer mir unbekannten Nummer. Derselben, die mich drei Mal versucht hat anzurufen. Ahnend, dass es sich um Ivy handelt, verdrehe ich die Augen und will mein Handy wieder wegstecken, als sie – oder wer auch immer – erneut anruft. Anrufe von Unbekannten ignoriere ich normalerweise, beschließe aber, eine Ausnahme zu machen.

»Hallo?«, spreche ich in den Hörer und gehe zurück zur Beinpresse.

»Cam! Gott sei Dank. Hier ist Ivy.« Sie klingt nicht, als wollte sie mich überreden, zu der Party zu kommen, oder mit mir flirten, sondern gehetzt.

Ich bleibe stehen. »Ist alles okay?«

»Nein. Wir wissen nicht, wo Amy ist.«

Mein vom Pumpen bereits erhöhter Puls verdoppelt sich. »Was soll das heißen? Ist sie nicht zur Party gekommen?«

»Doch und wir haben auch erst zusammen gefeiert. Dann kam dieser Damian. Sie haben getanzt. Alles schien gut. Aber jetzt ist sie weg und wir haben durch Zufall ihre Tasche auf einem der Barhocker gefunden, wo sie vorhin mit ihm was getrunken hat. Ihr Handy ist in der Tasche. Deswegen können wir sie nicht anrufen oder orten. Überall haben wir schon nach ihr gesucht, können sie aber nicht finden. Und dieser Damian ist auch weg«, spricht Ivy ohne Punkt und Komma, während ich zu meiner Trainingstasche eile.

»Wie lange ist das her? Wie heißt dieser Damian mit Nachnamen? Und wo genau seid ihr?« Geistesabwesend stopfe ich mein Handtuch in die Tasche und sprinte, ohne mich von Mo zu verabschieden, aus dem Studio, als mir einfällt, dass ich ohne Karre da bin, weil Mo mich in seiner mitgenommen hat.

Fuck, ich muss noch mal zurück.

»Wir … wir … wissen nicht, wie der Typ mit Nachnamen heißt«, stottert Ivy und scheint meine anderen Fragen vergessen zu haben.

»Sag Erica, sie soll es herausfinden. Jetzt! Der war doch bestimmt mit anderen da, oder?«

Ich höre, wie Ivy Erica befielt, Damians vollen Namen in Erfahrung zu bringen. »Erica geht fragen. Ach, und wann wir Amy das letzte Mal gesehen haben? Vielleicht vor einer Stunde?«

Meine Eingeweide ziehen sich zusammen, weil in dieser Zeit so verdammt viel passieren kann. Zu viel, um irgendein Risiko einzugehen.

»Ruft die Polizei!«

»Das … das geht nicht.«

»Was soll das heißen, das geht nicht?«, fahre ich sie, inzwischen wieder im Freihantelbereich angekommen, an und bleibe abrupt stehen.

»Wir … haben … doch nur unsere gefälschten IDs dabei und … außer Alkohol noch andere Dinge zu uns genommen.«

»Ist mir doch egal! Amy ist unsere Freundin und braucht vielleicht Hilfe!«, brülle ich so laut in den Hörer, dass Mo sich verwundert zu mir umdreht. Ich eile auf ihn zu.

»Ich weiß und wir sterben vor Sorge, aber … Warte, da kommt Erica … der Typ heißt Campbell. Wenn wir herausfinden, wo er wohnt, sind wir doch viel schneller als die Polizei, oder?«, fleht Ivy und hat vielleicht sogar recht. Aber dazu muss mir Mo sein Auto leihen.

»Ich lege jetzt auf und melde mich gleich noch mal. Sucht weiter nach Amy!« Damit beende ich das Gespräch und richte das Wort an Mo.

»Ich brauche deine Karre! Ist ein Notfall!«

»Das habe ich gehört. Was ist denn los?«

Ich tippe ungeduldig auf meine Uhr. »Erklär ich dir später. Bitte.«

»Okay. Hier. Aber mach mir keine Schramme rein.« Er nimmt die Beine von der Presse, greift neben sich in seine Trainingstasche und holt den Schlüssel raus.

»Danke!« Ich nehme ihn an mich und will gerade losrennen, als mir eine Idee kommt. »Damian Campbell, sagt dir der Name was?«

Sein Kiefer verspannt sich. »Wenn du das verfickte Arschloch meinst, das meine kleine Schwester entjungfert und es überall rumerzählt hat, dann ja.«

»Könnte hinhauen. Weißt du zufällig, wo er wohnt?«

»Im selben Studentenwohnheim wie ein Kumpel von mir. Die sind Nachbarn. Im Green House. South side, 7th Street. Hilft das?«

»Mehr als du ahnst. Hast einen gut bei mir!«, sage ich erleichtert, lege einen rekordverdächtigen Sprint zu seinem Auto hin und heize davon. Auf der Fahrt rufe ich noch mal Ivy an, die sofort abhebt. Unter Tränen.

»Wir … wir … haben weder sie … noch diesen Damian gefunden …«

»Ich weiß, wo er wohnt, und fahr da jetzt hin! Green House. Das Studentenwohnheim.«

»Ich … glaube, ich weiß, wo das ist.« Sie klingt erleichtert und atmet zitternd aus. »Wir kommen hin!«

»Aber ihr wartet, bis ich da bin. Okay?«

»Okay.«

Ich lege auf und habe keine Ahnung, ob ich hoffen soll, sie dort zu finden, oder nicht. Was, wenn sie freiwillig bei ihm ist und mit ihm allein sein wollte? Nach dem, was ich von Mo erfahren habe, und aufgrund der Tatsache, dass Amy ihre Tasche hat liegen lassen, könnte er sie aber auch willlenlos gemacht haben, um …

Fuck!

Daran darf ich gar nicht erst denken und trete fester aufs Gas. Sollte der Typ sie zu irgendwas gezwungen haben, das sie nicht will, brauche ich einen verdammt guten Anwalt und dieser Scheißkerl ein Bett im Krankenhaus.

14

Amy

Ich sehe Liz überrascht an. »Was genau stört dich denn daran?«
»Alles, Amy!« Sie blickt über meine Schulter, als wollte sie sich vergewissern, dass weder Cameron noch Steve hinter mir auftauchen.

»Du weißt, dass ich dich liebe. Du bist für mich und Steve die Tochter, die wir nie hatten. Wir haben dich stets bei allem unterstützt, dir alles gegeben, was du brauchst. Immer!«

Ich nicke. »Das weiß ich und bin euch sehr dankbar, Liz.«

»Gut! Denn mir ist wichtig, dass du unsere Liebe zu dir niemals anzweifelst. Aber …«

Ich hole Luft und behalte sie vor Anspannung in den Lungen.

»Dass du Cameron dazu bringst, sich als dein Freund auszugeben und mit dir zusammenzuziehen, um das Haus zu bekommen, ist unfair.«

Ich runzele die Stirn, weil ich mit allem gerechnet hätte, aber nicht mit dem Vorwurf, mich unfair zu verhalten. Dann schon eher mit unmoralisch, verlogen, falsch, fragwürdig … aber unfair? »Wem gegenüber? Der Eigentümerin?«, frage ich irritiert.

»Nein, meinem Sohn!«

»Wieso? Ich habe ihn doch nicht dazu gezwungen, Liz.«

»Das brauchst du auch nicht, weil er alles tun würde.«

»Ja, um mir zu helfen, was umgekehrt doch auch der Fall ist.«

»Nein, Amy. Cameron tut das aber nicht ausschließlich, um dir zu helfen, sondern ...« Sie hält sich kopfschüttelnd die Hand vor den Mund, als würde sie sich selbst verbieten, weiterzusprechen.

»Sondern was?«, hake ich ungeduldig nach.

»Dass du das nicht siehst, Amy. Oder vielleicht willst oder kannst du es auch gar nicht sehen«, weicht sie meiner Frage aus, was mich auf eine neue bringt.

»Wovon sprichst du, Liz? Was kann oder will ich nicht sehen?«

»Dass er alles tun würde, um in deiner Nähe zu sein, weil er dich liebt, Amy. Mein Sohn ist verliebt in dich und das, seit er ein Teenager war.«

Meine Augen werden groß. Es braucht drei Atemzüge, bis Liz' Worte vollständig in mein Bewusstsein gedrungen sind und mir ihre Absurdität klar wird. Mit zuckenden Mundwinkeln schüttele ich den Kopf. »Du irrst dich, glaub mir. Cameron war mit siebzehn oder achtzehn mal in mich verschossen, aber das ist lange vorbei. Du hast keine Ahnung, wie sein Singleleben aussieht. Ohne da jetzt ins Detail gehen zu wollen, aber vertrau mir: Ich bin für ihn nur eine sehr gute Freundin. Mehr nicht.«

Liz lässt ein spöttisches Lachen hören. »Ich kenne ihn besser, als du ahnst, Amy. Ich bin seine Mutter und weiß, wie es wirklich in ihm aussieht. Er mag vielleicht die eine oder andere Affäre haben, aber die haben alle nichts zu bedeuten. Er wird einunddreißig, ist ein gut aussehender Mann, charmant, gut erzogen, erfolgreich, kommt bei Frauen gut an – und das sage ich jetzt nicht nur, weil er mein Sohn ist –, und trotzdem hatte er noch nie eine Beziehung.«

»Das ist nicht wahr«, widerspreche ich. »Er war drei Jahre lang mit Ivy zusammen.«

Liz runzelt die Stirn.

»Ivy? Eure Schulfreundin mit den roten Locken?«

»Genau.«

»Das ist seine Exfreundin?«

»Ja.«

»Die habe ich zum letzten Mal vor über zehn Jahren gesehen.«

Ich schlucke, als ich die Verwirrung und Enttäuschung in Liz' Ausdruck bemerke.

»Seitdem habe ich nie wieder was von ihr gehört«, sagt sie eher zu sich selbst. »Er … hat sie nie mit nach Hause gebracht oder sie uns auf andere Weise vorgestellt. Wie … wie lange ist das denn her?«

»Drei Jahre.«

»Drei Jahre …«

Weil ich nicht weiß, was ich darauf sagen soll, und auch nicht verstehe, warum Cameron seine Beziehung zu Ivy geheim gehalten hat, bleibe ich stumm. Es folgt Stille, in der wir beide etwas unbeholfen in die Luft starren.

»Siehst du, was ich meine?«, bricht Liz das unangenehme Schweigen. »Obwohl es ja offenbar so viele Frauen in seinem Leben gab und immer noch gibt, lässt er sich auf keine wirklich ein. Keine scheint gut genug zu sein.«

»Weil er auf die Richtige wartet.«

»Weil er auf dich wartet. Herrgott noch mal! Und wir wissen beide, dass es verschwendete Zeit ist. Aber wenn du ihm immer wieder Hoffnungen machst, wird er die Chance auf eine glückliche Beziehung mit einer anderen, die Chance auf eine schöne Ehe und eigene Kinder verstreichen lassen. Du verbaust ihm seine Zukunft, Amy.«

»Ich tue was?« Empört schnappe ich nach Luft. »Also, bei aller Liebe, Liz, aber das geht zu weit.« Ihr zu sagen, dass sie ihren noch unerfüllten Wunsch nach Enkelkindern nicht an mir auslassen soll, kann ich mir gerade noch so verkneifen.

»Du hast keine Ahnung, was er deinetwegen schon alles geopfert hat, Amy …«

Mein Mund öffnet sich zu einem Widerspruch, doch sie lässt mich nicht zu Wort kommen und fährt einfach fort: »Ein Stipendium an der Stanford University, nur weil er bei dir in New York bleiben wollte. Außer ihm hättest du niemanden und das könnte er dir nicht antun, war seine Begründung.«

Ich schlucke. Ist das wahr?

»Ein super Jobangebot nach dem Studium, für das er zwei Jahre nach Kanada gemusst hätte. Nur zwei Jahre und er hätte Geschäftsführer einer Immobilienfirma werden können.«

»Vielleicht wollte er das gar nicht«, sage ich leise, woraufhin Liz ein spöttisches Lachen hören lässt.

»Glaubst du das wirklich?«

»Immerhin hat er jetzt seine eigene Firma und ist sehr erfolgreich«, versuche ich, seinen Entschluss zu rechtfertigen. Auch vor mir selbst.

»Ja, danach sah es anfangs aber gar nicht aus. Steve musste einen horrenden Kredit aufnehmen. Inzwischen hat Cameron den zwar abbezahlt, aber wir standen so kurz davor, alles zu verlieren, weil Cameron völlig unerfahren war. Was glaubst du, wie sehr er seine Entscheidung, nicht nach Kanada zu gehen, bereut hätte, wenn das mit der Firma schiefgegangen wäre, hm?«

»Liz, ich … Das hat er mir nie erzählt.«

»Natürlich nicht.« Ihr vorwurfsvoller Blick bohrt sich in meinen.

»Was … was erwartest du denn jetzt von mir?«, frage ich, überfordert mit der Situation und diesen … diesen Neuigkeiten, die ich einfach nicht glauben will.

»Ich erwarte, dass du ihn freigibst, Amy. Lass ihn gehen. Lass ihn eine Frau finden, die er lieben und auf Händen tragen kann. Eine Frau, die seine Gefühle erwidert.«

»Du tust ja gerade so, als hätte ich einen Fluch über ihn gelegt, der ihn emotional an mich kettet.«

»Genauso ist es aber. Solange du ihm das Gefühl gibst, aus eurer Freundschaft könnte irgendwann mehr werden, ist sein Herz nicht frei. Er wird niemals aufhören, dich zu lieben, und seines Lebens nicht froh.«

Tief Luft holend versuche ich Schuldgefühle, die bereits an der Oberfläche kratzen, von mir abprallen zu lassen. Vergeblich. Weil Liz' Vorwürfe meine Gedanken bereits vergiftet haben, obwohl ich genau weiß, dass nichts davon wahr ist. Wahr sein kann. Oder?

»Ich verstehe, dass du das Haus wolltest, Amy«, fährt Liz fort und kommt auf mich zu. Vor mir bleibt sie stehen, sieht mich eindringlich, beinahe flehend an. »Aber sei bitte nicht so egoistisch. Nutze unseren Sohn nicht aus. Das …« Sie seufzt. »… hat er einfach nicht verdient.«

Ich blinzle, schüttle den Kopf, in dem plötzlich totales Chaos herrscht. Bin ich wirklich eine Egoistin? Halte ich Cameron tatsächlich davon ab, glücklich zu sein? Kann ich das denn überhaupt? Habe ich so viel Macht über ihn? Liebt er mich? Auf die Art, die Liz beschrieben hat? Auf die Art, die wir uns beim Festlegen unserer Regeln verboten haben? Ich fasse mir an die Schläfe und reibe sie, weil mir bei all diesen Fragen der Kopf schwirrt.

»Das, das war jetzt echt ein bisschen viel, Liz. Ich wusste nicht, dass du so von mir denkst«, sage ich genauso enttäuscht wie traurig. »Dass du mich für egoistisch hältst und glaubst, ich könnte Cameron ausnutzen.«

»Liebes.« Ihre Stimme klingt nun nicht mehr so anklagend und hart, sondern tröstend und sanft. Sie legt mir eine Hand an die Wange. »Ich weiß, dass du nichts davon mit Absicht machst. Aber manchmal brauchen wir jemanden, der uns wachrüttelt. Das habe ich jetzt getan und hoffe, dass du die richtigen Konsequenzen daraus ziehst. Es ist noch nicht zu spät, das Richtige zu tun, Amy.«

Mein Magen zieht sich unheilvoll zusammen. »Ich … ich muss erst mal über all das … unser Gespräch nachdenken und …« Was dann? Ihn fragen, ob er mich liebt, und darauf bestehen, dass er doch nicht mit ins Haus zieht, falls er ja sagt? »… dann werde ich sehen, wie ich am besten damit umgehe«, beende ich meinen Satz. Zwar nicht ganz zu Liz' Zufriedenheit, so wie sich ihre Züge wieder verhärten, aber das ist mir egal. Denn eigentlich geht sie meine Beziehung zu Cameron überhaupt nichts an. Mutter hin oder her. Cameron ist erwachsen und weiß, was er tut und will. Und mich will er ganz bestimmt nicht, sonst hätte ich das doch gemerkt. Oder bin ich wirklich so blind? Ich weiß es nicht. Plötzlich habe ich das Gefühl, völlig neben mir zu stehen, und brauche jetzt erst mal Zeit für mich. Allein. In meiner Wohnung, die ich noch eine Woche habe, bis die Umzugsfirma die Möbel ins Haus bringt. Ein Glück, dass das noch nicht geschehen ist, sonst wäre ich gezwungen, den Abend mit Cameron zu verbringen und so zu tun, als wäre alles in Ordnung.

»Wir wollten schon eine Vermisstenanzeige aufgeben. Was heckt ihr denn hier aus?«, dringt Camerons Stimme so unerwartet von hinten an meine Ohren, dass ich zusammenzucke.

Ich drehe mich reflexartig zu ihm um und bereue es noch in derselben Sekunde, da Cameron mir und vermutlich auch seiner Mom garantiert ansieht, dass was nicht stimmt. Zumal er auch noch mitbekommt, wie Liz ihre Hand von meiner Wange nimmt.

»Oh, ist alles okay bei euch?«, fragt er wie befürchtet und blickt besorgt von mir zu Liz und wieder zurück.

Rasch durchforste ich mein Gehirn nach einer passenden, vor allem glaubwürdigen Erklärung und halte mir den Bauch. »Ich hab zu viel gegessen und jetzt ist mir irgendwie übel.«

»Bist du sicher, dass du keinen Tee willst, Liebes?« Liz' gespielte Fürsorge verdient einen Oscar. Jetzt weiß ich auch, von wem Cameron seine Schauspielkünste hat, wenn es darum geht, mich aus Katastrophendates zu retten.

»Ja, ich glaube, ich muss mich einfach nur hinlegen und warten, bis alles verdaut ist. Wärst du sehr böse, wenn ich mich jetzt schon verabschiede?«

»Ich hätte dich natürlich gerne noch ein bisschen hier gehabt, aber wenn es dir nicht gut geht, versteh ich das. Zu Thanksgiving sehen wir uns ja schon wieder.« Damit schließt sie mich unerwartet in die Arme und flüstert nur für mich hörbar: »Bei allem, was ich vorhin zu dir gesagt habe, vergiss nicht, wie unglaublich lieb ich dich habe.«

Mein Herz zieht sich vor Erleichterung und Liebe, die auch ich für Liz empfinde, zusammen. Plötzlich komme ich mir wie die Tochter vor, die bedingungslos geliebt wird, obwohl sie andauernd Mist baut.

»Danke«, hauche ich. »Ich hab dich auch lieb.« Wir lösen uns voneinander und streichen uns gegenseitig über die Arme. »Das Essen war fantastisch und der Kuchen einfach wundervoll.«

Sie lächelt ein aufrichtiges Lächeln. »Es ist noch so viel übrig. Ich packe dir was ein, während du dich von Steve und Cameron verabschiedest.«

»Ich würde dann jetzt auch gehen, um Amy nach Hause zu fahren«, sagt Cameron und fällt mir, ohne es zu ahnen, in den Rücken, indem er quasi bestätigt, was Liz mir gerade vorgeworfen hat.

»Nein, nein … ist schon gut. Bleib ruhig. Ich wollte eh zum Haus, und das ist ja nicht weit«, lüge ich. »Ein kleiner Spaziergang tut der Verdauung bestimmt gut.«

»Und wo willst du dich dort hinlegen? Auf den Boden?«

Ich sehe ihn fragend an.

»Du hast gesagt, du willst die Beine hochlegen, aber die Möbel müssen doch erst noch geliefert werden.« Warum muss Cameron nur so ein verdammt guter Zuhörer sein?

»Ach, stimmt.« Ich klatsche mir mit der flachen Hand gegen die Stirn. »Du hast recht. Daran hab ich nicht gedacht«, entgegne ich und begegne Liz' Ich-hab's-dir-doch-gesagt-Blick mit einem entschuldigenden Ich-kann-doch-nichts-dafür-Blick.

15

Cameron
Oktober 2010

Als ich ankomme, steht Ivy bereits vor dem Wohnheim. Sie trägt eine Jacke über einem so kurzen Teil, dass man außer ihren nackten Beinen gar nichts sieht. Auf ihren hohen Schuhen kommt, oder besser gesagt stolpert, sie mir entgegen, weil sie auf Heels offenbar nicht laufen kann. Vielleicht liegt es auch an dem Zeug, das sie genommen hat. Jedenfalls sieht sie echt fertig aus, denn ihre Augen sind aufgequollen und glasig, was aber auch vom Weinen kommen könnte. Als sie mir schluchzend um den Hals fällt, rieche ich eine leichte Alkoholfahne.

»O Cameron. Gott sei Dank, bist du endlich da.«

Ich erwidere ihre Umarmung nur kurz und schiebe sie sofort wieder von mir, weil ich jetzt weder die Zeit noch den Nerv habe, ihren Tröster zu spielen.

»Wo ist Erica?«, erkundige ich mich, während ich mich umsehe.

»Sie … sie wollte noch auf der Party bleiben.«

»Tolle Freundin«, knurre ich und schüttele verständnislos den Kopf. »Okay. Ich geh jetzt da rein, du wartest hier.«

»Nein! Ich komme mit«, widerspricht sie.

»Ivy …«

»Sie ist auch meine Freundin. Und vielleicht brauchst du ja meine Hilfe.«

»Und wie soll die aussehen? Willst du mit deinen High Heels auf ihn losgehen?«

»Wenn es sein muss.«

Ich verdrehe die Augen und richte meinen Blick auf die verschlossene Haustür. Keine Ahnung, wie wir da reinkommen sollen, ohne sie aufzubrechen.

»Lass mich mal dahin.« Sie drängt mich ab und fragt: »Campbell heißt der Typ, oder?«

»Du glaubst doch nicht ernsthaft, dass er uns einfach so reinlässt, wenn wir jetzt klingeln.«

»Dich nicht, aber mich. Geh mal ein paar Schritte zur Seite, damit er dich nicht sieht, falls es hier eine Außenkamera gibt.«

Ich unterdrücke einen Kommentar und gehorche, während sie ihren Finger lange auf die Klingel drückt, bis ein genervtes »Wer ist da?« und Hardrock-Mucke im Hintergrund zu hören sind.

»Hi Damian. Hier ist Ivy. Ich hab gehört, dass bei dir eine kleine Privatparty steigt«, sagt sie mit einer Telefonsex-Stimme und klingt jetzt völlig nüchtern.

»Da bist du falsch informiert …«

»Ach, komm schon, sei kein Spielverderber. Was ist gegen ein bisschen Spaß zu dritt schon einzuwenden?«

Pause.

Ivys Trick, wo auch immer sie den in ihrem Zustand hergezaubert hat, scheint zu funktionieren, denn die Musik ist immer noch zu hören. Sprich: Damian ist noch an der Sprechanlage und fragt interessiert: »Wie heißt du noch mal?«

»Ivy.«

»Und du kennst mich woher?«

»Ich studiere auch an der NYU und bin eine Freundin von Amy. Wir wurden einander vorhin vorgestellt.«

»Die Rothaarige?«

»Ja, genau.«

»Nice. Auch im ersten Semester, wie deine Freundin?«

Offenbar hat das Arschloch ein Faible für Freshman-Mädchen.

»Ja. Lässt du mich rein? So langsam friert mir hier draußen der Arsch ab. Wir können die kleine Fragerunde ja in deinem Bett fortsetzen. Wobei ich ja eigentlich gar nicht zum Reden hier bin.«

»Hört sich gut an. Komm hoch. Dritte Etage.«

Ich sehe Ivy anerkennend, aber auch erstaunt an und frage mich, was von dieser Nummer gerade Show war und wie oft sie diese schon abgezogen hat. »Nicht schlecht.«

»Hab doch gesagt, ich kann helfen«, flüstert sie, als das Surren ertönt und ich die Tür aufdrücke.

»Was machen wir, wenn sie nicht bei ihm ist?«, fragt Ivy im Fahrstuhl, der uns in den dritten Stock bringt. Ihre Abgeklärtheit von vor wenigen Sekunden ist dahin. Sie ist jetzt wieder das kleine verschreckte Mädchen und tippt nervös mit dem Fuß.

»So wie der gerade reagiert hat, ist sie bestimmt bei ihm. Fragt sich nur, ob freiwillig oder nicht«, presse ich hervor und spüre, wie sich jeder Muskel in meinem Körper anspannt. Adrenalin und die Sorge um Amy beschleunigen meine Atmung und meinen Puls. Die Fahrstuhltüren gleiten auf und ich balle meine Hände zu Fäusten, spüre, wie diese kribbeln, als würden sie auf ihren Einsatz warten.

»Welche Tür?«, höre ich Ivy fragen.

»Die da!« Ich deute auf die einzige, aus der die gleiche Musik wie eben und Licht in den dunklen Flur dringen, weil sie einen Spalt offen steht. »Er wartet auf dich und erlebt jetzt seine ganz persönliche Überraschung!«

Vor der Tür angekommen, befehle ich Ivy flüsternd, im Hausflur zu bleiben, was sie natürlich wieder ignoriert. Immerhin bleibt sie dicht hinter mir, krallt sich in meinen Pulli, während ich die angelehnte Tür langsam und so leise wie möglich komplett aufschiebe, um einen Blick in die Wohnung zu werfen, bevor wir sie betreten. Mir kommt sofort der Geruch von Gras und Zigaretten entgegen, die Musik wurde etwas heruntergedreht. Die komplette Bude stinkt wie ein verdammter Coffee-Shop. Soweit ich weiß, ist das Konsumieren von Drogen in Studentenwohnheimen verboten – jedenfalls ist das in meinem der Fall.

»Damian!«, ruft Ivy hinter mir, ohne dass es abgesprochen war. Eine kleine Warnung wäre nett gewesen, was ich ihr mit einem entsprechenden Blick über meine Schulter genervt zu verstehen gebe.

»Wir sind hier drüben! Kannst schon mal anfangen, dich auszuziehen!«

Amy und er?

Ich gehe in die Richtung, aus der die Stimme dieses Scheißkerls gekommen ist, folge der Musik, dem immer intensiver werdenden Geruch nach Marihuana … und einem leisen, kaum hörbaren Wimmern – das mich für den Bruchteil einer Sekunde erstarren lässt.

»Nein … nicht. Bitte … hör … auf. Nein.«

Amy!

Ich stürme in den Raum vor mir und finde sie auf dem Rücken liegend in seinem Bett vor. Halb nackt, nur in BH und Rock, den ihr der Wichser, zwischen ihren gespreizten Beinen kniend, gerade ausziehen will. Mehr scheint zum Glück noch nicht passiert zu sein, doch der Anblick genügt, um mich von jetzt auf gleich rot sehen zu lassen.

»Runter von ihr!«, brülle ich und gehe auf ihn los.

»Wer zur Hölle bist …«

Meine Faust, die ich mit voller Wucht gegen sein Kinn schmettere, unterbricht ihn. Schmerz fährt in meine Fingerknöchel, wird aber von Wut und Adrenalin betäubt. Ich setze nach, bis der Penner vom Bett fällt und auf dem Boden landet, wo ich mich mit all meiner Masse auf ihn stürze. Das viele Training macht sich nicht nur optisch bemerkbar. Abgesehen von meiner Größe und Breite, bin ich dem Arschloch auch kraftmäßig überlegen.

»Ivy! Schaff Amy aus dem Zimmer!« Meine Stimme klingt verzerrt, fast schon mechanisch, weil mich gerade der blanke Zorn fremdsteuert und mich wie im Robotermodus auf diesen Bastard einprügeln lässt. Blut rinnt aus seiner Nase und der aufgeplatzten Lippe. Er stöhnt und ächzt, versucht, seinen Kopf mit den erhobenen Armen zu schützen. Obwohl er jeden meiner Schläge verdient und noch viel mehr, lasse ich von ihm ab. Keine Ahnung, wie ich das schaffe, denn ich würde ihn am liebsten ins Koma befördern. Aber Amy braucht meine Hilfe.

Ich stehe auf, blicke aus zu Schlitzen geformten Augen auf ihn nieder und richte meinen blutverschmierten Zeigefinger auf ihn.

»Näherst du dich ihr auch nur auf einen beschissenen Kilometer, bist du tot. Sprichst du sie an, bist du tot. Guckst du sie an, bist du tot! Halt dich in Zukunft fern von ihr, kapiert?«

»Fick … dich … Du … hörst … von meinem … Anwalt!«, stöhnt er schwer atmend und macht Anstalten, sich aufzurappeln, was ich mit einem Tritt in seinen Magen verhindere, denn Dreck wie er gehört auf den Boden. Gekrümmt hält er sich den Bauch.

»Den wirst du nach der Nummer, die du hier abgezogen hast, brauchen.«

»Beweis … erst mal, dass … die kleine Schlampe … nicht freiwillig mitgekommen … ist.«

Ich will mich gerade wieder auf ihn stürzen, doch …

»Er ist es nicht wert, Cam! Bitte«, fleht Ivy mit Amy im Arm, die wie weggetreten den Kopf hängen lässt.

Ich werfe diesem Wichser noch einen letzten tödlichen Blick zu, bevor ich mich abwende. Schnell suche ich den versifften Boden und das Bett nach Amys Klamotten ab, hebe ihre weiße Bluse, Schuhe sowie ihren Mantel auf und drücke sie Ivy in die Hand. Amy hebe ich seitlich in meine Arme, woraufhin sie kraftlos meinen Namen stöhnt.

»Ich bin hier. Alles gut. Dir passiert nichts«, versichere ich Amy, die ihre Augen kaum aufhalten kann. Was hat der Scheißkerl ihr nur gegeben? »Versuch, wach zu bleiben, Amy. Hörst du?«

Sie antwortet mit einem undefinierbaren Laut.

»Wir müssen sie ins Krankenhaus bringen«, sage ich zu Ivy, die jedoch nicht mehr neben mir steht. Stattdessen geht sie im Schlafzimmer dieses Losers umher und macht Fotos. Als ich sehe wovon, wird mir klar warum. Sie schießt Bilder von der Kommode, auf der eine Bong steht, neben der eine mit Weed vollgestopfte Pfeife sowie eine randvolle Box mit abgepackten Gras- und Pillentütchen liegen.

Damian vergreift sich nicht nur an willenlosen Mädchen, sondern dealt offensichtlich auch mit Drogen.

»Was … was machst … du da… Lass das …«, winselt er und versucht aufzustehen, was ihm auch gelingt. Jedoch in Super-Slow-Motion, weshalb Ivy genug Zeit bleibt, zu tun, worauf ich in meiner Wut niemals gekommen wäre: Fotos zu machen, die beweisen, dass dieser Bastard nicht nur gegen Richtlinien der NYU verstößt, sondern garantiert auch genug harte Drogen hier rumliegen hat, um ihn juristisch richtig fertigzumachen.

»Jetzt kannst du deinen Anwalt anrufen. Du wirst ihn brauchen«, sagt sie und verpasst ihm einen Tritt – vermutlich in die Eier, so wie der Typ schreit. »Der war von mir für meine Freundin, du Arsch!«

Damit verlassen wir das Studentenwohnheim und fahren Amy zu Ivy statt ins Krankenhaus. Auf ihren Wunsch, den sie – wenn auch leicht benommen, aber bei Bewusstsein – geäußert hat. Die Tatsache, dass sie dazu noch in der Lage war, hat mich umgestimmt. Offenbar braucht sie einfach nur ein Aspirin, literweise Wasser und sehr viel Schlaf, um wieder klarzukommen. Weil mir dabei aber immer noch nicht ganz wohl ist, bestehe ich darauf, mit zu Ivy zu kommen, wo wir uns gemeinsam um Amy kümmern.

Aktuell sieht das so aus, dass ich ihr die Haare aus dem Gesicht halte, während sie sich in die Kloschüssel übergibt. Die Autofahrt scheint ihrem Magen nicht besonders bekommen zu sein, was jedoch gut ist. Immerhin kotzt sie – was auch immer ihr der Typ gegeben hat – aus. Ivy hat sich ins Wohnzimmer verdrückt, weil ihr vom Geruch und den Würgegeräuschen so übel wird, dass sie befürchtet, sich auch noch übergeben zu müssen, wenn sie dabei zusieht. Normalerweise geht es mir da ähnlich, aber bei Amy macht es mir offenbar überhaupt nichts aus. Ich streiche ihr über den Rücken, halte ihr Haar und bleibe bei ihr, bis ihr Magen vollkommen leer gepumpt zu sein scheint. Dann helfe ich ihr hoch und setze sie auf den zugeklappten Klodeckel. Ihr Körper ist so schwach, dass ich ihn mit festem Griff davon abhalten muss, nach vorn oder zur Seite zu kippen.

Amy stöhnt. »Danke. Ich … wollte … das … nicht. Mit … Damian. Du u-und Ivy … Ihr habt mich … ge-rettet.«

»Schon gut. Geht's dir besser?«, erkundige ich mich erleichtert darüber, dass wir rechtzeitig da waren.

»Tut … mir … leid … dass ich … gekotzt habe …«

»Ist doch nicht schlimm.« Ich strecke einen Arm nach dem Handtuch neben dem Waschbecken aus, komme aber nicht dran, ohne Amy loszulassen, und rufe nach Ivy. »Ich brauche dich hier mal!«

»So … peinlich …«, murmelt Amy vor sich hin. »Ich … schäme mich … so.«

Da sie gerade so gesprächig ist, nutze ich die Gelegenheit, um herauszufinden, was sie außer Alkohol noch so konsumiert hat.

»Gras …«, antwortet sie stöhnend, was einiges erklärt. Rauchen und Saufen verträgt sich nun mal nicht. Besonders, wenn man kein Kiffer ist.

»Sonst nichts?«

Keine Antwort, nur ein leidvolles: »Ich … will … ins Bett.«

Aber nicht, ohne dass ich sie vorher gesäubert habe. »Ivy! Kommst du mal!«, rufe ich, diesmal lauter.

»Sorry, ich war auf dem Balkon, brauchte frische Luft.« Im Nachthemd steht sie in der Tür und hält sich mit Zeigefinger und Daumen angewidert die Nase zu.

»Jetzt reiß dich mal zusammen, okay? Atme durch den Mund und gib mir ein feuchtes Handtuch, damit ich ihr die Kotze abwischen kann.«

»Was sie jetzt braucht, ist eine eiskalte Dusche, keine Katzenwäsche. Glaub mir!« Sie nimmt die Finger von der Nase und rümpft diese. »Dein Tipp, durch den Mund zu atmen, ist gut. Merk ich mir. Vielleicht schaffe ich es, Amy zu duschen, ohne kotzen zu müssen.« Ihre Stimme ist voller Ironie, die hier gerade irgendwie fehl am Platz ist. »Kannst du sie in die Wanne legen? Ich übernehme ab hier und rufe dich, wenn ich fertig bin und deine Hilfe brauche.«

Ich begreife und verdrücke mich ins Wohnzimmer, nachdem ich Amy in die Wanne getragen habe. Die Wartezeit vertreibe ich mir damit, mich in dieser fast schon klischeehaft eingerichteten Mädchenwohnung umzusehen. Lila, weiß und rosa sind die vorherrschenden Farben. Überall – sei es auf der Fensterbank, der Fernsehkommode, dem Couch- oder Esstisch – befindet sich irgendwelcher Dekokram. Allem voran Kerzen. Lichterketten hängen an den Wänden, obwohl es noch gut zwei Monate bis Weihnachten sind. An einem DIN A4 großen Plüschrahmen mit einer Fotocollage, bestehend aus Bildern von Amy, Ivy und Erica, bleibt mein Blick hängen. Verwundert stelle ich fest, dass es auch ein Vierer-Foto mit mir gibt, als wäre ich Teil dieser Clique gewesen. Ich frage mich, warum Ivy es dazu gehängt hat, als sie meinen Namen ruft und ich zurück zum Badezimmer eile.

»Nicht gucken!«, befiehlt sie. »Wirf mir einfach nur das Handtuch rüber.«

Ich halte mir die Hand an die rechte Gesichtshälfte und werfe ihr eins zu.

Nachdem wir Amy in Teamarbeit bettfertig gemacht, ihr in Wasser aufgelöstes Aspirin eingeflößt und sie in Ivys Bett gebracht haben, wo sie nach nur einer Sekunde eingeschlafen ist, sitzen wir vollkommen erledigt auf ihrem lilafarbenen Sofa. Sie hat mir einen Eisbeutel gegeben, mit dem ich meine geschwollenen Knöchel kühle.

»Was für ein Tag!« Stöhnend lässt sie ihren Kopf nach hinten sinken.

»Allerdings«, stimme ich ihr zu und versuche, nicht allzu vorwurfsvoll zu klingen.

»Das hab ich gehört.«

»Was?«

Sie dreht den Kopf, sieht mich von der Seite an. »Die Schuldzuweisung in deiner Stimme. Du denkst, wir hätten besser auf Amy aufpassen sollen. Und ja … du hast recht«, gibt sie unerwartet zu.

»Na ja … ich dachte, das macht ihr Mädchen so, wenn ihr feiern geht. Zusammen aufs Klo gehen, gegenseitig eure Drinks im Auge behalten. Darauf achten, dass den anderen nichts passiert.«

»Ja, so war das früher auch, aber irgendwie … Keine Ahnung.« Sie schlägt die Augen nieder und fummelt am Saum ihres Nachthemdes rum. Bewusst lasse ich sie ein paar Sekunden lang ein schlechtes Gewissen haben, bevor ich es ihr nehme.

»Immerhin warst du da, als es darauf ankam. Im Gegensatz zu Erica, was ich echt daneben finde.«

»Tja … die macht momentan so eine Phase durch, in der ihr Spaß an erster Stelle steht. Aber eigentlich ist sie immer noch die alte und superlieb. Meistens jedenfalls.«

»Aber du hast dich verändert.«

»Sagt der Richtige«, kontert sie, meine Oberarme betrachtend.

»Ich meine nicht äußerlich, sondern …«

»Sondern?«, fragt sie interessiert.

»Hm. Wie sage ich das jetzt, ohne dich zu kränken …«

»Oje …« Sie hält sich beide Hände vors Gesicht. »Lass hören, ich weiß eh, was jetzt kommt.«

Ich lache. »Dann brauche ich es ja nicht zu sagen.«

»Dass ich eingebildet und oberflächlich war?«

»Ich glaube, das bist du immer noch …«

»Was?« Sie nimmt die Hände wieder runter und starrt mich empört an. »Du hast doch gesagt, ich hätte mich verändert.«

»Aber nicht in diesem Punkt. Oder hättest du dich bei unserem zufälligen Aufeinandertreffen genauso für mich interessiert, wenn ich immer noch die Bohnenstange mit Akne gewesen wäre?«

Sie wird rot.

»Siehst du. Aber wie gesagt … das meinte ich auch gar nicht. Ich meine vor allem die Aktion mit diesem Damian. Wie du uns in seine Wohnung gebracht hast und dann auch noch auf Idee gekommen bist, Fotos zu machen, mit denen wir ihm heimzahlen können, was er Amy antun wollte. Das war echt stark.« Ich nicke anerkennend.

»Nicht so stark, wie du denkst, denn …« Sie verzieht das Gesicht. »… als ich mein Handy rausgeholt habe, sah ich, dass mein Akku alle war. Aber das wusste er ja nicht, also habe ich einfach so getan, als würde ich Fotos machen.«

Ich reiße die Augen auf. »Du verarschst mich doch!«

Sie schüttelt schmunzelnd den Kopf.

»Du hast geblufft?«

»Jap! Hab ich mal in einem Film gesehen.«

»Unglaublich.«

»Was denn? Er hätte fast meine … unsere Freundin vergewaltigt und hat gedroht, dich anzuzeigen. Das überlegt er sich jetzt sicher zwei Mal.«

»Sehr geile Aktion.« Ich schüttele den Kopf und wir müssen beide lachen.

»Du, Cameron.« Wieder ernst, rückt sie näher und ich bin mir nicht sicher, ob sie hier gerade was missversteht. »Ich ähm … Ich habe mich nie für dich eingesetzt oder mal widersprochen, wenn die Jungs dich gemobbt haben, und … das tut mir schrecklich leid.«

Ich hab mit allem gerechnet, aber nicht damit, und weiß im ersten Moment nicht, wie ich reagieren soll.

»Eigentlich waren Amy, ich und Erica gar keine Dreier-Clique. Du gehörtest ja irgendwie immer dazu und ich schätze … ich war vielleicht ein bisschen eifersüchtig, weil Amy immer mehr Zeit mit dir als mit uns verbracht hat. Ich dachte, du würdest dich zwischen uns drängen und sie uns wegnehmen wollen … Wie Kinder halt so sind, was natürlich keine Entschuldigung sein soll, aber … Keine Ahnung … ich … Jedenfalls, als ich dich nach so langer Zeit wiedersah – und mir ist natürlich aufgefallen, dass du mich und Erica gemieden hast –, ist mir klar geworden, wie scheiße es von mir wäre, einfach so zu tun, als hätte ich nicht jedes Mal weggesehen oder sogar gelacht, wenn … wenn du gehänselt wurdest. Das war nicht okay und tut mir sehr, sehr leid.« Sie atmet aus, als hätte sie diese Entschuldigung einiges an Überwindung gekostet. Unsicher und abwartend sieht sie mich an.

»Wow! Du hast dich mehr verändert, als ich dachte«, antworte ich, noch immer überrascht.

»Heißt das, du nimmst meine Entschuldigung an?«

Ich grinse. »Nach der Ansprache? Klar!«

Sie lässt ein erleichtertes Seufzen hören und tut so, als würde sie sich Schweiß von der Stirn wischen. »Du glaubst nicht, was mir das bedeutet.«

»Du absolvierst aber nicht gerade ein Zehn-Punkte-Programm, bei dem du dich für Fehler in deiner Vergangenheit entschuldigen musst?«, scherze ich.

Sie lacht. »Nein, aber … umarmen würde ich dich trotzdem gern, als eine Art Neuanfang und weil dieser Abend echt nervenaufreibend war«, wechselt sie plötzlich das Thema und breitet die Arme aus. »Darf ich?«

»Ähm … klar«, antworte ich leicht überrumpelt und lasse zu, dass sie die Arme um mich legt.

Ich erwidere die Umarmung, spüre, dass sie mir über den Rücken und die Oberarme streicht. Jetzt über die Schultern und meinen Nacken. Als ihre Finger in mein Haar gleiten und sie Anstalten macht, auf meinen Schoß zu krabbeln, schiebe ich sie von mir. »Whooooowwww. Ivy, was äh … wird das?«

»Sorry, ich …« Ihr Wangen sind jetzt so rot wie ihre Locken. »Ich dachte …« Sie hält sich beschämt die Hände vors Gesicht. »O Gott, tut mir leid. Ich hab's ruiniert. Scheiße.«

»Ist schon okay. Du bist ja auch noch nicht ganz nüchtern«, entschuldige ich ihren plötzlichen Überfall für sie und stehe auf. »Es ist schon spät. Ich geh jetzt mal.«

»Ja … ja okay.« Sie erhebt sich ebenfalls und verschränkt die Arme vor der Brust, verdeckt ihre aufgerichteten Nippel, die sich unter dem Stoff ihres Nachthemds abzeichnen.

»Dann schlaf gut und pass auf Amy auf. Man sieht sich.«

Ich bin schon fast an der Tür, als …

»Ist es ihretwegen?«

Ich drehe mich zu ihr um. »Ist was ihretwegen?«

»Dass du mich hast abblitzen lassen?«

»Na ja … Sie liegt ein Zimmer weiter und schläft ihren Rausch aus«, gebe ich das Erstbeste und Logischste als Antwort, das mir auf die Schnelle einfällt.

»Das meine ich nicht.«

»Was meinst du dann?«

Sie schluckt.

»Wenn ich bei dir am Ball bleibe, wir uns öfter sehen, vielleicht mal zusammen was trinken gehen und uns so gut verstehen wie heute … habe ich dann eine Chance bei dir?«

Wieder etwas, mit dem sie mich komplett überrollt. Und wieder habe ich nicht die geringste Ahnung, was ich darauf sagen soll, obwohl ich die Antwort kenne: Keine Frau ist wie Amy. Aber weder sie noch ich würden je unsere Freundschaft aufs Spiel setzen, um es miteinander zu probieren. Das habe ich inzwischen begriffen und vielleicht wird es Zeit, auch danach zu handeln.

»Probier es aus«, sage ich, sie von Kopf bis Fuß betrachtend, bevor ich grinsend und ohne ein weiteres Wort ihre Wohnung verlasse.

16

Amy

»Und dann meinte sie, ich sei eine Egoistin, weil ich Cameron angeblich daran hindern würde, mit anderen Frauen glücklich zu werden«, beende ich meinen Monolog und spüre Hitze in mir aufwallen, weil ich mich vor Dr. Rivers so in Rage geredet habe.

Meine Therapeutin sitzt auf dem Sofa mir gegenüber. Die Beine übereinandergeschlagen und auf dem Schoß ihren obligatorischen Notizblock, in den sie heute viel mehr hineinzukritzeln scheint als während der Sitzungen davor. Diese hier kommt mir zwei Tage nach Liz' Ansprache mehr als gelegen, weil ich immer noch nicht weiß, was ich von all dem halten und wie ich mich Cameron gegenüber verhalten soll. Die Möbel werden noch diese Woche geliefert und dann ziehen wir richtig zusammen. Ihm auszuweichen wird dann also nicht mehr möglich sein, weshalb ich inständig auf den Rat meiner Therapeutin hoffe, die mich mit ihrem beruhigenden Sanax-alles-wird-gut-Lächeln ansieht.

»Zunächst einmal: Herzlichen Glückwunsch zum neuen Haus und vor allem zu diesem großen Schritt, der nicht nur privat, sondern auch aus therapeutischer Sicht ein unglaublicher Erfolg ist, Amy. Sie können sehr stolz auf sich sein.« Anerkennend nickt sie mir zu.

»Vielen Dank. Ohne Ihre Hilfe hätte ich das nicht geschafft.«

»Sie müssen mir nicht danken, das ist mein Job. Sie ganz allein sind diesen Weg gegangen, ich habe Ihnen lediglich die Richtung gezeigt.«

Ich ringe mir ein Lächeln ab. »Leider wird meine Freude von Liz' Vorwürfen überschattet.«

»Was genau ärgert Sie denn an ihren Vorwürfen?«

»Einfach alles. Aber am meisten, dass sie sich so sehr in unsere Beziehung – unsere rein freundschaftliche Beziehung«, korrigiere ich mich rasch, »einmischt. Wir sind beide erwachsen. Ob und warum wir eine WG gründen, geht sie doch überhaupt nichts an.«

»Mir scheint aber, als hätten Sie das vor dem Gespräch noch anders empfunden. Immerhin diente dieses Treffen dem Zweck, seine Eltern in Ihre Pläne einzuweihen und daran teilhaben zu lassen.«

»Ich wollte verhindern, dass sie es hintenrum von jemand anderem erfahren.«

»Aus Respekt oder weil Sie befürchteten, dass Ihre Lüge auffliegen könnte, wenn seine Eltern sich vor anderen Nachbarn verplappern würden?«

Ertappt senke ich den Blick auf meine Hände, die den Kaffeebecher umschließen. »Ich schätze beides.«

»Womit Sie das WG-Thema auch zum Thema seiner Eltern beziehungsweise Mutter gemacht haben, ohne damit zu rechnen, dass sie dem kritisch gegenüberstehen würde, oder?«

Ich atme gedehnt aus, weil sie mal wieder recht hat, aber … »Sie kann dem ja kritisch gegenüberstehen, allerdings …« Ich schüttle den Kopf in dem Versuch, meine Gedanken zu sortieren und die Situation richtig einzuschätzen. »Vielleicht steigere ich mich auch zu sehr rein und messe dem Gespräch zu viel Bedeutung bei«, rudere ich zurück und trinke den letzten Schluck Kaffee aus.

»Ich denke, Sie messen dem Gespräch die Bedeutung bei, die es für Sie hat. Und diese scheint mir doch sehr groß zu sein. Sonst wären Sie nicht so aufgewühlt und verärgert. Was stört Sie wirklich an dem, was Camerons Mutter zu Ihnen gesagt hat?«

Ich gehe kurz in mich und widerstehe dem Impuls, eine Antwort zu geben, von der ich weiß, dass sie nicht stimmt. Denn es gibt diesen einen Satz, der sich in Endlosschleife in meinem Kopf abspielt und mir in den letzten beiden Nächten den Schlaf geraubt hat:

Weil er dich liebt, Amy. Mein Sohn ist verliebt in dich und das, seit er ein Teenager war.

»Dass sie behauptet hat, er … er würde mich lieben«, gestehe ich etwas leiser und spüre, wie sich mein Herzschlag beschleunigt.

»Gut.«

»Gut?« Ich schüttle den Kopf. »Nein, ganz und gar nicht!«

»*Gut* bezieht sich darauf, dass sie endlich vollkommen ehrlich zu sich sind. Ich frage mich nämlich schon seit Langem, wann dieses Thema zur Sprache kommt.«

Ich runzle die Stirn. »Welches Thema?«

»Ihre …« Sie zeichnet Gänsefüße in die Luft. »… freundschaftlichen Gefühle zu Cameron.«

»Meine? Wieso denn plötzlich meine?«

Die Art, wie sie mich nun betrachtet, macht mich leicht nervös. »Darf ich offen sein?«

Wenn es unbedingt sein muss. »Ja.«

Vorgelehnt tut sie etwas, das sie in acht Jahren Therapie noch nie gemacht hat: Sie legt ihr berühmt-berüchtigtes Notizbuch, das ich in meinen Träumen schon hundertmal heimlich an mich genommen, kopiert oder mir sonst wie unter den Nagel gerissen habe, aufgeklappt auf den Beistelltisch zwischen uns. »Dieses Notizbuch führe ich seit dem 1. 1. 2017, also fast zwei Jahre. Ich führe für jeden Patienten ein eigenes werde dieses jetzt durchblättern. Ich möchte Sie bitten, auf die orange markierten Stellen zu achten.«

»Ähm … okay«, antworte ich zögerlich und habe wirklich keine Ahnung, worauf sie hinauswill. »Möchten Sie, dass ich sie zähle, oder …?«

Sie schmunzelt. »Wenn Sie das schaffen.«

Herausforderung angenommen. Ich stelle meine leere Tasse auf den Tisch und lehne mich ebenfalls vor. Während sie in ihrem Notizbuch blättert, lasse ich meinen konzentrierten Blick von Seite zu Seite fliegen und lese immerzu den gleichen Namen. So häufig, dass ich mit dem Zählen gar nicht mehr hinterherkomme.

Cameron. Cameron. Cameron. Auf jeder Seite Cameron.

Bei der letzten Seite, auf der sie etwas vermerkt hat, angekommen, nimmt sie das Notizbuch wieder an sich und erklärt: »Ich habe in jeder Sitzung Personen, die Sie besonders oft erwähnen, aufgeschrieben und farblich gekennzeichnet. Der Ihres besten Freundes taucht – wie Sie sehen konnten – ungewöhnlich oft auf.«

»Er spielt ja auch eine große Rolle in meinem Leben«, rechtfertige ich mich.

»Ich weiß. Sie beschreiben ihn als Ihren Fels in der Brandung, auf den Sie sich immer verlassen können. Könnte es nicht vielleicht sein, dass Sie befürchten, seine Gefühle für Sie könnten etwas daran ändern? Immerhin verbieten Ihnen Ihre selbstauferlegten Regeln, sich ineinander zu verlieben, wogegen er ja dann verstoßen würde.«

»Falls seine Mutter recht hat, was ja nicht bewiesen ist«, stelle ich klar.

»Und wenn dem so wäre?«

Ich spüre Panik in mir hochsteigen, die mich auf dem Sofa vor und zurück rutschen lässt.

Meiner Therapeutin mit dem Siebten Sinn entgeht mein Unbehagen natürlich nicht. »Oder anders gefragt: Was wäre so schlimm daran, wenn Cameron mehr als Freundschaft, wenn er Liebe für Sie empfinden würde?«

»Alles! Das könnte das Aus unserer Freundschaft bedeuten.« Allein die Vorstellung genügt, um mir das Herz zu brechen.

»Aber nur, wenn Sie seine Gefühle nicht erwidern.«

»Was ich nicht tue.« Ich bilde mir ein, vollkommen unbegründete Zweifel in ihrem Blick zu erkennen, und habe das Gefühl, mich rechtfertigen zu müssen: »Wirklich. Cameron hat Affären und One-Night-Stands, die mich überhaupt nicht stören, umgekehrt gilt übrigens das Gleiche«, mache ich mir auch selbst noch mal klar. Dass er meinetwegen das Stipendium und einen Job geopfert haben soll und angeblich keiner anderen Frau eine Chance gibt, blende ich einfach aus. »Deshalb kann ich mir echt nicht vorstellen, dass er mehr in mir sieht als seine beste Freundin.« *Das darf er nicht.*

»Werden Sie ihn auf das Gespräch mit seiner Mutter ansprechen?«

Ich schüttele energisch den Kopf. »Auf keinen Fall!«

»Warum nicht?«

»Weil … weil …« Mist, mir fällt keine Antwort ein. Keine, die ich mir hier und jetzt eingestehen kann. Aber dafür habe ich ja Dr. Rivers, die mit ihrer nächsten Frage mal wieder genau ins Schwarze trifft.

»Haben sie Angst?«

»Ja, vielleicht.«

»Davor, dass er sie wirklich lieben könnte.«

Ich seufze, was sie, ihrem Nicken nach zu urteilen, als Zustimmung auffasst.

»Ich will einfach nicht verlieren, was wir … was ich habe. Meinen besten Freund und seit Kurzem auch das Haus. Noch mehr Veränderungen kann ich gerade nicht gebrauchen.«

»Auch nicht, wenn sie positiv sein könnten?«

»Nein.«

»Eine Liebesbeziehung käme also nicht infrage?«

»N-nein«, wiederhole ich – warum auch immer – mit einem Zögern. »Wie gesagt: Ich will das, was wir jetzt haben … unsere Freundschaft, nicht gefährden.«

»Dann sind Sie also nicht nur um sein, sondern vor allem um Ihr Herz besorgt, weil es Sie verletzen würde, Cameron als Freund zu verlieren?«

Ich denke kurz nach und antworte: »Gewissermaßen schon.«

»Okay.« Sie wirft einen Blick auf die große Uhr über der Tür, was ein typisches Zeichen dafür ist, dass die sechzig Minuten schon wieder rum sind. »Wissen Sie was? Ich habe gerade beschlossen, Ihnen mal wieder eine Hausaufgabe mitzugeben.«

Ich stöhne in gespielter Theatralik auf. »Und ich dachte, damit wären wir durch.«

Sie lässt ein warmherziges Lachen hören. »Es ist eine winzig kleine und wie immer freiwillige Aufgabe.«

Ich lächele zurück. »Na gut.«

»Ich möchte, dass Sie eine Pro-und-Kontra-Liste erarbeiten. Notieren Sie auf der Pro-Seite alles, was für eine Beziehung mit Cameron sprechen würde, und auf der Kontra-Seite …«

»… was dagegenspricht.«

»Genau. Aber – hier kommt die Einschränkung: Konzentrieren Sie sich am Tag immer nur auf eine Seite der Liste. Niemals auf beide. Das bedeutet, Sie widmen sich morgen den positiven Aspekten und übermorgen den negativen. Und ich möchte, dass Sie jeden Tag mindestens zwei Stichworte aufschreiben. Ist die Aufgabenstellung soweit klar?«

»Ja, ich denke schon. Allerdings glaube ich nicht, dass ich auf der Pro-Seite so viele Punkte zusammenbekomme.«

»Wenn Sie alles notieren, was Ihnen in den Kopf kommt, schon. Beispielsweise sein Humor oder sein Duft, die Art, wie er sie ansieht. Sein Lachen oder … die Farbe seiner Socken. Jede Kleinigkeit zählt. Und wenn er schnarcht und Sie das stört, ist das ein Kontra-Punkt. Es geht bei dieser Aufgabe nicht nur um harte Fakten.«

»Okay, verstehe.«

»Ich schreibe Ihnen die Aufgabe noch mal auf.« Sie erhebt sich, geht zu ihrem Schreibtisch und kehrt mit einem DIN A4-Blatt aus ihrem Kopiergerät zu mir zurück. Nachdem sie die Hausaufgabe noch für mich zusammengefasst hat, reicht sie mir das Blatt und wir verabschieden einander.

17

Amy

Die letzte Sitzung liegt nun drei Tage zurück. Drei Tage, in denen ich mich erfolgreich davor gedrückt habe, mich mit Camerons Gefühlen für mich auseinanderzusetzen. Der Auszug aus meiner Wohnung sowie das Einrichten des Hauses kamen mir mehr als gelegen. Die Möbel stehen, die Wände sind gestrichen und alle Anschlüsse vorhanden. Wie abgemacht, haben wir die Räume unter uns aufgeteilt und unseren jeweiligen Wünschen entsprechend eingerichtet. Wobei wir es am Ende dann doch hinbekommen haben, jedes Zimmer so zu gestalten, dass sowohl meiner als auch Camerons Stil erkennbar ist. Sozusagen die perfekte Mischung aus lebhaft-verspielt und minimalistischer Eleganz. In den Farben Weiß, Beige, Grau und Mintgrün als Farbtupfer, da ich ihn von rosa oder lila nicht überzeugen konnte. Jetzt fehlen nur noch Accessoires wie Lampen, Kerzen, Blumen und Bilder. Aber auch die sind bereits online bestellt und dürften Anfang nächster Woche zugestellt werden. Das ist die positive Nachricht. Die negative ist: Ich habe keine Beschäftigung mehr. Keine Ausflüchte oder Ablenkung. Nichts, was mich davon abhält, das Gespräch mit Liz sowie die Worte meiner Therapeutin – auch tagsüber – in Endlosschleife zu resümieren. Die Hausaufgabe eingeschlossen. Denn das Erste, was ich denke, als Cameron von der Arbeit kommt, ist, wie unglaublich gut er in diesem Anzug aussieht.

»Ist der neu?«, frage ich, während er sein Sakko aufknöpft und sich auf unser neues mintgrünes Sofa setzt. Er lockert seine Krawatte und fährt sich durchs dunkle Haar, das mir viel dichter vorkommt als sonst.

»Das wollte ich dich auch gerade fragen.« Er deutet auf den Beistelltisch in Naturstein-Optik.

»Das ist der, den wir Montagabend zusammen ausgesucht haben.«

»Aber in schwarz, nicht in beige.« Er hebt skeptisch eine Augenbraue.

Ich verziehe ertappt das Gesicht. »Schwarz war … aus?«

Seine Mundwinkel zucken. »Ist das eine Frage oder ein Versuch, mich für dumm zu verkaufen?«

»Ich fand beige irgendwie passender. Schlimm?«

»Was soll ich dazu sagen, hm?« Seufzend verschränkt er die Arme auf eine Weise hinter seinem Kopf, dass sich seine Bizepse unter dem Stoff seines weißen Hemdes wölben.

»Dass er dir gefällt.« Ich grinse breit und stecke meine Hände in die Taschen meines für die Renovierungsarbeiten angeschafften Blaumanns, der inzwischen mit Farbe beschmiert ist.

»Ach … Amy.« Er schüttelt den Kopf und betrachtet mich von meinen nackten Füßen bis zu meinem unordentlichen Haarknoten. In den Augen ein Funkeln, das ich irgendwie nicht einordnen kann. Genauso wenig wie sein hinterhergeschobenes »Du bist unglaublich«.

Wie meint er das? Freundschaftlich? Schwärmerisch? Und der Ausdruck in seinem Blick? Ich kenne ihn, habe ihn hundertmal gesehen und verstanden. Aber jetzt? Seit diesem verdammten Gespräch mit Liz weiß ich die Art, wie er mich manchmal ansieht, den Arm um mich legt, mich hält oder an sich presst, nicht mehr zu deuten. So wie jetzt frage mich in den vertrautesten Situationen, ob mehr dahintersteckt. So wie jetzt versuche ich, mich daran zu erinnern, wie ich vor dem besagten Samstag reagiert hätte, und antworte: »Das fasse ich dann mal als Kompliment auf.«

Cameron sieht sich um, als ließe er die neue Einrichtung auf sich wirken. »Na ja, es hätte wirklich schlimmer sein können.«

»Komm schon …«

»Okay … es ist … nicht schlecht. Ja, doch … ich könnte mich sogar dran gewöhnen.«

Ich gehe zum Sofa, setze mich neben ihn, um den Wohnbereich aus seiner Perspektive zu betrachten, und finde ihn immer noch wunderschön. »Also, ich bin verliebt.«

»Na dann. Das ist doch die Hauptsache, oder?« Ich schaue ihn von der Seite an, begegne seinem nun prüfenden Blick. »Bist du okay?«, wechselt er plötzlich das Thema. »Mit dem Umzug, dem Haus, mir als Mitbewohner. Wie geht's dir damit, jetzt wo du … wo wir es wirklich durchgezogen haben?«

Er ist so unglaublich aufmerksam. Das war er schon immer. Weil er mich liebt? »Mir geht es gut«, antworte ich seufzend. »In dieses Haus zu ziehen war die beste Entscheidung seit Langem. Ich bereue nichts. Auch nicht meinen neuen Mitbewohner.«

Er lächelt, als würde ihn meine Antwort beruhigen.

»Und … du?«, frage ich zögerlich.

»Ich würde mich als neuen Mitbewohner auch nicht bereuen«, scherzt er und bringt mich damit zum Lachen.

»Du bist doof!« Ich werfe ihm eins der Dekokissen ins Gesicht, obwohl ich froh bin, dass wir immer noch locker miteinander umgehen können.

Er fängt das Kissen auf und wirft einen Blick auf seine Armbanduhr. »Ich fürchte, wir müssen unsere Kissenschlacht auf morgen verschieben.«

»Musst du weg?«

»Jap. Hab ein Date.«

»Ach so.« Keine Ahnung, warum ich so enttäuscht klinge. Aus irgendeinem Grund war ich davon ausgegangen, dass wir den Abend zusammen verbringen und ganz offiziell auf unsere neue WG anstoßen würden. »Ein Date?« Ich hebe verheißungsvoll eine Augenbraue, um meine Enttäuschung zu kaschieren. Er bemerkt sie trotzdem.

»Aber wenn du den ersten Samstagabend im Haus nicht allein verbringen willst, dann sag ich ihr ab.«

Er hat recht. Gerade heute wäre Gesellschaft schön, aber in der

Küche ist eine Flasche Wein, von dem ich mir bei einer Serie ein Glas genehmigen werde. Ich bin also in guter Gesellschaft und winke ab. »Nein. Alles gut. Außerdem hat sie sich bestimmt schon die Beine rasiert, und wenn du ihr jetzt absagst, stirbt ein Einhorn.«

»Bitte was?« Cameron sieht mich stirnrunzelnd an.

»Das sagt man so. Also geh hin. Ich komme klar.«

»Sicher?«

»Ganz sicher!«

»Na gut. Hältst du dich für eine Rettungsaktion bereit? Bis jetzt habe ich mit ihr nur per SMS kommuniziert und keine Ahnung, wie sie live so drauf ist.«

»Tinder?«

Sein »Jap« klingt nicht gerade nach Vorfreude und lässt mich ein wenig schmunzeln.

»Wolltest du dich nicht schon längst dort abgemeldet haben?«

»Sagt die Richtige. Du wurdest mir letzte Woche noch vorgeschlagen.«

»Und? Hast du mich nach links oder rechts geswiped?«, frage ich in gespielter Neugierde.

»Das habe ich mir bei der Anzahl an Frauen nicht gemerkt.«

»Dann weiß ich ja, wie ich mir gleich die Zeit vertreibe. Ich brauche ohnehin eine Alternative zu meinem Fitnessstudio, seit ich dank dir den Ruf als diebische Femme fatale habe«, werfe ich ihm schmunzelnd vor und komme zurück zum Thema: »Ab wann soll ich mich denn bereithalten?«

»Wir treffen uns um acht. Also, so ab zehn?«

»Okay. Bis dahin bin ich bestimmt noch wach. Außerdem haben wir ja noch eine Rechnung offen.« Angriffslustig funkele ich ihn an. »Diese Chance auf Rache lasse ich mir nicht entgehen.«

»Was denn für eine Rechnung?«

»Du erinnerst dich an deinen bühnenreifen Auftritt vor Fäkal-Liam?«

Er lässt ein schadenfreudiges Lachen hören, steht auf und geht Richtung Treppe. »Die Nummer wirst du eh nicht toppen.«

»Wetten?«, rufe ich ihm nach.

»Die Wette verlierst du!«, antwortet er von der Treppe aus und ich kann es kaum erwarten, ihn vom Gegenteil zu überzeugen.

Daher sitze ich um kurz vor zehn abfahrbereit in schwarzen Leder-Leggings, gleichfarbigen Stiefeletten sowie einem roten Rollkragenpulli auf dem Sofa und warte mit meinem Telefon in der Hand auf seine SMS. Um mich von Erinnerungen abzulenken, die teils schwer, teils leicht in der Luft dieses Hauses hängen, habe ich bereits eine Stunde, nachdem er sich verabschiedet hatte, angefangen, mich fertig zu machen. Mein Make up und der hohe Pferdeschwanz sitzen genauso wie meine erfundene Geschichte, die seine um Längen toppen und sein Date vergraulen wird. Doch es ist inzwischen halb elf und er hat weder geschrieben noch angerufen. Nach weiteren zehn Minuten hole ich den Wein aus der Küche schenke mir auf dem Sofa ein Glas ein. Immer noch keine SMS; es ist schon Viertel vor elf. Ich trinke einen großen Schluck, wische einen daneben gelaufenen Tropfen mit dem Handrücken von meinem Mund und ruiniere mir dabei den Lippenstift. Der von Miss Tinder wird später vermutlich beim Knutschen mit Cameron ruiniert. Denn das Date muss gut laufen, sonst hätte er sich längst gemeldet. Es muss sogar sehr gut laufen, wenn ihm noch nicht mal in den Sinn kommt, kurz Bescheid zu geben, dass er mich nicht braucht.

Tja, Liz. Eins zu null für mich.

Ich schenke mir das zweite Glas ein. Mein Handy bleibt stumm, während ich auch das austrinke. Es folgt das dritte, das ich erhebe, um mit der Luft voller Erinnerungen auf Daddy, Ryan und Mom anzustoßen. »Ich habe uns das Haus zurückgeholt«, flüstere ich in die erdrückende Stille und rede mir ein, dass sie mich hören können, um mich nicht so einsam zu fühlen.

Eine Dosis Schmerz, betäubt von dem inzwischen fünften Glas Wein.

Mir schwirrt der Kopf.

Ich nehme mein Handy von der Sofalehne, lege meine Beine hoch und öffne den SMS-Verlauf mit Cameron. Das Glas trinke ich leer, bevor ich ihm folgenden Text schreibe:

Freitag, 23:35 *Wie mir scheint, brauchst du mich nicht mehr. Dir und Miss Tinder weiterhin viel Spaß. Ich freue mich für dich und ihren Lippenstift.*
PS: Denk an die Kondome!

Bin ich nicht nett? Von wegen egoistisch und unfair. Ich gönne Cameron alle Tinder-Frauen dieser Welt und schicke die Nachricht ab, ohne sie vorher noch mal gelesen zu haben. Dann werfe ich mein Telefon ans andere Ende des Sofas – das war zumindest der Plan. Stattdessen landet es auf dem Holzboden, und als ich mich aufrichte, um es aufzuheben, befinde ich mich plötzlich auf einem Boot, bei rauer See. Der Raum scheint zu wanken, weshalb ich mich wieder zurücklehne und stöhnend die leere Flasche Rotwein betrachte. Mist. Eigentlich wollte ich mit einem Glas die Wartezeit verkürzen. Wer hätte denn auch ahnen können, dass diese so lang wird, dass Cameron mich vergisst? Ich nehme mir vor, die Spuren meines kleinen Saufgelages zu vernichten, bevor ich gleich ins Bett gehe, damit er nicht denkt, ich hätte ein Alkoholproblem. Oder ein Problem mit seinem gut laufenden Date, das doch beweist, dass er mich gar nicht lieben kann.

Weil er dich liebt, Amy. Mein Sohn ist verliebt in dich.

Du verbaust ihm seine Zukunft, Amy.

Ich erwarte, dass du ihn freigibst.

Lass ihn gehen.

Lass ihn eine Frau finden, die er lieben und auf Händen tragen kann.

Eine Frau, die seine Gefühle erwidert …

»Ich bin … keine … Egoistin«, sage ich mit schleppender Stimme und merke, wie Müdigkeit meine Lider schwer werden lässt.

18

Cameron

»Ich rufe dir ein Uber«, fordere ich Sofia nach der zweiten Runde Sex freundlich, aber bestimmt auf, zu gehen. Doch statt sich aus meinem Bett zu bewegen, schmiegt sie sich noch enger an mich und zeichnet mir mit dem Zeigefinger irgendwelche Muster auf die Brust.

»Ich könnte aber auch bei dir schlafen«, säuselt sie in dieser klebrig-süßen Stimme, mit der sie mir schon den ganzen Abend auf die Nerven geht. Keine Dates mehr, ohne vorher telefoniert oder eine Sprachnachricht bekommen zu haben. Der einzige Grund, aus dem ich Amy keine Not-SMS gesendet und Sofia mit in mein Loft genommen habe, in dem ich offiziell ja nicht mehr wohne, ist Amy. Seit fast einer Woche jeden Tag Amy.

Amy am Morgen. Amy am Abend. Amy bei Nacht, nur ein Zimmer weiter. Sie an den Wochenenden zu treffen, mit ihr essen und etwas trinken zu gehen oder sie auf Events zu begleiten ist die eine Sache, aber sie jeden verdammten Tag um mich zu haben verlangt mir mehr ab, als ich dachte. Mehr Selbstkontrolle. Mehr Schauspielkünste. Mehr Unterdrückung meiner Gefühle. Das habe ich nicht bedacht, als ich mich bereiterklärte, mich als ihr Freund auszugeben und mit ins Haus zu ziehen. Ich brauchte einfach mal eine Pause von ihrer wundervollen Art, ihrem Humor, ihrem Lächeln, ihrer Zerbrechlichkeit und Schönheit. Sofia war meine Auszeit. Nicht mehr und nicht weniger.

»Hör zu, Sofia, ich …«

»Wenn du willst, wecke ich dich morgen früh mit einem Blowjob«, unterbricht sie mich. »Du kannst mit mir anstellen, was du willst.«

»Nettes Angebot, aber erstens: Dazu müsstest du hier übernachten, was nicht geht. Und zweitens: Das habe ich bereits und ich denke, wir sind beide auf unsere Kosten gekommen. Aber jetzt musst du wirklich gehen«, erwidere ich und rücke von ihr ab, um ihren Annäherungsversuchen zu entkommen.

Ihr Lächeln friert ein. »Warum? Bist du verheiratet? Kommt deine Frau gleich nach Hause?«

Was würde ich dafür geben, dass dem tatsächlich so wäre, nur um sie endlich loszuwerden. Amy hätte sich in dieser Rolle bestimmt fantastisch gemacht. »Ich wüsste nicht, was dich das angeht.« Anscheinend nimmt Sofia an, dass jeder Mann, der sie nicht will, entweder verheiratet oder schwul sein muss. Dass Letzteres bei mir nicht zutrifft, habe ich offenbar so gut demonstriert, dass sie sich zu gehen weigert. Um ihren Abgang zu beschleunigen, reichte ich ihr BH und Slip. Der Rest ihrer Klamotten verteilt sich auf dem Schlafzimmerboden. Schmollend nimmt sie ihre Unterwäsche an sich und begibt sich endlich aus meinem Bett. Um kein totales Arschloch zu sein und weil ich weiß, was sich gehört, ziehe auch ich mich an, um sie hinauszubegleiten.

Wir steigen gemeinsam in den Fahrstuhl, der uns in die Lobby bringt.

»Rufst du mich an?«, fragt sie zögerlich und zückt, vor der Haustür angekommen, eine Visitenkarte.

Ich halte ihr die Tür auf und antworte: »Wahrscheinlich nicht.«

»Und wie wahrscheinlich?«

So wahrscheinlich, dass sie die Karte eigentlich wieder wegstecken kann. Aus purer Höflichkeit und um mir die Option, Sofia eventuell doch noch mal in mein Loft einzuladen, offenzuhalten, nehme ich die Karte dennoch an mich. »Danke für den schönen Abend. Komm gut heim!«, verabschiede ich mich und lasse die Tür hinter ihr ins Schloss fallen.

Zurück in meinem Apartment, beseitige ich die Reste unseres Intermezzos. Ich beziehe das Bett neu und lüfte den Raum, um ihren Geruch aus meinem Schlafzimmer zu bekommen. Mein Handy nehme ich von der Kommode und spiele mit dem Gedanken, einfach hierzubleiben. Es ist bereits halb zwei, Amy schläft vermutlich schon und wird sich morgen früh ohnehin denken können, dass ich die Nacht mit meinem Date verbracht habe. Auch wenn das nicht wahr ist. Ich will mein Telefon gerade wieder zurücklegen, als eine SMS von Amy auf dem Display aufleuchtet. Sie ist von halb zwölf. Da müssen Sofia und ich gerade bei der Sache gewesen sein. Ich öffne die Nachricht und lese stirnrunzelnd einen total kryptischen Text, der überhaupt keinen Sinn ergibt:

> **Freitag, 23:35** *Wie mir scheintot brusxhr du mich noch mehr. Sir und Miss-Tinder weiterhin viel Süd. Ich freue mich für sich und Uhren Lippenstift.*
> *PS: Versenk die Kondome!*

»Bitte was?« Schmunzelnd versuche ich herauszufinden, was Amy mir da mitteilen wollte. Ich entschlüssele, dass es sich bei Miss-Tinder um Sofia handelt, habe ansonsten aber keinen blassen Schimmer, wer oder was hier scheintot ist und was das Ganze mit versenkten Kondomen oder ihrer Freude über Uhren und Lippenstift zu tun hat. Ihre SMS bleibt mir ein Rätsel, auf dessen Lösung ich echt gespannt bin. Amy muss im Halbschlaf gewesen sein, als sie mir diese Nachricht geschickt hat, auf die ich amüsiert antworte:

> **Samstag, 01:51** *Bist du noch wach? Googletranslator ist bei dem Versuch, deine SMS zu übersetzen, abgestürzt.*

Obwohl damit zu rechnen war, dass sie nicht antworten würde, habe ich plötzlich das Gefühl, zu ihr zu müssen. Ein unerklärlicher Instinkt, der mich meinen Gedanken, hier zu schlafen, verwerfen lässt. Dreißig Minuten später parke ich meinen Wagen vor Amys Haus und sehe, dass drinnen noch Licht brennt. Ich steige aus, gehe zur Haustür und schließe auf.

»Amy?«

Keine Antwort. Vermutlich hat sie einfach nur vergessen, das Licht auszumachen, und liegt schlafend in ihrem Bett. Ich ziehe die Schuhe und meine Lederjacke aus. Diese hänge ich an die Garderobe rechts von der Haustür und bleibe drei Schritte weiter abrupt stehen. Amy schläft tatsächlich, allerdings nicht in ihrem Bett, sondern auf dem Sofa. In voller Montur.

Als wir uns vorhin verabschiedet haben, trug sie diesen unförmigen Blaumann. Jetzt liegt sie in einer engen schwarzen Hose und einem roten Rollkragenpulli da. Ihre Augen und Lippen sind geschminkt, ihr Haar gestylt. Vermutlich ging sie davon aus, dass ich sie darum bitten würde, mich aus meinem Date zu befreien, und – ich erblicke gerade die leere Flasche – scheint sich die Wartezeit mit Wein verkürzt zu haben. Ich grinse. Wenn das mal nicht der Grund für ihre seltsame SMS ist. Hat sie sie vom Boden aus verfasst, oder warum liegt ihr Handy dort? Fast wäre ich draufgetreten, hebe es auf und lege es amüsiert auf die Lehne des Sofas.

»Was hast du hier veranstaltet, hm?«, sage ich leise und lege den Kopf leicht schief, betrachte sie. Amy, zusammengekugelt in Embryonalstellung, die Arme um sich selbst geschlungen, als wäre sie die einsamste Frau dieser Welt. Auf diesem riesengroßen Sofa kommt sie mir so verdammt klein, zerbrechlich und verlassen vor.

Verlassen …

Fuck!

Hätte ich hierbleiben müssen? Hat sie zum Wein gegriffen, weil ihr das Haus und die Erinnerungen zu viel wurden? Schon bei der Renovierung und Einrichtung war sie so oft den Tränen nahe, wenn auch meistens vor Freude. Und ja, sie hat gesagt, sie käme klar. Aber ich kenne sie. Ich hätte wenigstens in der Nähe sein müssen, falls sie doch nicht klarkommt. Stattdessen hatte ich mittelmäßigen Sex mit einer mittelmäßigen Frau – obwohl sie die eine ist.

Ich Idiot.

Die nächsten Wochenenden werde ich, wenn Amy nichts anderes vorhat, mit ihr verbringen. Zumindest, bis sie sich an die neue Situation gewöhnt hat. Und wer weiß … Vielleicht fällt es mir danach auch leichter, sie ständig um mich zu haben. So eine Art Selbst- oder Konfrontationstherapie. Seufzend fahre ich mir durchs Haar, überlege, ob ich eine Decke von oben holen oder sie ins Bett tragen soll. Ich entscheide mich für Letzteres und hebe sie vorsichtig in meine Arme. Ihre lege ich mit einer Hand um meinen Hals und nehme die Treppe nach oben. Langsam und so leise wie möglich, damit ich sie nicht wecke. Sie gibt zwar kleine Laute – irgendwo zwischen schnurren, seufzen und schmatzen von sich –, schläft in ihrem Schlafzimmer angekommen aber immer noch tief und fest. Um nicht gegen etwas zu laufen, mache ich das Licht an und will sie gerade behutsam ins Bett legen, als sie anfängt, vor sich hinzumurmeln.

Ist sie wach?

Ihre Arme löse ich von meinem Hals und sehe, dass ihre Augen geschlossen sind, als ich mich aufrichte. An Regel Nummer 2 denkend, decke ich sie, so wie sie ist – mit Hose und Pulli –, zu und wirbele dabei ein Blatt Papier von ihrer Kommode. Ich bücke mich, hebe es auf und halte in der Bewegung inne, denn da steht mein Name. Genau genommen ist mein Name Teil einer Überschrift.

Pro und Kontra Beziehung mit Cameron.

Ich reiße überrascht die Augen auf und vergewissere mich, dass Amys weiterhin geschlossen sind, damit sie nicht mitbekommt, wie ich ihre Privatsphäre missachte. Eigentlich ein absolutes No-Go, das sich unter diesen Umständen jedoch nicht vermeiden lässt. Ich muss einfach wissen, was es mit dieser Liste auf sich hat, und überfliege sie.

Pro

- Niemand kennt mich so gut wie er.
- Sein großes Herz.
- Seine Hilfsbereitschaft.
- Er bringt mich zum Lachen.

- Er ist immer für mich da.
- Sein Duft.
- Sein Erfolg.
- Er sieht unglaublich gut aus.

Ich grinse zufrieden.

Kontra:
- Er ist mein bester Freund.
- Ich darf ihn nicht verlieren.
- Seine unzähligen Affären und One-Night-Stands. (Gibt es Frauen in NY, mit denen er noch keinen Sex hatte?)

Mir klappt der Mund auf. Bitte was? Natürlich gib es die. Sogar haufenweise. Also, ehrlich … Ich lese weiter.

- Regel Nummer 5
- Regel Nummer 5
- Regel Nummer 5
- Regel Nummer 5
- Wir dürfen uns nicht verlieben!

Zu spät – zumindest, was mich betrifft.

Hart schluckend lege ich den Zettel mit der Schrift nach unten zurück auf die Kommode, mache das Licht aus und verlasse ihr Schlafzimmer. Wenig später in meinem, kreisen meine Gedanken immer wieder um die gleichen Fragen. Warum hat sie diese Liste aufgestellt? Spielt sie tatsächlich mit dem Gedanken, uns eine Chance zu geben? Und wenn ja, seit wann und vor allem warum?

Ihre Kontra-Seite war schließlich mehr als eindeutig: Aus uns kann niemals mehr als Freundschaft werden. Nie.

19

Amy

O, Cameron! Gott, ja! Ja, ja, ja! CAMERON! JAAAAAAA!«

Was zum …?

Ich reiße die Augen auf und stelle fest, dass ich in meinem Bett liege und nur im Traum Sex mit meinem besten Freund hatte. Erleichtert begebe ich mich aus dem Bett, öffne meine Schlafzimmertür und – erstarre. Denn die von Cameron steht ebenfalls offen, weshalb ich freie Sicht auf den durchgedrückten Rücken einer nackten Frau habe, von der er gerade geritten wird. Wild und hemmungslos. In unserem … meinem Haus. Mir klappt der Mund auf, während der Schock nicht nur meinen Magen, sondern sämtliche Gliedmaßen gefriert. Ich will mich bewegen, kann es aber nicht. Ich will die Augen schließen, aber sie hören nicht auf zu starren und zwingen mich, dieses Bild zu ertragen.

»O Baby. Du fühlst dich so verdammt gut an … so gut«, stöhnt diesmal er.

Ich blinzele ungläubig. »Cameron, was … was machst du denn da?« Meine Stimme klingt derart gebrochen, dass ich sie selbst kaum wiedererkenne. »Wie-wieso tust du mir das an?«

Er hebt den Kopf und sieht an der Frau vorbei zu mir. »Ich hab auf dich gewartet, aber du warst zu spät, Amy. Sorry! Mach bitte die Tür zu!«

Absolute Fassungslosigkeit befreit mich aus meiner Starre und katapultiert mich aus dem Schlaf. Ich sitze kerzengrade in meinem Bett, schnappe keuchend nach Luft. Mein Herz rast wie verrückt und ich bin schweißgebadet – vermutlich auch, weil ich in einer Lederleggings und einem Winterpullover geschlafen habe.

Gott. Was war das bitte für ein schräger Traum in einem Traum?

Seltsamerweise ist das Gefühl … dieses lange, harte Ziehen in meiner Brust viel präsenter als der Traum selbst. Blinzelnd vergewissere ich mich, auch wirklich wach zu sein, woran das brutale Hämmern in meinem Kopf keinen Zweifel lässt. Es erinnert mich daran, dass ich gestern eine ganze Flasche Wein getrunken habe – allein, was bei Menschen, die nach einem Glas schon beschwipst sind, zu einem fürchterlichen Kater führt. Und dazu, dass sie auf dem Sofa einschlafen und – o nein, bitte nicht – peinliche Nachrichten an ihren besten Freund schicken, während er ein Date hat.

»Scheiße.« Hektisch halte ich Ausschau nach meinem Handy, weil mein noch verkatertes Hirn den Inhalt der SMS nicht mehr zusammenkriegt. Doch mein Gefühl sagt mir, dass ich Cameron nicht bloß einen schönen Abend gewünscht habe und dann ins Bett gegangen bin. Ich sehe unter der Decke, meinem Kissen und auf der Matratze nach. Nichts. Auch nicht auf der Kommode, wo lediglich meine Hausaufgabe von Dr. Rivers liegt. Vermutlich befindet sich mein Handy irgendwo im Wohnbereich, auf dem Sofa oder dem Beistelltisch.

Stöhnend reibe ich mir die pochenden Schläfen und rappele mich auf. Nachdem ich geduscht und mir die Zähne geputzt habe, ziehe ich mir meinen Mariano-Rivera-Hoodie in Übergröße an und nehme die Treppe nach unten. Bereits auf den ersten Stufen kommt mir der Geruch von Rührei, Bacon und Kaffee entgegen. Cameron ist also auch schon auf und mein Magen signalisiert mir knurrend, dass er Hunger hat, was wiederum die Frage nach der Uhrzeit aufwirft. Es könnte neun Uhr morgens aber auch zwölf Uhr mittags sein.

Obwohl ich höre, wie Cameron in der Küche zugange ist, husche ich zuerst nach rechts ins Wohnzimmer. Ich will unbedingt wissen, was ich ihm geschrieben habe, bevor wir uns gegenüberstehen, und tippele barfuß zum Sofa. Leise, wie eine Diebin.

»Guten Morgen, alles okay?«

Wie die schlechteste Diebin der Welt.

Ich drehe mich zu Cameron um, der wie aus dem Parkettboden gewachsen in einer dunklen Pyjamahose und einem weißen Unterhemd im Türrahmen steht. Sein dunkles Haar ist zerzaust, was ihm jedoch so gut steht, dass es als Look durchgehen könnte. Mir fällt gerade auf, dass ich ihn so, direkt nach dem Aufstehen, noch nie gesehen habe.

»Äh … Guten Morgen.«

»Was schleichst du denn hier so rum?« Er sieht mich verwundert an.

»Schleichen? Echt?«, gebe ich die wohl einfallsloseste Gegenfrage überhaupt als Antwort und merke, dass ich rot werde.

»Wie geht's dir? Hast du gut geschlafen?«, wechselt er das Thema, wofür ich zunächst dankbar bin, bis …

»Ja, und ihr?« O Gott. Ich brauche Kaffee. Am besten intravenös. »Ich meine *du. Du!* Hast du gut geschlafen«, korrigiere ich mich schnell und fasse mir an die Stirn.

Camerons Augenbrauen ziehen sich minimal zusammen. Er antwortet nicht, was mir angesichts der Tatsache, dass mich selbst die einfachsten Dialoge noch zu überfordern scheinen, recht ist. Ich will einfach nur mein Handy finden und frage, um einen beiläufigen Tonfall bemüht: »Sag mal, hast du zufällig mein Telefon gesehen?«

»Hab es zum Aufladen an die Steckdose neben dem Bücherregal angeschlossen. Dein Akku war leer.«

»Okay, danke.«

Er schmunzelt. Warum schmunzelt er? »Hast du Hunger? Ich hab Frühstück gemacht?«

»Was gibt es denn? Einen Clown?«, scherze ich als Anspielung auf seine zuckenden Mundwinkel.

Lachend fährt er herum und geht. »Nein, aber ich habe mir gerade noch mal deine Nachricht von gestern Abend durchgelesen. Die war mindestens genauso lustig.«

Na toll. Ich schlage innerlich die Hände über dem Kopf zusammen und folge ihm – nicht in die Küche, sondern ins angrenzende Esszimmer, wo mich ein prall gedeckter Tisch erwartet. Es gibt French-Toast, getoasteten Toast, Rührei, Bacon, Tomatensaft, Erdnussbutter, Marmelade, Gewürzgurken und herrlich duftenden Kaffee. Alles, was wir uns früher, zu unseren wilderen Zeiten, am Vormittag nach einer feuchtfröhlichen Party-Nacht immer im *Roasted Coffee* bestellt haben, um wieder auf die Beine zu kommen. Also unser obligatorisches Katerfrühstück.

Ich lächle verlegen, weil das nur eins bedeuten kann. »Dann hab ich die Flasche Wein wohl nicht weggeräumt und bin auch nicht selbst ins Bett gegangen?« Ich nehme Platz. »Oder?«

»Nein. Das war ich« antwortet er und lässt sich mir gegenüber grinsend nieder.

Ich lasse ein kleinlautes »Danke« hören.

»Nicht dafür. Kaffee?«

»Gerne.« Ich hebe die Tasse, um ihm das Einschenken aus der Kanne zu erleichtern.

Nachdem er sich selbst auch einen eingegossen hat, sehen wir uns beim Trinken über den Rand unserer Tassen an. Dunkle Augen funkeln mir amüsiert entgegen, was mich meinen Becher seufzend abstellen lässt.

»Okay, sag schon! Was habe ich dir denn so Witziges geschrieben, hm? Du weißt ja jetzt, dass ich betrunken war und keinerlei Kontrolle mehr über mich hatte.«

»Wohl eher über deine Finger.« Cameron lacht halb in seinen Kaffee und stellt ihn ebenfalls ab. Er wischt auf seinem Handy herum, das griffbereit neben seinem Teller liegt, und hält es hoch. So, dass der Bildschirm mit meiner SMS zu mir zeigt. »Lies!«, fordert er belustigt. »Gerne laut, vielleicht ergibt der Text ja dann einen Sinn.«

Ich atme gedehnt aus und mache ein zerknirschtes Gesicht. Hoffentlich habe ich ihm keine Liebeserklärung gemacht. »Wie mir scheintot …«, beginne ich und runzele die Stirn, »brusxhr du mich noch mehr.« Ich werfe Cameron einen fragenden Blick zu.

»Jap. Genauso habe ich auch geguckt.«

»Sir und Miss-Tinder weiterhin viel Süd«, fahre ich schmunzelnd fort. »Ich freue mich für sich und Uhren Lippenstift. PS: Versenk die Kondome!« Ich räuspere mich und unterdrücke ein Lachen. »Ähm …«

»Ja, ich höre?« Er sieht mich erwartungsvoll an.

»Sorry, aber ich hab echt keine Ahnung, was ich dir damit sagen wollte«, lüge ich, denn meine Erinnerung hat sich soeben zurückgemeldet und ich danke Gott für den Totalausfall der Autokorrektur und dafür, dass ich beim Tippen der SMS solche Wurstfinger hatte. Dennoch frage ich mich, was ich mir nur dabei gedacht habe. Wein hin oder her. So etwas hätte ich ihm niemals schreiben dürfen.

Cameron verzieht zweifelnd den Mund. »Das würde ich an deiner Stelle auch behaupten.«

»Sollte ich mich erinnern, sag ich Bescheid. Aber jetzt?« Ich nehme mir eine Scheibe Toast. »Jetzt werde ich erst mal über dein wunderbares Frühstück herfallen.«

»Und? Was steht heute noch so an?«, fragt mich Cameron, nachdem wir gemeinsam den Tisch abgeräumt und das dreckige Geschirr in die Spülmaschine sortiert haben.

»Nichts.« Ich lasse ein leidvolles Stöhnen hören – auch, weil mir trotz des Frühstücks noch immer leicht der Kopf dröhnt. »Die letzten Tage waren echt anstrengend und das wird nächste Woche nicht anders werden, weil ich da einige Shootings und ein superwichtiges Go-See habe. Deshalb will ich dieses Wochenende zum Entspannen nutzen, was bedeutet, dass ich mich heute und morgen einfach nur aufs Sofa hauen und *Game of Thrones* gucken werde.« Den Satz habe ich kaum beendet, da fällt mir auf, dass ich eine Sache bei meiner Wochenendplanung außer Acht gelassen habe: ihn. Er wohnt schließlich auch hier und hat genauso ein Anrecht auf das Sofa und den Fernseher wie ich. »Natürlich nur, wenn das für dich okay ist«, schiebe ich daher rasch hinterher. »Du kannst gerne mitgucken, wenn du möchtest. Wird sowieso Zeit, dass wir uns um deine Bildungslücken kümmern«, ziehe ich ihn auf, weil er bis jetzt keine einzige Folge geguckt hat. Obwohl ich ihm die Staffeln Eins bis Sieben zum Geburtstag geschenkt habe. Sozusagen als Ansporn.

»*Game of Thrones*?« Gegen die Kücheninsel gelehnt, verzieht er entgeistert das Gesicht. »Du weißt, dass ich so was nicht gucke und echt kein Serienjunkie bin, Amy.«

»Das hast du auch von *Breaking Bad* und *Homeland* gesagt.«

»Ja, okay. Die beiden waren echt nicht schlecht. Aber momentan habe ich keine Zeit, irgendwelche Serien zu suchten. Außerdem bist du bei *Game of Thrones* schon zu viele Staffeln voraus«, redet er sich mit der immer gleichen Leier heraus.

»Mir würde es aber nichts ausmachen, wieder bei eins anzufangen«, kontere ich mit der immer gleichen Antwort, weil ich mich mental bereits auf zwei Tage Serienmarathon eingestellt und gefreut habe. »Oder hast du wieder ein Date?« Ich wackele verheißungsvoll mit den Augenbrauen, damit er nicht denkt, ich hätte ein Problem damit. Denn das habe ich nicht und hatte auch gestern keins.

»Nein«, antwortet er auffallend knapp.

Ich lasse mir meine leichte Verunsicherung nicht anmerken. »Na dann …«

»… wünsch ich dir viel Spaß«, beendet er meinen Satz mit einem Augenzwinkern. »Ich suche mir eine andere Beschäftigung.« Damit wendet er sich ab und lässt mich in der Küche zurück.

»War das etwa ein Korb?«, rufe ich ihm nach.

»Jap! Aber wir können Freunde bleiben. Ich ruf dich an.«

Ich lache und frage mich, ob er sich einen Serienabend mit mir entgehen lassen würde, wenn er wirklich verliebt in mich wäre. So viel zum Thema, dass er jede Gelegenheit nutzt, um mir nahe zu sein. So gut, wie Liz glaubt, scheint sie ihren Sohn wohl doch nicht zu kennen.

Zwei zu null für mich.

Ich lächle zufrieden und gehe zur Minibibliothek. Sie ist deshalb mini, weil die Anzahl der Bücher im Regal, das als Raumteiler zum Wohnbereich dient, überschaubar ist. Noch. Denn irgendwann – das habe ich mir fest vorgenommen – werde ich eine genauso große Sammlung besitzen, wie sie Daddy früher hatte.

Eine Dosis Schmerz.

Ich setze mich auf die Récamière, gebe den vierstelligen Code in mein Handy ein und warte, bis der Apfel aufleuchtet. Dann lehne ich mich zurück, hebe die Tastensperre auf und habe wie immer unzählige Benachrichtigungen. Bei einer handelt es sich um eine SMS von Cameron – vermutlich die Antwort auf meine Nachricht von gestern Abend. Ich frage mich noch immer, was mich da geritten hat, und lese lachend seine Antwort:

Bist du noch wach? Google Translator ist bei dem Versuch, deine SMS zu übersetzen, abgestürzt.

Was muss Cameron nur gedacht haben?

Ich schließe unseren SMS-Verlauf wieder und sehe eine Erinnerung aufpoppen, die mich im nächsten Moment voller Entsetzen auf meinen Bildschirm starren lässt. »Scheiße, scheiße, scheiße«, fluche ich angesichts der Tatsache, dass das Go-See für das »*Carla Brown*«-Editorial-Shooting nicht nächste Woche, sondern diesen Samstag stattfindet. Sprich: heute. Und zwar in knapp drei Stunden. Um zwei. In Philadelphia.

Fuck!

Wieso ausgerechnet heute, nachdem ich mich gestern betrunken habe und vermutlich genauso aussehe, wie ich mich fühle? Kein Concealer der Welt wird in der Lage sein, diese Augenringe zu kaschieren. Aber egal. Ich muss es zumindest versuchen und springe mit wild klopfendem Herzen von der Récamière auf. Wie ein Eichhörnchen auf Speed flitze ich die Treppe hoch und eile zum Badezimmer, das jedoch abgeschlossen ist.

»Cameron!« Ich hämmere gegen die Tür. »Stopp, was du da machst, und lass mich bitte rein! Ich muss mich für einen Job fertig machen! Jetzt!«

Keine Antwort, dafür aber das Knacken des Schlosses, als er die Tür öffnet. »Was ist los?«, fragt er mit seinem Rasierapparat in der Hand.

Ich schiebe mich an ihm vorbei und stürze zur Wanne. »Das Go-See, von dem ich dir erzählt habe, ist schon heute. Ich muss in drei

Stunden in Philadelphia sein«, erkläre ich hastig, während ich das Haargummi aus meinem Zopf löse, um meine Haare zu waschen.

»Wurde es spontan verschoben?«

»Nein, ich Idiotin habe bei der ganzen Aufregung mit dem Haus die Termine vertauscht.« Das habe ich nun davon, Brenda freigegeben zu haben.

»Okay. Aber wenn du dich beeilst, schaffst du das noch, oder? Bis Phili sind es nur knapp zwei Stunden. Wie kommst du denn hin?«

»Mit deinem Wagen?« Ich bringe meinen Hundeblick zum Einsatz und flehe: »Bitte! Der Fahrer, der mich hinbringen sollte, ist für nächste Woche gebucht, deshalb …«

»Du kannst ihn haben, wenn du mir versprichst, vorsichtig zu fahren.«

»Du bist der Beste.« Ich werfe ihm einen Kussmund zu, hocke mich vor die Wanne und drehe die Brause auf. Während ich mir die Haare wasche, räumt Cameron das Feld und kommt mir nicht in die Quere, bis ich fertig bin. Das Gute an Go-Sees ist, dass weniger mehr ist. Ich brauche mich weder aufwendig zu stylen noch großartig zu schminken. Alles, was ich aufgetragen habe, ist Concealer, um meine Augenringe zu kaschieren, und etwas Mascara. Ansonsten trage ich eine Röhrenjeans mit einem weißen Top unter einer Strickjacke und Chucks, die ich, in Phili angekommen, gegen Heels eintauschen werde.

»Hast du alles?«, fragt mich Cameron vor der Haustür und reicht mir den Schlüssel zu seinem Porsche Cayenne.

»Ja.« Ich gebe ihm einen Kuss auf die stoppelige Wange. »Danke. Ich weiß, wie ungern du dein Auto verleihst, und verspreche, gut auf dein Baby aufzupassen.«

»Versprich mir lieber, gut auf dich aufzupassen und dir den verdammten Job zu holen, okay?«

Ich nicke. »Drück mir die Daumen.«

»Mache ich, wird aber unnötig sein. Du bist umwerfend und wirst sie alle vom Hocker hauen«, sagt er mit einer Überzeugung, dass ich gar nicht anders kann, als an mich zu glauben. Das ist genau die Art von Motivation und Zuversicht, die nur er mir geben kann.

Fünf Minuten später – ich stehe gerade an einer roten Ampel – beschleicht mich das Gefühl, etwas vergessen zu haben. Ich wühle in meinem Shopper, der auf dem Sitz neben mir liegt, rum und stelle fest, dass die Tüte mit meinen Heels fehlt. Gott, wo hab ich in letzter Zeit nur meine Gedanken? Und wieso habe ich nicht nachgesehen, als Cameron mich noch an der Tür gefragt hat, ob ich alles hätte? Ein Glück, dass ich gerade erst losgefahren bin. Über mich selbst den Kopf schüttelnd, mache ich an der nächsten Kreuzung einen U-Turn und fahre zurück. Am Haus angekommen, stelle ich den Motor aus und springe aus dem Wagen. Hastig schließe ich die Tür auf, poltere die Treppen hoch und pralle auf der letzten Stufe gegen Cameron. Ich verliere die Balance und greife nach seinen Armen, die er blitzschnell um meine Taille schlingt, was einen Sturz im letzten Moment verhindert.

»Hoppla«, sagt er. Überrascht, über mich gebeugt und nackt.

Hart schluckend erstarre ich zur Salzsäule. »Wo … wo kommst du denn … plötzlich her?«, stammele ich, obwohl die Antwort auf der Hand liegt.

»Aus der Dusche.«

»Kommst du immer … so aus der Dusche?«, frage ich vollkommen unsinnig und überrumpelt. Von dieser plötzlichen Nähe, der Wärme seines Körpers, die plötzlich eine ungeheure Hitze auf mich ausstrahlt. Oder ist es umgekehrt?

Er hebt fragend eine Augenbraue. »Wie soll ich denn sonst aus der Dusche kommen?«

»In … einem Handtuch … oder so?«

»Mein Handy liegt noch in der Küche und ich wollte es holen«, rechtfertigt er sich, obwohl er das eigentlich nicht muss. »Ich dachte, du wärst unterwegs, Amy. Hast du was vergessen?«

»Ja … ich wollte … ich wollte …« Was wollte ich denn nur, verdammt?

»Ja?« Sein fragender Blick wandert über mein Gesicht.

Er hält mich noch immer so dicht an sich gepresst, dass ich nicht weiß, wessen Herz hier gerade gegen wen donnert. Ich spüre seine Oberarme unter meiner Hand, fühle, wie sich seine Bizepse anspannen. Wasser, das von seinem feuchten Haar perlt, landet auf meiner Stirn und meinem Mund. Ich lecke den Tropfen instinktiv fort, was seinen Blick für einen kurzen Moment auf meine Lippen lenkt. Als er mir wieder in die Augen schaut, flackert in seinen etwas auf, von dem ich mir einrede, dass es mich kein bisschen berührt. Dass es nichts mit mir anstellt und tief in meinem Innersten etwas entflammt, das ich nicht wahrhaben will. Nicht wahrhaben kann.

»Cameron … ich … ich … muss … weiter«, entkommt stammelnd meiner trockenen Kehle.

»Okay.« Er atmet gedehnt aus, lässt meine Taille genauso langsam und zögerlich los wie ich seine Oberarme.

Wortlos trete ich eine Stufe nach unten und brauche meine ganze Selbstbeherrschung, um meinen Blick nicht tiefer als bis zu seiner definierten Brust rutschen zu lassen.

»Bis … heute Abend«, sage ich, als wäre die Situation dadurch weniger … schräg und meine Reaktion auf unseren Zusammenstoß weniger übertrieben. Denn mein Körper kribbelt überall dort, wo mich seiner berührt hat … und tiefer. Ich fahre herum, eile nach unten und höre noch, wie er mir viel Erfolg wünscht, bevor ich nach draußen verschwinde und tief … sehr tief durchatme.

20

CAMERON

Keine Ahnung, wie lange ich schon hier stehe – immer noch nackt – obwohl Amy längst weg ist. Keine Ahnung, wie ich ihr Verhalten, ihre heftige Reaktion auf unseren Zusammenstoß deuten soll. Denn ich hab es genau gesehen … dieses kurze Aufblitzen von Sehnsucht in ihren Augen. Vielleicht war es auch Verlangen oder einfach nur Lust. Angst oder Unbehagen waren es jedenfalls nicht, sonst wäre sie zurückgeschreckt, statt ihre Hände an meinen Oberarmen zu lassen. Sie ist keinen Millimeter zurückgewichen, als ich sie aus Reflex gehalten und an mich gepresst habe. So dicht, dass ich ihren schnellen Atem auf meiner Haut und ihren polternden Herzschlag an meiner Brust spüren konnte. Nicht zu vergessen der Ausdruck in ihrem Blick, als sie sich diesen Tropfen von den Lippen geleckt hat. Langsam, fast wie im Zeitraffer und so verdammt sinnlich, dass ich das für sie übernehmen wollte. Ich war nur wenige Herzschläge davon entfernt, genau das zu tun, auf unsere verdammten Regeln zu scheißen. Die erste ist bereits seit meinem Einzug hinfällig und die zweite seit gerade eben. Jedenfalls, was mich betrifft. Dabei wohnen wir gerade mal seit einer Woche zusammen. Wenn das so weitergeht, dauert es nicht mehr lange und wir landen im Bett. Kopfschüttelnd mache ich mir klar, dass es niemals dazu kommen wird, und erwache endlich aus dem trance-ähnlichen

Zustand, in den mich der Zusammenprall mit Amy versetzt hat. Solche Gedanken sind nichts als Folter, weshalb ich dringend auf andere kommen muss.

In der Hoffnung, dass mir die Arbeit dabei hilft, ziehe ich mich an und gehe ins Kutschenhaus, deren Schlafräume von Amy und mir zu einem Fitness- und Arbeitszimmer umfunktioniert wurden. Ich sitze am Schreibtisch vor meinem Laptop und studiere die Daten der diesjährigen Immoblienanalyse. Mit besonderem Augenmerk auf den europäischen Wohnraummarkt, weil ich schon seit Längerem mit dem Gedanken spiele, diesen Sektor zu erschließen und nach Europa zu expandieren. Ein Risiko, von dem mir mein Finanzmanager immer wieder abrät. Aber *Jefferson Luxury & Business Real Estate* wäre nicht da, wo es heute ist, wenn ich nicht schon ein paarmal mit dem Feuer gespielt hätte. Niemand verbrennt sich gern die Finger, weshalb die meisten dieses Risiko umgehen. Das unterscheidet Menschen wie mich von den meisten anderen. Das ist der Grund, aus dem ich mit Anfang dreißig allein von den Zinseszinsen meines Vermögens leben könnte und andere nicht. Man kann den steinigen Weg meiden oder die Steine beiseite räumen, um seine Ziele zu erreichen. Ich bevorzuge schon immer die letzte Variante. Das war im Studium so und ist jetzt auch im Job der Fall, wobei ich inzwischen dazu übergegangen bin, die Steine für mich wegschaffen zu lassen. Aber bei Amy? Bei dieser Frau traue ich mich nicht mal in die Nähe des Feuers, lasse jeden verdammten Stein genau da, wo er ist, weil ich das Risiko nicht eingehen darf. Das Risiko, unsere Freundschaft aufs Spiel zu setzen. An dem Punkt waren wir bereits und sind beide zu dem Schluss gekommen, dass mehr zu wollen Gift für unsere Freundschaft bedeutet. Allerdings waren wir jung und unerfahren, wussten uns vielleicht auch gar nicht anders zu helfen, als diese Regeln aufzustellen, an die wir uns nun klammern, ohne sie je hinterfragt zu haben. Bis heute. Amys Pro-und-Kontra-Liste ist der Beweis. Andernfalls hätte sie diese nie aufgestellt, womit meine Gedanken wieder um die eine Sache kreisen, von der ich mich eigentlich ablenken wollte. Nur wie, wenn ich nicht aufhören kann, an diese paar Sekunden an der Treppe zu denken? Sie in meinen Armen. Und ich weiß genau, dass sie die Anziehung gespürt hat. Oder habe ich mir das alles nur eingebildet? Wird Amy später nach Hause kommen und so wie immer sein, weil sich alles nur in meinem Kopf abgespielt hat? Sollte sie sich zurückziehen, wäre das der Beweis fürs Gegenteil. Denn das hat sie bis jetzt nur getan, wenn wir uns zu nahe gekommen sind. Ich rechne später also mit beidem. Rückzug oder Normalität.

Was ich jedoch nicht habe kommen sehen, ist, von ihr angezickt zu werden, als ich mich spätabends erkundige, wie das Go-See gelaufen ist.

»Scheiße, danke der Nachfrage!« Sie hackt mit der Gabel in ihrem Salat herum, den ich in der Annahme, sie könnte nach dem anstrengenden Tag und der vielen Fahrerei Hunger haben, für sie vorbereitet habe.

Ich ignoriere ihren sarkastischen Tonfall. »Was genau lief denn schief?«

»Na ja … Es waren mehr als hundert Mädchen anwesend, eine schöner als die andere. Und ich war vermutlich die Einzige, die ihre Heels vergessen hatte. Job ade.«

»Scheiße.«

»Ja, scheiße!«

»Tut mir leid für dich.« Ich sehe sie betroffen an, lege mein Pizzastück zurück auf den Teller. »Bist du denn sicher, dass du nur wegen der Heels nicht genommen wirst?«

»Würde dein Unternehmen einen Makler einstellen, der unvorbereitet zu einer Objektbesichtigung kommt?«, fährt sie mich an, nimmt ihren Teller vom Tisch und lässt mich ohne ein weiteres Wort hier sitzen.

Was zum …?

Ich klappe die Pizzaschachtel zu, weil mir gerade der Appetit vergangen ist. Dem Drang, ihr zu folgen, versuche ich zu widerstehen und ihre miese Laune auf ihren Frust zu schieben. Das gibt ihr aber noch lange nicht das Recht, diesen an mir auszulassen.

Ich folge den Geräuschen aus der Küche, wo sie gerade ihr Essen in den Kühlschrank räumt. Hinter ihr bleibe ich stehen und warte, bis sie herumfährt. Ich will ihr gerade meine Meinung sagen, da kommt sie mir zuvor.

»Wird das jetzt zur Gewohnheit? Dass du aus dem Nichts auftauchst und mich fast über den Haufen rennst?«, faucht sie. »Aber hey, immerhin hast du was an! Und wo wir gerade beim Thema sind. Du wohnst nicht mehr allein, Cameron. Auch in Anbetracht unserer Regeln wäre es also ratsam und äußert rücksichtsvoll von dir, wenn du in Zukunft in Klamotten oder mit einem Handtuch aus dem Bad kommen würdest.« Wütend blinzelt sie mich an und ich blinzele ebenso wütend zurück. Denn ich ahne, was hier gerade abgeht, und habe nicht vor, sie damit durchkommen zu lassen.

»Bist du fertig, mir die Schuld dafür zu geben, dass du deine Heels vergessen hast?«

Sie zieht irritiert die Augenbrauen zusammen. »Daran gebe ich dir doch überhaupt keine Schuld.«

Ich stemme eine Hand gegen den Kühlschrank hinter ihr. Den anderen Arm lasse ich hängen, damit sie nicht denkt, ich würde sie einkeilen oder bedrängen. »Wofür denn dann, hm?«

»Dafür … dass … dass du … Na, weil …«

»Lass mich die Frage für dich beantworten, sonst stehen wir ja morgen noch hier«, unterbreche ich ihr Gestammel. »Du bist zurückgekommen, um – wie ich jetzt weiß – deine Heels zu holen. Das konnte ich aber nicht ahnen, weil ich annahm, du wärst auf dem Weg nach Phili. Deshalb ging ich davon aus, allein zu sein, und wenn ich allein bin, sehe ich keinen Grund dafür, mich nicht nackt in dem Haus zu bewegen, in dem ich nur wohne, weil *du* mich darum gebeten hast. Außerdem hatte ich nicht vor, den ganzen Tag so rumzulaufen, sondern kam gerade aus der Dusche, als ich mein Handy unten klingeln hörte und es nur eben schnell holen wollte. Ich kann also weder etwas dafür, dass du in dem Moment nach oben gestürmt und in mich hineingerannt bist, noch bin ich schuld daran, dass dich unser … Zusammenprall offensichtlich so dermaßen aus dem Konzept gebracht hat, dass du vergessen hast, was du eigentlich wolltest, und ohne deine Heels wieder losgefahren bist.«

Ertappt senkt sie die Lider und verschränkt die Arme vor der Brust. »Wie- wieso hätte mich dieser Zusammenstoß denn bitte aus dem Konzept bringen sollen?« Sie blickt unsicher wieder zu mir hoch.

Kurz spiele ich mit dem Gedanken, auch diese Frage für sie zu beantworten. Allerdings müsste ich sie dazu mit Dingen konfrontieren, die sie vermutlich nicht wahrhaben will. Und solange ich mir ihrer Gefühle – in welche Richtung sie auch gehen mögen – nicht sicher bin, halte ich lieber den Mund. »Das weiß ich nicht, Amy. Was ich aber weiß, ist, dass ich nicht dein verdammter Sündenbock bin. Wenn es bei dir im Job mal nicht so gut läuft, kannst du dich gern bei mir ausheulen, mit mir über die anderen Mädchen herziehen oder die Designer und Fotografen verfluchen, aber lass deine schlechte Laune verflucht noch mal nicht an mir aus!«

Große blaue Augen sehen mich verblüfft an. Mit dieser Ansage hat sie offenbar nicht gerechnet. Ihr Mund öffnet und schließt sich, ohne ein einziges Wort zu entlassen. Derart sprachlos habe ich Amy schon lange nicht mehr erlebt und sehe sie abwartend an.

»Willst du dich irgendwie dazu äußern, oder …?«

Für den Bruchteil einer Sekunde macht es den Anschein, als würde sie sich entschuldigen, doch stattdessen schüttelt sie den Kopf. »Ich bin oben.« Damit verschwindet sie beinahe fluchtartig aus der Küche, lässt mich stehen wie einen Idioten und sich den restlichen Abend nicht mehr blicken. Ein Verhaltensmuster, das mir noch von ganz früher bekannt ist und beweist, was ich längst geahnt habe: Unser Zusammenprall hat sie mehr als nur aus dem Konzept gebracht. Fragt sich nur wie sehr. Und wird sie sich morgen wieder beruhigt haben?

21

Amy

In dieser Nacht schlafe ich noch schlechter als in der davor und bin bereits um sieben wach. Dabei haben mich die kleine Auseinandersetzung mit Cameron und seine Ansprache bis drei Uhr morgens beschäftigt. Besonders der Part, in dem er meinte, mich aus dem Konzept gebracht zu haben.

Hat er es bemerkt? Oder war es eine Vermutung?

So oder so … Ich konnte mir gestern Abend einfach nicht eingestehen, dass er recht hat – schon gar nicht vor ihm. Daher ging ich einfach ins Bett, ohne ihm eine Gute Nacht zu wünschen oder mich zumindest dafür zu entschuldigen, ihn so angepflaumt zu haben. Aus Sturheit habe ich mein schlechtes Gewissen und all meine Verwirrung mit ins Bett genommen, statt sie vorher aus der Welt zu schaffen. Mit dem Ergebnis, dass ich mich jetzt mies fühle. Denn, ja, ich habe meine Heels vergessen, weil ich nicht mehr klar denken konnte. Weil die Art, wie er mich gehalten und dabei angesehen hat, einfach so … so intensiv war. Weil ich dabei Dinge gespürt und empfunden habe, von denen ich gar nicht wusste, dass sie in mir schlummern. Wo kommen die plötzlich her? Wenn ich es nicht besser wüsste, würde ich glatt annehmen, dass Dr. Rivers mir heimlich was in den Kaffee getan hat oder aber Liz in mein Essen. Denn erst seit unserer Unterhaltung spielen meine Sinne in Bezug auf

Cameron total verrückt. Er mag vielleicht nackt gewesen sein, aber ich sehe bei meinen Jobs andauernd gut gebaute nackte Männer. Meinem besten Freund entblößt in die Arme zu laufen sollte mich nicht derart aus der Fassung bringen, dass ich meine verdammten Heels vergesse, aber noch genau weiß, wie sich seine Haut unter meinen Fingern angefühlt hat. Der frische Duft seines Duschgels liegt mir auch jetzt noch in der Nase. Dabei benutzt er vermutlich schon seit Jahren das gleiche und seine Oberarme habe ich schließlich auch nicht zum ersten Mal angefasst. Aber gestern Vormittag habe ich sie, habe ich Cameron zum ersten Mal so richtig bewusst wahrgenommen. In all seiner Männlichkeit.

Warum? Weil er mich lieben könnte? Hat er mich deshalb so dicht an sich gepresst und nicht bloß aus Reflex?

Gott, wieso musste mir Liz nur diesen Floh ins Ohr setzen? Und wieso hat meine Therapeutin ihn mir nicht ausgeredet? Wofür bezahle ich sie eigentlich? Sicher nicht dafür, mich diese blöde Liste aufstellen zu lassen, dessen Pro-Seite jetzt schon viel mehr Punkte aufweist als die Kontra-Seite. Dabei müsste es doch verdammt noch mal umgekehrt sein.

Schnaubend ziehe ich mir die Decke über den Kopf, unter der ich mich am liebsten so lange verkriechen würde, bis … Keine Ahnung. Nicht mal das weiß ich. Aber immerhin bin ich über Nacht zu dem Schluss gekommen, dass Cameron eine Entschuldigung verdient. Meine Verärgerung über mich selbst an ihm auszulassen war wirklich unfair. Und wenn ich will, dass unser Zusammenleben auf Zeit funktioniert, muss ich aufhören, mich wie eine pubertierende Vierzehnjährige zu benehmen.

Mit diesem Vorhaben krabbele ich aus dem Bett, ziehe mir meinen Hoodie übers Nachthemd und gehe ins Bad. Dort putze ich mir bloß die Zähne, wasche mein Gesicht und Bürste mir das Haar. Die Dusche verschiebe ich auf später, weil ich vorher noch mein Workout absolvieren will. Müssen trifft es eher, so sehr, wie ich meine Ernährung und den Sport habe schleifen lassen. Ich habe bestimmt fünf Kilo zugelegt, die sich bei mir zum Glück so gut verteilen, dass sie nur auffallen, wenn man genau hinsieht oder nachmisst. Bei Beauty-Shootings und öffentlichen Auftritten ist das, im Gegensatz zu Laufsteg-Jobs, kaum bis gar nicht der Fall. Aber da ich wie immer für die *New York Fashion Week* gebucht worden bin, will ich bis Februar wieder in Shape sein. Am besten, ohne großartig hungern zu müssen, was sich bei gezielten und täglichen Workouts vermeiden ließe.

Als ich die Treppe nach unten nehme, stelle ich fest, dass mir diesmal kein Bacon-, Rührei- oder Kaffeeduft entgegenkommt. Der Esstisch ist leer und in der Küche befindet sich lediglich eine noch halbvolle Kanne Kaffee, die dank der Heizplatte noch heiß ist. Ich lächele dankbar und erleichtert darüber, dass Cameron mir meinen kleinen Aussetzer nicht allzu übel zu nehmen scheint. Er weiß, dass auch ich ein Frühaufsteher bin, und hat gleich für uns beide Kaffee gekocht. Ich schenke mir eine Tasse ein, bevor ich mich auf die Suche nach ihm begebe. Da ich ihn im Rest des Hauses nicht finde und weiß, dass er ein Workaholic ist, vermute ich ihn ihm Arbeitszimmer. Ich schlüpfe in meine flachen Stiefeletten, ziehe meinen Mantel über und gehe samt Kaffee die wenigen Meter rüber ins Kutschenhaus. Mein Verdacht bestätigt sich, da ich die Tür nicht aufschließen muss, um hineinzukommen. Durch den Korridor dringt ein Stöhnen und Ächzen aus einem der Räume zu mir, was mich zunächst verwundert aufhorchen lässt. Ich folge den animalisch, fast schon primitiv klingenden Lauten, die mich unweigerlich an Sex erinnern, und bleibe in der Tür zum Fitnessraum stehen. Abrupt. Weil ich nicht damit gerechnet habe, Cameron so vorzufinden. Auf dem dunkelbraunen Parkett, Liegestütze machend – und zwar einarmige. Mit freiem Oberkörper, auf dem ein dünner Schweißfilm glänzt. Sämtliche Muskeln sind angespannt. Und Cameron hat mehr, als ich dachte. Besonders die an seinen Armen und Schultern treten bei jedem Hochstemmen deutlich hervor. Er hat Kopfhörer auf, weswegen er mein Kommen nicht gehört hat. Ich könnte mich also unbemerkt zurückziehen und später wiederkommen oder im Haus warten, bis er fertig ist. Nur wie, wenn ich es nicht mal schaffe, meinen Blick loszureißen? Hart schluckend stehe ich immer noch auf demselben Fleck, regungslos – genau wie gestern – und starre. Auf sein breites Kreuz und seinen Hintern, der sich durch eine blaue Trainingshose abzeichnet, die so locker sitzt, dass der Ansatz seines Pos zu sehen ist. Seines runden, ziemlich perfekt geformten Pos. Erst als mein Gehirn mir zeitverzögert meldet, dass sich Camerons Körper nicht mehr auf und ab bewegt, löst sich meine Starre. Doch zum Wegsehen ist es zu spät, da er seinen Kopf bereits in meine Richtung gedreht und sich die Kopfhörer von den Ohren geschoben hat. Mit hochgezogener Augenbraue sieht er mich an.

»Hi.« Ertappt fahre ich mir durchs Haar. »Ich … äh … wollte nur Guten Morgen sagen und …«

»Mich heimlich beim Trainieren beobachten?«, fällt er mir schmunzelnd ins Wort und steht auf.

»Nein, ich …« … *habe gerade meinen Text vergessen*. Mal wieder. Weil mich Camerons definierte Brustpartie, die sich schwer hebt und senkt, völlig aus dem Konzept bringt. Mal wieder.

Gott, was ist nur los mit mir? Und wohin mit meinen Augen?

Ich grabe meine Zähne in die Unterlippe und versuche verzweifelt, mich auf sein Gesicht zu konzentrieren. Meins geht dank seines wissenden, fast schon selbstverliebten Grinsens in Flammen auf, so heiß schießt mir das Blut in die Wangen. So viel zum Thema »Ich benehme mich nicht wie eine pubertierende Vierzehnjährige«. Aber mal ehrlich … Welche Hetero-Frau wäre mit so einem Anblick nicht überfordert? Einem verschwitzten, halb nackten, attraktiven Mann mit frisch aufgepumpten Muskeln – und das direkt nach dem Aufstehen? Dass es sich hierbei nicht um irgendeinen Typen, sondern um Cameron, meinen besten Freund handelt, versuche ich gerade außer Acht zu lassen, während er mich von oben bis unten taxiert.

»Also?« Er geht zu einer Drückbank am Fenster, von der er ein Handtuch nimmt, um sich den Schweiß von seinem Körper zu wischen. »Warum bist du hier?«

Ich trete ein, gehe auf ihn zu und bleibe vor ihm stehen. »Um …« Ich hole tief Luft. »… mich für gestern Abend zu entschuldigen. Ich war genervt, weil ich bei dem Go-See versagt habe. Ich hätte meine Laune nicht an dir auslassen sollen. Tut mir leid.«

Volle feste Lippen verziehen sich zu einem versöhnlichen Lächeln. »Schon vergessen.«

Ich lächele erleichtert zurück, obwohl ich weiß, dass Cameron nicht nachtragend ist. Das war er noch nie. Eine von vielen Eigenschaften, die ich an ihm liebe – im Sinne von schätzen, korrigiere ich nun schon meine eigenen Gedanken. »Seit wann bist du wach beziehungsweise hier?«, frage ich und sehe mich in diesem Raum um, der fast genauso gut ausgestattet ist wie der Freihantel-Bereich meines Fitnessstudios, in dem ich mich dank Cameron nicht mehr blicken lassen kann.

Er wirft einen Blick auf seine Apple Watch. »Ich bin um halb sieben aufgestanden und seit Viertel nach hier.«

»Ganz schön fleißig.« Ich nicke anerkennend, lasse meinen Blick flüchtig über seinen Oberkörper gleiten. *Gott, dieser Oberkörper.* »Ich wusste gar nicht, dass du so … athletisch bist.«

»Du hast mich ja auch noch nie beim Trainieren gestalkt«, zieht er mich schmunzelnd auf.

Ich verpasse ihm einen Hieb gegen den Bauch. Als ich meine Hand wieder wegziehe, ertappe ich mich bei der Vorstellung, sie eine Weile dort ruhen zu lassen und jede Linie seines Sixpacks mit meinem Finger nachzuzeichnen. »Ich hab dich nicht gestalkt, sondern gesucht und dann gefunden«, widerspreche ich und versuche, so entspannt wie möglich zu klingen. Denn die Wahrheit ist, dass sich mein Herzschlag nicht nur wegen des Kaffees beschleunigt hat, seit ich diesen Raum betreten habe. Damit er mir das nicht anmerkt und um mir selbst zu beweisen, dass ich mit der Tatsache, einen Hottie als besten Freund zu haben, klarkomme, mache in einen Vorschlag, den ich noch Tage später bereue. »Statt mir hier eine Straftat zu unterstellen, könntest du mir ein paar deiner Übungen zeigen, damit ich wieder in Form komme.«

»Soweit ich das beurteilen kann …« Er mustert mich von Kopf bis Fuß und wieder zurück. »… sind deine Formen nahezu perfekt, Amy.«

»Das Problem ist aber: Du kannst es nicht beurteilen«, kontere ich, meine Verlegenheit kaschierend, statt mich einfach zu bedanken. Ich hasse es, neuerdings derart unsicher zu sein, und hoffe, dass ein gemeinsames Workout uns beziehungsweise mir wieder etwas Leichtigkeit im Umgang mit ihm verschafft. »Also?« Ich sehe ihn fragend an.

Er seufzt. »Ehrlich, Amy. Ich glaube nicht, dass meine Übungen was für dich sind. Und außerdem …«

»Außerdem … was?«

»Ich trainiere am liebsten allein. Nur ich … und meine Musik. Eine andere Person würde mich dabei nur stören. Mit dir hat das nichts zu tun.«

»Oh.« Enttäuschung bricht über mich herein und ich weiß nicht mal genau warum. »Okay. Kein Problem.« Ich ringe mir ein Lächeln ab, das er sofort als falsch entlarvt. Erkennbar an seinem entschuldigenden Blick.

»Komm schon, du weißt, wie ich das meine.«

Ich zwinge meine Mundwinkel noch ein Stückchen höher und winke ab. »Klar. Alles gut. Wie gesagt: Eigentlich bin ich ja auch nur hier, um mich für gestern Abend zu entschuldigen.« Ich deute Richtung Tür. »Dann geh ich mal wieder, viel Er…«

»Geh dich umziehen und sei in zehn Minuten wieder da!«, befiehlt er plötzlich.

»Was? Nein, es ist wirklich okay, wenn du allein trainierst.«

»Ich weiß, aber ich hab es mir gerade anders überlegt. Willst du nun das härteste Training deines Lebens absolvieren oder nicht?« Dunkle Augen funkeln mich herausfordernd an.

Ich lächele. »Du unterschätzt mich.«

»Das werden wir ja sehen, wenn du wieder zurück bist.«

22

Amy

Und, was hat der Arzt gesagt?« Cameron ist am späten Abend gerade von der Arbeit gekommen und setzt sich zu mir aufs Sofa. Ich liege, die Arme und Beine ausgestreckt, hilflos wie ein Käfer auf dem Rücken und bin unfähig, mich auch nur einen Zentimeter zu bewegen. Seinetwegen.

»Ich hasse dich!«, gebe ich stöhnend zur Antwort.

Cameron schmunzelt schadenfreudig. Genauso wie vorgestern beim gemeinsamen Workout. Da habe ich ihn auch pausenlos beschimpft, weil er so erbarmungslos war und mich erst von Gerät zu Gerät gehetzt und anschließend noch zum Joggen gezwungen hat, das jedoch eher einem Sprint gleichkam. Ich wollte mir natürlich nicht die Blöße geben und unbedingt mit ihm mithalten. Das hab ich nun davon.

»Der Arzt hat gesagt, dass er dich hasst?«, stellt er sich dumm.

Ich verdrehe die Augen.

»Nun sag schon. Hast du dich bei unserem Training wirklich verhoben oder dir – wann auch immer das passiert sein soll – die Rippen geprellt?«

Ich schüttele den Kopf. »Auf den Röntgenbildern war nichts zu sehen«, gestehe ich etwas kleinlaut, was Cameron ungläubig eine Augenbraue heben lässt.

»Warte mal kurz … Du hast dich röntgen lassen? Nur wegen eines Muskelkaters?«

»Da wusste ich ja noch nicht, dass es einer ist«, rechtfertige ich mich. »Am Sonntagabend, nachdem wir gekocht hatten, ging es mir ja noch super. Die Schmerzen fingen am nächsten Morgen an und sind heute die Hölle.«

»So ist das bei Muskelkater. Ich hab dir gesagt, dass mit deinen Rippen alles okay ist.«

»Ja, und du hast auch gesagt, wir machen nur *eine* Übung. *Einen* Satz. *Eine* letzte Wiederholung. Wir laufen *nur* bis zum Park«, schimpfe ich vor mich hin und weiß natürlich, dass ich jederzeit hätte abbrechen können. Aber mein blöder Ehrgeiz stand mir im Weg.

Camerons Mundwinkel zucken.

»Das ist nicht lustig. Mein ganzer Körper tut weh, ich komme kaum die Treppen hoch, kann meine Arme nicht heben. Weißt du eigentlich, wie lange ich heute Morgen gebraucht habe, um mich anzuziehen und zu duschen? Ich konnte mich nicht mal richtig abtrocknen, geschweige denn eincremen. Wenn ich sitze, tut mir der Po weh, und beim Lachen alle Rippen.«

»Das sind die schrägen Bauchmuskeln«, klugscheißert er amüsiert.

»Wenn ich könnte, würde ich dich jetzt hauen, weißt du das?«

Er lacht und ich habe alle Mühe, ernst zu bleiben, um vor Schmerzen nicht umzukommen.

»Okay. Jetzt mal Spaß beiseite«, sagt Cameron nun wieder ernst. »Was können wir tun, damit es dir wieder besser geht, hm? Wie wäre es mit der Wärmflasche oder einem Bad? Das warme Wasser hilft, die Muskeln etwas zu entspannen.«

»Ich weiß, aber … allein komme ich weder in noch aus der Wanne. Außerdem müsste ich dann aufstehen, die Treppen hoch, mich aus- und wieder anziehen.« Allein bei der Vorstellung schreit mein Körper vor Schmerzen auf. »Ich will einfach nur hier liegen und *Game of Thrones* gucken, wenn das okay für dich ist.«

Sein Brustkorb dehnt sich zu einem tiefen Atemzug. »Was soll's. Ich guck mit.«

»Echt?« Ich sehe ihn erfreut an.

»Wenn du meinetwegen schon ans Bett beziehungsweise Sofa gefesselt bist, kann ich dir zumindest Gesellschaft leisten, oder?«

Ich lächele. »Unbedingt. Gibst du mir die Fernbedienung? Sie liegt vor dir auf dem Tisch.«

»Liebend gern.« Seine Stimme trieft vor Ironie, weil er eigentlich überhaupt keine Lust darauf hat. Aber ich liebe es, dass er das für mich tut, und habe meinen Groll wegen seines harten Workouts blitzschnell vergessen. Wirklich sauer war ich sowieso nicht. Eher genervt, weil ich mich wie eine Invalide fühle und es hasse, nichts tun zu können, außer rumzuliegen. Alles, was ich heute geschafft habe, war zu kochen. »Übrigens: Falls du Hunger hast, ich habe vorhin Hähnchenbrust mit Gemüse gemacht. Steht im Kühlschrank.«

»Danke.« Er reicht mir die Fernbedienung. »Das wäre aber nicht nötig gewesen.«

»Ich hatte Zeit, Langeweile und Hunger.«

»Aber auch Schmerzen.«

»Es war ein schnelles Rezept. Hoffe, es schmeckt dir.«

»Bestimmt.« Er lächelt dankbar und steht dann auf. »Ich geh mir was davon aufwärmen und zieh mich um. Brauchst du irgendwas aus der Küche oder von oben?«

»Die Wärmflasche?«, komme ich auf sein Angebot von vorhin zurück.

»Sonst noch was?«

»Du könntest mich massieren«, sage ich eher scherzhaft.

»Kann ich machen, aber erst, wenn der Muskelkater nicht mehr so schlimm ist. Jetzt würde das wenig bringen und ihn wahrscheinlich sogar schlimmer machen.«

Ich habe nicht damit gerechnet, dass er dazu bereit wäre, werde aber auf jeden Fall auf sein Angebot, das ich ihm sozusagen entlockt habe, zurückkommen. »Ja, du hast recht.«

»Wir können am Freitag mal sehen, wie es dir geht.«

»Ich hoffe doch, deutlich besser. Da hab ich einen Job.«

»Dann massiere ich dich am Donnerstag.« Schief grinsend wackelt er mit seinen Fingern. »Keine Sorge, meine magischen Hände bekommen dich schon wieder fit.«

Ob Camerons Hände heute halten, was er vor zwei Tagen versprochen hat, wird sich gleich zeigen. Im Vergleich zu Dienstag geht es mir hundertmal besser. Ich spüre den Muskelkater zwar noch, aber er schränkt mich nicht mehr so ein. Es sind lediglich noch Verhärtungen da, die darauf warten, von ihm wegmassiert zu werden. Ich liege auf dem Bauch in meinem Bett – für den Fall, dass mich seine Massage so sehr entspannt, dass ich einschlafe. Im Wellness-Salon, den ich ungefähr alle zwei Monate besuche, passiert mir das während jeder Massagebehandlung. Ich muss danach immer geweckt werden und wünschte jedes Mal, einfach liegen bleiben zu können. Heute werde ich das endlich tun können und warte darauf, dass es losgeht.

Ich habe mir das Nachthemd von den Schultern gestreift und es so weit nach unten geschoben, dass es sich um meine Hüften bauscht, damit mein ganzer Rücken frei ist. Meine Beine befinden sich bis zum Becken unter dem Laken, womit ich nur halb nackt bin und nicht gegen Regel Nummer zwei verstoße.

Cameron sitzt auf mir, sein Gewicht so verlagert, dass er nicht zu schwer für mich ist. »Soll ich dir etwas Entspannungsmusik anmachen?« Er klingt amüsiert. »Ich hätte … mal sehen … Meeresrauschen und …«

»Leg dein Handy weg und fang einfach an«, murmele ich träge ins Kissen.

»Yes. Ma'am.« Er schiebt mir das Haar aus dem Nacken.

»Soll ich mir einen Zopf machen?«

»Nein, geht schon.«

Ich schließe die Augen und höre eine Art Klicken, als Cameron den Verschluss der Ölflasche öffnet. Ein angenehmer Duft, bestehend aus ätherischen Ölen und Blütenblättern, breitet sich in der Luft meines Schlafzimmers aus. Ich atme tief ein und wieder aus und spüre beim nächsten Atemzug große, kräftige, ölige Hände auf meinem Rücken. Er lässt sie über meine Haut gleiten. Fest, aber nicht zu fest. Sanft, aber nicht zu sanft. Genau richtig.

»Okay so?«, vergewissert sich Cameron.

»Perfekt«, antworte ich und genieße, wie er mit kreisenden Bewegungen meinen Nacken sowie den Schulter- und oberen Rückenbereich bearbeitet. Gekonnt. Jeder Griff sitzt. Er weiß genau, wie und wo er seine Finger ansetzen muss, um die kleinen Knötchen sowie Verhärtungen zu ertasten und zu lösen, was dafür sorgt, dass ich mich mehr und mehr entspanne. Ich lasse ein leises Seufzen hören, während sich Cameron nun meinen Armen widmet. Von den Schultern bis zu meinen Händen, die er öffnet, um sich jeden Finger einzeln vorzunehmen. Wunderbar.

»Mhhhhmmm …«, entkommt es mir, weil sich das so unglaublich gut anfühlt. Alles. Die Art, wie er mich knetet und dabei seine Handballen zum Einsatz bringt. Zentimeter für Zentimeter, meinen Rücken rauf und wieder runter, verringert er mit jedem Mal den Druck, bis sein Kneten beinahe einem Streicheln gleicht. Dessen bin ich mir bewusst und atme flacher. Als sanfte Fingerkuppen meine Wirbelsäule entlanggleiten, rieseln prickelnde Schauer über meinen Rücken und hinterlassen eine Gänsehaut. Ein Kribbeln, das auf meiner Kopfhaut beginnt, bahnt sich seinen Weg durch meinen Körper und konzentriert sich in meinem Unterleib. Ich spüre, wie er sich zusammenzieht, und atme tiefer, versuche, das Betteln meiner Libido zu überhören. Es ist nur eine Massage, nur eine Massage. Eine, die Cameron – warum auch immer – gerade unterbricht, denn seine Hände ruhen auf meinen Hüften. An der Stelle, wo sich mein Nachthemd zusammenbauscht und das Laken beginnt. Darauf wartend, was er als Nächstes tut, halte ich den Atem an.

Er räuspert sich. »Soll ich mit den Beinen weitermachen, oder hast du genug?«, fragt er heiser.

»Weiter.« Meine Stimme ist ein Flüstern.

»Bist du sicher?«

Ich weiß, warum er das fragt. Ich weiß, dass wir dabei sind, eine Grenze zu überschreiten, und es vermutlich längst haben. Aber ich weiß auch, dass ich mehr denn je wissen möchte, wie sich das anfühlt. Es ist nur eine Massage, die keine unserer Regeln verbietet, rede ich mir erfolgreich ein und hauche: »Ja.«

Ich spüre, wie die Matratze unter mir nachgibt, als er seine Position verändert und meine Beine von dem Laken befreit. Es bedeckt jetzt nur noch meinen Hintern.

Er schluckt.

Ich schlucke auch.

Dann fährt Cameron mit seinen großen, kräftigen Händen meine Beine entlang. Gemächlich rauf. Gemächlich runter. Es folgt eine gleichmäßige, sanfte Massage meiner Schenkel und Waden, bevor er sich meinen Füßen widmet und sich um jeden meiner Zehen kümmert. Ohne mich dabei zu kitzeln. Ich lasse einen wohligen Laut hören, während er seine Hände nun wieder meine Beine hochgleiten lässt. Zärtlicher und langsamer diesmal. Beinahe quälend langsam. Seine Streicheleinheiten setzen immer höher und höher an, beschleunigen meinen Puls sowie meine Atmung.

»Wenn ich aufhören soll, dann …« Seine Stimme hat noch nie so rau und sexy geklungen.

Ich spreize meine Beine ein wenig, signalisiere ihm stumm, dass er weitermachen soll, weil ich gerade nicht reden kann. Mir schlägt das Herz bis zum Hals und Erregung durchfährt mich, bringt mein Blut in Wallung. Ich kralle meine Finger ins Laken und unterdrücke ein Stöhnen, als seine Hände noch ein Stück weiter hinauf streichen. Mit jeder Berührung ein bisschen höher, bis ich feucht und meine Brustspitzen hart werden. Ich höre mich atmen. Genauso schwer und tief wie ihn, weil sich jede Faser meines Körpers wünscht, dass er seine Hand komplett zwischen meine Schenkel schiebt und mich dort berührt, wo ich es gerade am meisten will … und brauche. Mein Körper bettelt nicht nur, sondern schreit förmlich danach. Gegeißelt von Lust, die einen immer dichter werdenden Nebel um meinen Verstand bildet. Ein gestöhntes »Gott, Cameron« ist die Folge, woraufhin ich meine Lippen fest aufeinanderpresse, damit das kein weiteres Mal passiert.

»Okay …« Plötzlich hält Cameron in der Bewegung inne und ich habe statt seiner Finger wieder das Laken auf meinen Beinen, mit dem er mich nun komplett zudeckt. Dann steigt er vom Bett. Der unerwartete Entzug seiner warmen, zärtlichen Hände dröhnt unter meiner Haut. Ich drehe mich um, halte das Laken an meiner Brust zusammen und richte meinen Oberkörper ein wenig auf.

»Okay … was?«, frage ich mit heiserer Stimme und mir stockt der Atem, als mein Blick auf seine im Schritt ausgebeulte Trainingshose fällt.

»Okay, ich denke, deine Verspannung sollte jetzt gelöst sein, Amy.« Camerons Brustkorb hebt und senkt sich schwer, während er mich betrachtet. In den Augen ein Feuer, mit dem er ganz offensichtlich nicht spielen will. Zu Recht. Denn wir wissen beide, dass wir uns die Finger verbrennen könnten. »Und wenn ich jetzt nicht gehe, Amy, dann …« Er fährt sich durchs Haar, schüttelt den Kopf.

»Dann?«, hake ich atemlos nach, obwohl ich die Antwort ahne.

»Dann …« Er starrt mir auf den Mund, den ich unweigerlich benetze. »Werden wir heute Nacht ganz sicher nicht nur gegen Regel Nummer drei verstoßen.«

Ich nicke. »Ja, das … das wäre nicht gut.«

»Nein.«

»Nein«, wiederhole ich leicht dümmlich.

»Okay.«

»Okay«, plappere ich ihm schon wieder nach wie ein Papagei und ringe mir ein Lächeln ab. »Danke für … für die Massage.«

Er lächelt unecht zurück. »Gerne. Also dann … schlaf gut, Amy.«

»Schlaf gut, Cameron.«

»Soll ich?« Er deutet auf den Lichtschalter neben der Tür.

»Ja, bitte.«

Das Licht geht aus, die Tür schließt sich und ich sinke stöhnend ins Kissen. Meine Finger kralle ich so fest in die Bettdecke, dass sie wehtun, um den anderen Schmerz, dieses unerträgliche Pochen zwischen meinen Beinen, irgendwie zu übertönen. Ich weiß nicht, wann und ob ich überhaupt schon mal so erregt war wie in diesem Moment. So fühlt es sich also an, mit jeder Faser seines Körpers Sex zu wollen und ihn nicht zu bekommen. Gott, wieso kann Cameron nicht einfach nur ein guter Bekannter sein? Wieso muss er so verdammt gut massieren können? Und wie soll ich ihn jemals wieder ansehen, ohne mich zu fragen, wie es mit ihm wäre? Oder bin ich sexuell einfach nur total aufgeladen und muss lediglich etwas Druck ablassen? Mein letztes Mal liegt drei oder vier Monate zurück und war alles andere befriedigend. Ich schiele zu der Kommode, in der sich mein *Magic Wand Vibrator* befindet. Es ist eine Weile her, dass ich ihn benutzt oder es mir überhaupt selbst besorgt habe. Ich setze mich auf die Bettkante, hole den Vibrator aus der Schublade und überlege, ob ich's tun sollte. Ob es nicht irgendwie … erbärmlich ist? Ich bin jung, sehe nicht schlecht aus – und bekomme trotzdem keinen regelmäßigen Sex, geschweige denn einen Mann, der mir gefällt. Wie zum Beispiel Cameron?

Ich schüttele den Kopf.

Wenn ich es mir selbst mache, kann ich auf keinen Fall an Cameron … meinen besten Freund denken. Ich brauche ein anderes Bild. Vielleicht Drew, das Male-Model, mit dem ich letztens geshootet wurde. Der einzige Grund, aus dem wir uns nicht gedatet haben, war der, dass er noch am gleichen Tag seinen Flieger nach Kapstadt erwischen musste.

Ja, ich nehme Drew. Drew sieht gut aus. Er ist sympathisch, nett – soweit ich das beurteilen kann – und vor allem: *Er ist nicht mein bester Freund.*

Ich schließe meinen Vibrator an die Steckdose neben dem Bett an. Dann krabbele ich wieder unter die Decke, spreize die Beine und drücke auf die erste Vibrationsstufe von insgesamt sechs oder sieben. Beim *Magic Wand* reicht es meist schon, ihn auch nur in die Nähe der Vagina zu halten, um zu kommen. So erregt wie ich noch immer bin, werde ich vermutlich bereits nach zwei Minuten fertig sein. Ich schließe meine Augen, halte den Silikonkopf an meine Klitoris und genieße die sanften Impulse, während ich an Drew denke. *Drew. Drew. Drew.* Doch plötzlich taucht Cameron vor meinem inneren Auge auf. Mit freiem Oberkörper und von Schweiß überzogenen Muskeln. *Gott, sieht er gut aus.*

Drew sieht auch gut aus. Denk an Drew! Drew. Drew. Drew. Drew mit den grünen Augen und wilden braunen Locken.

Ich stehe überhaupt nicht auf Locken. Ich stehe auf dunkles, glattes, dichtes, vom Schlaf zerzaustes Haar. Das Haar von Cameron.

Nein, denk an Drew!

Cameron.

Ich spüre, wie meine Klitoris unter den vibrierenden Impulsen mehr und mehr anschwillt. Druck baut sich auf.

Drew.

Cameron. Cameron.

Drew.

Cameron. An mich gepresst. Nackt. Starke Arme, die mich umfangen, mich halten. Fest. Körper an Körper. Tiefe Blicke. Herzklopfen. Ich stöhne auf. Erregt und frustriert zugleich.

Drew.

Cameron. Immer wieder Cameron, während Wellen der Lust über mich schwappen.

Ich biege den Rücken durch, grabe meine Zähne in die Unterlippe und umfasse meine linke Brust, streiche mit dem Daumen über meinen steifen Nippel.

Drew.

Camerons Hände gleiten meine Beine hoch. Zärtlich, langsam, so wie vorhin. Gott, war das schön. Ich gebe auf und mich meiner Fantasien mit ihm hin, als mich ein Klopfen an der Tür abrupt in die Realität zurückholt.

Cameron!

»Kann ich reinkommen?«

Nein!

»Ich habe mein Handy auf der Kommode liegen lassen.«

Was? Wo? Ich richte mich hektisch auf und sehe, dass es hinter dem Massageöl liegt.

Scheiße. Rasch schalte ich den Vibrator aus und lasse ihn wieder unter der Decke verschwinden, die ich mir bis unters Kinn ziehe. Mit zitternden Fingern fahre ich mir durchs Haar und fächere mir Luft zu, als würde ich dadurch schneller abkühlen und weniger glühen. Er wird es merken.

»Amy?«

Warum jetzt? Warum? »Ja … ähm … komm rein.« Ich klinge atemlos und meine Stimme viel zu hoch. Wenn ich das höre, dann auch er. Daher beschließe ich, einfach so wenig wie möglich zu sprechen, und sehe mit klopfendem Herzen zur Tür. Sie öffnet sich, und als Cameron das Licht anmacht, möchte ich mich am liebsten in Luft auflösen. Denn mir fällt gerade ein, dass der Vibrator noch in der Steckdose steckt und dieses verdammte Kabel direkt unter meine Bettdecke führt.

O bitte. Bitte lass es ihn nicht sehen.

23

Cameron

Als ich Amys Schlafzimmer betrete, liegt sie fast bis zur Nase unter ihrer Bettdecke. »Sorry, ich bin sofort wieder weg«, sage ich und gehe zur Kommode.

»Okay.« Ihre Stimme klang vor der Tür ja schon seltsam, aber jetzt benimmt sie sich auch so. Denn sie sieht mich nicht an, sondern starrt an die Decke, ignoriert mich – und zwar demonstrativ. Ich habe auch einen Verdacht, woran das liegen könnte, und spiele kurz mit dem Gedanken, einfach wortlos mit meinem Handy wieder zu verschwinden. Aber das, was hier vorhin passiert oder beinahe passiert wäre, wenn ich nicht die Reißleine gezogen hätte, lässt sich nicht einfach so totschweigen. Nicht diesmal. Der Zusammenprall auf der Treppe war harmlos dagegen und hatte trotzdem Auswirkungen auf unseren Umgang miteinander – wenn auch nur für einen Tag –, und ich will kein Déjà-vu.

»Hör mal, Amy, wegen vorhin. Vielleicht sollten wir …«

»Nein, alles gut. Wir müssen nicht darüber reden«, kommt es von ihr wie aus der Pistole geschossen und einige Oktaven höher als gewohnt.

»Bist du sicher?«

»Ja, ehrlich. Zwischen uns ist alles in bester Ordnung«, spricht sie wieder ohne Punkt und Komma und blickt dabei noch immer nach oben. Die Bettdecke befindet sich inzwischen unter ihrem Kinn, weshalb ich sehe, dass ihr Gesicht nicht nur gerötet ist, sondern glüht. Schweiß glänzt auf ihrer Stirn, Nase und über ihrer Oberlippe. Jetzt bemerke ich auch das schnelle Auf und Ab der Bettdecke im Bereich ihrer Brust. Hier stimmt doch was nicht.

Ich schiebe die Augenbrauen zusammen. »Alles okay bei dir?«

Ihr Blick huscht kurz in meine Richtung. »Klar. Alles bestens«, sagt sie eher zur Tür in meinem Rücken als zu mir und sieht dann wieder an die Decke.

Was zum Teufel ist denn nur da oben?

Ich folge ihrem Blick. Auf der Suche nach einer Spinne oder sonst etwas, das ihr eigenartiges Benehmen erklären könnte. Aber die Decke ist unauffällig, weiß. Keine Monsterspinne in Sicht.

»Hast du dein Handy gefunden?« Ihre Frage gleicht einem Rausschmiss.

»Ja, hab ich.«

»Gut. Dann schlaf schön.«

»Amy, ist wirklich alles in Ordnung? Ich meine … geht's dir gut?«

»Klar.«

Ich weiß, dass sie lügt, und habe keine Lust, die ganze verdammte Nacht damit zu verbringen, mich zu fragen, was los sein könnte. »Sieh mich mal an«, fordere ich daher.

Ganz langsam und zögerlich kommt sie meiner Bitte nach und dreht ihren Kopf zu mir. Ihr glasiger Blick trifft auf meinen, den ich daraufhin prüfend über die Decke wandern lasse. An einem weißen Kabel, das zu der Steckdose neben ihrem Bett führt, verharre ich und zähle eins und eins zusammen.

Erhitztes Gesicht.

Gerötete Wangen.

Glasiger Blick.

Sie kann mir nicht in die Augen sehen und verhält sich seeeeeeeehr seltsam.

Hart schluckend komme ich zu der einzig logischen Erkenntnis, die meinen Herzschlag verdoppelt, und sehe ihr wieder in die Augen. Ich will sie das nicht fragen, aber die Worte verlassen einfach meinen Mund. »Amy? Was … was machst du da?«

Noch mehr Blut schießt ihr in die Wangen und Erregung durch

meinen Körper, weil ich die Antwort längst kenne. Amy senkt ertappt den Blick und entgegnet leise, fast schon beschämt: »Ich denke, du weißt, was ich gemacht habe.«

Tief … sehr tief Luft holend versuche ich, mich zu beherrschen. Denn – mein Gott – alles, woran ich gerade denken kann, ist, ihr diese verdammte Decke vom Körper zu reißen und ihr zu geben, was sie offensichtlich so dringend braucht. Die ganze verfluchte Nacht lang. Scheiß auf Regel drei und vier.

Niemals hätte ich damit gerechnet, Amy so angeturnt zu haben, dass sie es sich, nur eine Sekunde, nachdem ich ihr Schlafzimmer verlassen habe, selbst machen würde. Meinetwegen. Das allein genügt, um mich wieder hart werden zu lassen, und sie sieht es – starrt wie vorhin schluckend auf meine Erektion und fixiert dann meinen Mund. Ihrer ist rosa, voll und geöffnet zu einem verführerischen Spalt, in den ich mit meiner Zunge gleiten will, um jeden Winkel zu erobern. Jetzt. Stattdessen greife ich nach meinem Handy, während ich mich frage, ob ich es nicht einfach wagen soll, Amy zu küssen. Sie will es doch auch – das weiß ich jetzt zu hundert Prozent. Und trotzdem möchte ich, dass der erste Schritt von ihr kommt. Ich brauche die Erlaubnis, mir zu nehmen, was ich schon so verdammt lange will: sie. Daher bleibe ich abwartend neben ihrem Bett stehen und betrachte sie. Augen, Nase, Mund und ihren heißen Körper unter dieser gottverdammten Decke. Aber sie bleibt stumm. Stumm wie ein beschissener Fisch. Ich unterdrücke ein Schnauben. »Sorry für die Störung.« Meine Stimme klingt belegt vor Lust … aber auch Frust, weil ich … weil wir beide solche Feiglinge sind.

»Schon okay.«

Nichts ist okay. Das weiß sie genauso gut wie ich und gräbt die Zähne in ihre perfekte Unterlippe. So verflucht sexy, als wollte sie mich noch ein bisschen mehr quälen, noch ein bisschen mehr leiden lassen. Uns beide. Das tue ich mir nicht länger an, fahre herum und gehe zur Tür.

Komm schon, Amy. Sag was.

Ich trete über die Schwelle.

Ein Ton würde genügen, aber es bleibt still.

Sie hält mich nicht auf und ist schuld daran, dass ich die halbe verdammte Nacht mit einem Ständer im Bett liege und nicht schlafen kann. Ich hole mir schließlich einen runter und erlebe den wohl unbefriedigendsten Orgasmus, an den ich mich erinnern kann.

Am Freitag und Samstag bekomme ich Amy kaum zu Gesicht. Sie hatte zwar schon Anfang der Woche angekündigt, den einen oder anderen Job zu haben, aber es würde zu ihr passen, sich von mir zurückzuziehen. Daher habe ich beschlossen, rauszugehen, statt zu Hause darauf zu warten, dass Amy sich wieder blicken lässt, und mich Samstagabend spontan verabredet. Primär, um mich abzulenken. Jedoch nicht, wie gewöhnlich, mit einer Frau, sondern mit Mo, meinem ehemaligen Kommilitonen, und einem Kumpel von ihm. Wir sitzen Downtown in einer Bar, essen Burger und trinken Bier. Der Klassiker und genau das, was ich heute brauche. Es tut gut, mal wieder unter Männern zu sein und später mit Mo über Privates zu reden, nachdem sein Kollege weg ist. Mo hat vor drei Jahren geheiratet. Dass ich damals mit Amy auf der Hochzeit war und sie mir in diesem gelben Kleid fast den Atem geraubt hat, blende ich schnell aus und lasse mir von Mo voller Stolz Handyfotos von seinen beiden Kindern zeigen. Julien und Julia. Beide elf Monate alt, weil sie zweieiige Zwillinge sind.

»Herzlichen Glückwunsch. So schöne Kinder hätte ich dir gar nicht zugetraut«, scherze ich und klopfe ihm anerkennend auf die Schulter.

»Die kommen ja auch nach Gaby.«

Ich lache und gebe ihm sein Handy wieder. »Ich freu mich für euch beide, echt.«

»Danke. Kann mein Glück manchmal selber kaum fassen.« Er schüttelt ungläubig den Kopf, trinkt einen Schluck aus der Flasche. »Da reißt man sich in der Uni den Arsch auf, um später einen guten Job zu bekommen. Und wenn man den dann hat, ackert man von morgens bis abends, teils auch an den Wochenenden, nur um dann irgendwann festzustellen, dass eigentlich nur eine Sache zählt.« Er macht eine Faust und klopft auf seine rechte Brust. »Familie. Aber das kapierst du erst, wenn du deine eigene hast. Eine Frau, die du liebst, und Kinder, für die du, ohne mit der Wimper zu zucken, durchs Feuer gehen würdest. Alles andere – Kohle, Autos, ein großes Haus – vereinfacht das Leben, aber die Gründe, aus denen ich jeden Morgen aufstehe und jeden Tag mein Leben feiere, sind Gaby und die Zwillinge. Sie sind mein Herz.«

So kitschig seine Ansprache auch war, seine Worte treffen voll ins Schwarze. Wären wir noch in der Uni, hätte ich ihm vermutlich vorgeworfen, ein sentimentaler Trottel zu sein. Aber wir sind erwachsen und daher bleibt mir nur eins: Meine Bierflasche zu erheben und mit ihm anzustoßen. »Auf die Familie.«

Wir prosten einander zu und trinken unsere Flaschen leer. Per Handzeichen bedeute ich der Kellnerin, dass wir Nachschub brauchen.

»Genug von mir. Wie sieht's bei dir aus, Cam?«

Ich winke ab, lehne mich zurück. »Meine Familienplanung hat noch Zeit.«

»Ist denn schon eine Mrs. Jefferson in Sicht?«

Ich hebe skeptisch eine Augenbraue. »Hat meine Mom dich beauftragt, mich auszuquetschen? Diese Fragen kommen mir nämlich irgendwie bekannt vor«, scherze ich.

»Diese Fragen kommen jedem Single-Mann mit einer Mom, die sich überall einmischt, bekannt vor. Meine ist jetzt zum Glück Oma und lässt mich in Ruhe.«

Ich verziehe entgeistert das Gesicht. »Das hört also erst auf, wenn man sie zu Grannys macht?«

»War zumindest bei mir so.«

»Verdammt. Aber, hey. Immerhin lebe ich jetzt in einem Haus«, antworte ich.

»Das zählt aber nicht, wenn du allein darin wohnst.«

»Tu ich ja nicht.«

»Hört, hört. Also gibt es sie doch, die potenzielle Mutter deiner Kinder.«

»Das würde ich so nicht sagen. Sie heißt Amy Watson und ich bin nur wegen eines Gefallens mit ihr zusammengezogen.« Ich stöhne auf. »Lange Story.«

Mo sieht mich überrascht an. »Sprichst du etwa von der Amy Watson? Deiner Model-Freundin, Kollegin, Kumpelin … Du weißt schon?«

»Jap.«

»Gratuliere, Mann. Die ist echt …«

»Wir sind kein Paar«, nehme ich ihm direkt den Wind aus den Segeln. »Wir … wohnen nur zusammen.«

Mos Gesichtsausdruck spiegelt exakt das wider, was mir seit dem Einzug durch den Kopf geht: Wie um alles in der Welt konnte ich mich nur darauf einlassen?

»Wow! Und das … klappt? Also, ich meine … ohne den einen oder anderen schwachen Moment? Wie ist es überhaupt dazu gekommen? Du wolltest nicht mal mit mir in eine WG ziehen, als ich dich damals darum gebeten habe, um Kohle zu sparen.«

»Stattdessen habe ich dir die Kohle geliehen, also beklag dich mal nicht.«

»Ja, hast ja recht. Und jetzt klär mich auf.«

Die Kellnerin bringt uns gerade die Biere. Ich warte, bis sie weg ist, und gebe Mo die Kurzfassung unseres Fake-Roomie-Abkommens.

»Schräg«, lautet sein knapper, aber durchaus nachvollziehbarer Kommentar.

»Wem sagst du das.«

»Also, ich könnte nicht mit einer Frau wie Amy zusammenwohnen, ohne …«

»Vorsicht, du bist verheiratet«, erinnere ich ihn schmunzelnd.

»Deshalb bin ich noch lange nicht blind. Aber an meine Gaby kommt eh kein Model der Welt dran, also entspann dich, Alter!«

»Leichter gesagt als getan. Denn, wie du schon meintest, es ist nicht so leicht, mit Amy unter einem Dach zu leben.« Ich muss mich zwingen, nicht an die Massage und den Moment zu denken, als ich sie sozusagen auf frischer Tat ertappt habe. In diese Was-wäre-wenn-Endlosschleife will ich nicht schon wieder geraten.

»Ganz ehrlich? Ich habe sowieso nie kapiert, wie ihr einfach nur Freunde sein könnt. Freundschaft plus wäre ja noch verständlich. Aber zwischen euch ist ja nie was gelaufen, oder hat sich das inzwischen geändert?«

Ich schüttele den Kopf.

»Wie geht das? Sie ist heiß, du bist – na ja – reich«, scherzt er grinsend und wird dann wieder ernst. »Jetzt mal ehrlich.«

»Amy und ich haben Regeln, an die wir uns halten …« *… meistens* – schiebe ich angesichts der vergangenen Vorkommnisse gedanklich nach.

»Was für Regeln?«

»Zum Beispiel, dass wir uns nicht küssen oder miteinander schlafen dürfen«, nenne ich bewusst nur die, die weder von ihr noch mir gebrochen wurden.

»Interessant. Ich war immer der festen Überzeugung, dass Männer und Frauen nicht befreundet sein können, ohne dass Sex oder Gefühle ins Spiel kommen.«

Obwohl ich sofort ein Pokerface aufsetze, durchschaut mich Mo und nickt wissend.

»Verstehe. Und wer ist derjenige von euch, der mehr will? Du oder sie?«

»Was zur Hölle bist du? Ein Mentalist? Ich dachte, du verkaufst Versicherungen.«

»Was glaubst du, warum ich so verdammt gut darin bin? Ich weiß, was die Leute brauchen, noch bevor sie es gesagt haben.«

Ich schmunzele. »Dann habe ich einen Job für dich.«

»Ist notiert. Also? Wer? Sie ist heißer, ich tippe auf dich«, vermutet er amüsiert und spielt schon wieder auf mein Aussehen an.

Da ich weiß, wie ich bei den Frauen ankomme, kann mich das nicht verunsichern. »Ich denke, wir wollen beide mehr.«

Er sieht mich verständnislos an. »Wo liegt dann das Problem?«

Ich trinke ein Schluck von meinem Bier, während ich darüber nachdenke, wie man jemandem, der so praktisch und unkompliziert denkt wie Mo, die Situation erklärt. Aber mehr als »So einfach ist das nicht« fällt mir nicht ein. Vielleicht auch, weil ich keinen Nerv habe, noch länger darüber nachzudenken. Jedenfalls nicht in dieser Intensität. Zweck dieses Treffens war nämlich eigentlich das genaue Gegenteil.

»Für mich könnte die Sache nicht einfacher sein«, erklärt Mo. »Sie will dich und du willst sie. Verstehst du denn nicht …? Du hältst ein Royal Flush in den Händen und musst die Karten nur auf den Tisch legen, Mann.«

Ich verziehe zweifelnd das Gesicht, reibe mir die Stirn.

»Du kennst dich doch mit Poker aus, oder etwa nicht?«

»Klar.«

»Na, dann weißt du, dass der Royal Flush die höchste Spielkarte ist. Du kannst also nur gewinnen.«

»Da bin ich mir eben nicht sicher … Ich …«

»Dann verschaff dir die Sicherheit und küss sie einfach. Guck, wie sie reagiert. Scheiß auf eure Regeln. Regeln sind da, um gebrochen zu werden, und eure bezogen sich doch auf Freundschaft und nicht auf Liebe. Wie heißt es noch? In der Liebe ist alles erlaubt.«

Ich schüttele lachend den Kopf. »Du solltest Prediger werden.«

»Ich dachte Mentalist.«

»Und ich dachte, das wärst du schon.«

Er erhebt seine Flasche. »Einigen wir uns einfach darauf, dass ich recht habe.«

Ich stoße mit ihm an und frage mich, ob es stimmt. Ob Amy und ich mit diesen verdammten Regeln alles viel komplizierter machen, als es eigentlich ist. Denn eines steht fest: Wir machen uns was vor, verstecken unsere Gefühle hinter Regeln, die inzwischen überholt sind. Dabei haben wir uns längst weiterentwickelt, sind nicht mehr fünfzehn beziehungsweise siebzehn.

»Also, Cam?« Mo sieht mich herausfordernd an. »Bist du ein Mann oder ein Feigling?«

»Ein Gewinner!«, antworte ich und nehme mir fest vor, meine Karten auf den Tisch zu legen, sie zumindest mit *meinen* Gefühlen zu konfrontieren. Wann und wie, muss ich mir noch überlegen.

24

Amy

Sonntag, 09:51 *Hi Ivy. Hier ist Amy. Ich weiß, wir haben schon eine Weile nichts voneinander gehört, aber ich habe oft an dich gedacht und mich gefragt, wie es dir wohl geht. Bist du jetzt wieder in New York? Falls ja, würde ich mich freuen, wenn wir uns auf einen Kaffee oder so treffen könnten.*
Melde dich.
Liebste Grüße, Amy.

Diese Nachricht habe ich bereits vor einer Stunde verfasst, jedoch hin und her überlegt, ob ich sie wirklich abschicken soll. Aus Angst davor, dass Ivy meinen Vorschlag ablehnen könnte, weil sie ihn für genauso heuchlerisch hält, wie er sich für mich anfühlt. Sicher wird sie sich fragen, warum ich ihr so lange nichts geschrieben habe. Zu Recht, denn ich weiß ja nicht mal, ob sie überhaupt noch in New York ist, was einiges über unsere »Freundschaft« aussagt. Aber genau das ist es, was ich jetzt brauche. Eine Freundin. Eine Person, die mich und Cameron kennt und mir sagen kann, was ich tun soll. Denn seit der Massage ist es offiziell: Er geht mir nicht mehr aus dem Kopf. Seine Stimme, sein Blick, sein Duft – dieses Bild von ihm vor mir – hart, mit diesem Ausdruck in den Augen, als wollte er mich mit Haut und Haar verschlingen, folgt mir überallhin. Auch zu meinen Jobs, von denen ich mir eigentlich Ablenkung erhofft hatte. Stattdessen sehe ich ihn ständig vor mir, wie er mich zum Lachen bringt, sich um mich kümmert und sorgt, einfach immer für mich da ist, ganz gleich, was ich brauche. Auch dann, wenn ich es nicht verdiene. Ich weiß, dass er auch jetzt sofort zur Stelle wäre, obwohl ich ihm seit Donnerstag aus dem Weg gehe, ihn regelrecht ignoriere. Es verletzt ihn. Das verrät mir sein Blick, die wenigen Male, die wir uns, zum Beispiel spätabends, wenn ich wieder zu Hause bin, begegnen. Und es kostet mich jedes Mal eine ungeheure Kraft, mich nicht auf ihn zu stürzen. Daher klammere ich mich mit aller Macht an das, was von unseren Regeln noch übrig ist, und vermeide jede Begegnung mit ihm. Zum Beispiel, indem ich so lange in meinem Zimmer bleibe, bis die Luft rein und Cameron arbeiten, trainieren oder sonst wo ist. Hauptsache weit, weit weg. Und ja, ich weiß, wie albern das ist. So kann es nicht weitergehen, denn auch das ist Gift für unsere Freundschaft und wir brauchen eine Lösung. Oder zumindest einen Rat. Dass ich mir den ausgerechnet von Ivy, seiner Ex erwarte, grenzt schon an Verzweiflung. Eine, die so groß ist, dass ich mich heute Abend mit einem Model-Kollegen verabredet habe, nur um nicht zu Hause sein zu müssen. Aber auch, um ein bisschen klarer und Cameron wieder mit anderen Augen zu sehen. Denn Sex soll ja bekanntlich den Kopf freimachen. Unabhängig davon hoffe ich einfach, dass Ivy sich meldet und es zwischen uns nicht krampfig ist, falls wir uns treffen oder wenigstens miteinander telefonieren sollten. Zum Glück liegt ihre Beziehung mit Cameron so lange zurück, dass ich nicht befürchten muss, alte Wunden aufzureißen. Zumal sie damals Schluss gemacht hat.

Ich verstaue mein Handy in meiner Sport-Hüfttasche, binde mir die Laufschuhe zu und hinterlasse Cameron eine Notiz, dass ich zum Joggen an der Promenade bin. Umgekehrt würde ich auch wissen wollen, wo er ist – auch wenn wir momentan nicht viel miteinander reden. Nachdem ich mich vergewissert habe, Schlüssel, Kreditkarte und Kopfhörer bei mir zu haben, ziehe ich meinen Zopf strammer und verlasse das Haus.

Die ersten zehn Minuten haben es wie immer in sich. Ich zwinge mich die von Bäumen gesäumte Straße hoch, beiße entschlossen die

Zähne zusammen. Es ist hart, weil ich eigentlich überhaupt keine Lust habe, aber es hilft, alle Gedanken an Cameron zumindest für eine Weile aus meinem Kopf zu verbannen. Zum Grübeln reicht der Sauerstoff nämlich nicht aus, weil ich diesen für meine Beine brauche.

Endlich.

Meine Schritte werden länger und leichter. Ich atme tief ein und wieder aus, spüre, wie sich meine Lungen weiten und die kalte, aber trockene Novemberluft meine Zellen belebt. Kühler Wind bläst mir ins Gesicht und lässt entstandene Schweißperlen sofort wieder trocknen. An der Promenade angekommen, erhöhe ich mein Tempo und drehe die Musik auf, als mir keine Geringere als Ivy entgegengejoggt kommt. Ebenfalls mit Kopfhörern, die wir uns beide überrascht von den Haaren streifen.

»O mein Gott, Amy. Wie krass!«

Mir bleibt überhaupt keine Zeit, mich zu fragen, wie ich sie begrüßen soll, so schnell, wie sie mich auf Zehenspitzen in eine Umarmung zieht. Meine Sorge, sie könnte mir böse sein, war offenbar vollkommen unbegründet.

Sie lässt mich los und strahlt übers ganze Gesicht.

»Wow, Ivy! Was für ein Zufall. Ich … ich weiß gar nicht, was ich sagen soll.« Ich betrachte sie von Kopf bis Fuß. Sie hat sich kaum verändert und immer noch diese wunderbar weiblichen Kurven, um die ich sie heimlich immer beneidet habe. Und nicht zu vergessen ihre feuerroten Locken. »Du siehst fantastisch aus!«, sagen wir gleichzeitig und müssen beide lachen.

»So lange nicht gesehen und sofort einer Meinung«, entgegnet sie. »Und übrigens: Ja, sehr gerne!«

»Ja, sehr gerne … was?«

»Kaffee trinken gehen, Cocktails schlürfen, Tequila kippen – was auch immer. Sag mir, wann und wo. Ich bin dabei. Hab deine SMS gelesen, als ich gerade loslaufen wollte, und mich total gefreut. Nach dem Joggen hätte ich auf jeden Fall geantwortet, aber das ist ja nicht mehr nötig.« Sie schüttelt ungläubig den Kopf. »Was für ein

Zufall. Erzähl. Wie geht's dir? Was machst du so? Vor allem hier … Ich dachte, du wohnst in Manhattan.«

»Das Gleiche wollte ich dich auch gerade fragen. Was ist mit Dubai?«

Sie wirft einen Blick auf ihre Armbanduhr. »Weißt du was? Ich hätte jetzt sofort eine Stunde Zeit. Wollen wir vielleicht spontan einen Kaffee trinken? Wir können auch zusammen joggen, aber ich gehöre leider zu den Menschen, die dabei auf keinen Fall reden können.«

Ich muss lachen, weil es mir genauso geht. »Willkommen im Club.«

»Danke! Ganz ehrlich … Ich frag mich immer, wie die das anstellen. Laufen, reden, zuhören und atmen«, bringt sie mich mit ihrer gewohnt trockenen Art zum Schmunzeln und hakt sich wie selbstverständlich bei mir ein. »Wollen wir ins *Roasted Coffee* gehen? Das ist da vorn um die Ecke.«

»Echt? Ich dachte, die gibt es nur Downtown.«

»Jetzt nicht mehr. Hab ich aber auch durch Zufall entdeckt.« Sie sieht von der Seite zu mir hoch und lächelt. »Zufälle sind schon was Cooles, oder?«

Ich lächele zurück. »Definitiv.«

»Darauf sollten wir gleich anstoßen!«

»Mit Kaffee?«

»Tz … Mit einem Prosecco natürlich!«

Zehn Minuten später sitzen wir uns in Sportklamotten und noch leicht verschwitzt an einem kleinen Ecktisch gegenüber. Es ist, als hätte es die drei Jahre Funkstille nie gegeben. Wir sind uns noch genauso vertraut und nah wie früher – was vermutlich darauf zurückzuführen ist, dass wir quasi zusammen aufgewachsen sind. Es gibt Freundschaften, die regelmäßiger Pflege bedürfen und gegossen werden müssen wie eine Blume, die sonst eingeht. Und dann gibt es Freundschaften, deren Wurzeln so tief reichen, dass sie Trockenzeiten überstehen, ohne Schaden zu nehmen. Aus irgendeinem Grund hatte ich vergessen, wie viel mich und Ivy miteinander verbindet. Wie viel wir schon zusammen erlebt haben, besonders auf der Highschool, aber auch später auf der Uni. Selbst nach meinem Abbruch, um Vollzeit zu modeln. Von all meinen Freundinnen aus der Kindheit und Jugend war sie die Einzige, mit der ich immer regelmäßigen Kontakt hatte. Der mit Erica ist bereits während des Studiums eingeschlafen, weil sie sich irgendwie verändert hatte. Auf Ivy trifft das nicht zu, sie ist noch immer die Alte, spricht schneller als die Niagarafälle. Ohne Punkt und Komma erzählt sie von ihrem Job als Hotelmanagerin in Dubai, den sie gekündigt hat, um wieder nach New York zu ziehen. Seit vier Monaten arbeitet sie nun im *4 Kings* in Manhattan und wohnt wie ich wieder in den Brooklyn Heights. Mit Herzchen in den Augen schwärmt sie von einem Controller Namens Jason, den sie auf der Arbeit kennen- und offensichtlich auch lieben gelernt hat. Ivy sieht so glücklich aus, dass ich gar nicht aufhören kann, sie anzulächeln.

»Ich freu mich so für dich. Ehrlich!«

»Und ich erst. Mich für die Stelle im *4 Kings* zu bewerben war die beste Entscheidung, seit der, nach Dubai zu ziehen. Hätte ich das nicht gemacht, wäre ich jetzt ein emotionales Wrack, glaub mir.«

Ich bin nicht sicher, ob sie die Trennung von Cameron anspricht, und warte ab.

»Nachdem Cam mit mir Schluss gemacht hat, bin ich erst mal in ein tiefes, dunkles Loch gestürzt.«

Meine Augen weiten sich. »Was? Er hat sich von dir getrennt?«

»Wieso? Hat er was anderes behauptet?«

Und ob. »Äh … nein, aber ich dachte, es wäre von euch beiden ausgegangen«, greife ich zur Notlüge, um meinen besten Freund nicht bloßzustellen. Warum zur Hölle hat er mich in dem Glauben gelassen, die Trennung wäre von Ivy ausgegangen?

»Na ja, man könnte höchstens sagen, dass ich es in Gang gebracht habe. Wenn du drei Jahre lang kein ›Ich liebe dich auch‹ zu hören bekommst, dir nie die Eltern vorgestellt werden und du das Gefühl hast, dein…« Sie zeichnet Gänsefüße in die Luft »… Freund steht nur zu dir, wenn ihr allein seid, sprichst du ihn irgendwann drauf an. Naiv und verliebt, wie ich war, habe ich aber nicht damit gerechnet, dass er daraufhin sofort Schluss machen würde, anstatt um unsere Beziehung, die im Nachhinein betrachtet nie eine Chance hatte, zu kämpfen.« Sie zuckt gleichgültig mit den Schultern. »Liebe lässt sich nicht erzwingen. Sie fällt hin, wo sie hinfällt, und manchmal eben auf fruchtlosen Boden.«

Ich sehe sie überrascht und betroffen an. »Das alles höre ich zum ersten Mal. Warum hast du denn nie was gesagt? Als ihr zusammen wart, hatten wir doch noch Kontakt. Ich wäre für dich da gewesen.«

»Ich weiß, aber …«

»Aber was …?«

Sie seufzt. »Jetzt kann ich es ja sagen …«, schürt sie meine Neugierde.

»Was sagen?«

»Dass du die letzte Person auf Erden warst, mit der ich über meine Beziehung zu Cam sprechen wollte.«

Ich ziehe verwundert die Stirn kraus. »Aber wieso denn?«

»Na, weil du der Grund bist, warum es mit uns nicht geklappt hat.«

Mein Kopf ruckt nach hinten und mein Mund klappt auf, ohne dass ich weiß, was ich darauf entgegnen soll. Damit habe ich nicht gerechnet.

»Du warst es, die er auf Events als seine Begleitung mitgenommen hat, nicht ich.«

Weil du laut Cameron keine Zeit hattest, rutscht mir beinahe heraus. Auch in dem Punkt scheint mein bester Freund nicht ganz ehrlich gewesen zu sein.

»Sobald du einen Raum betreten hast, warst du für ihn der Mittelpunkt. Mich hat er nie so angesehen wie dich, Amy. Und wenn er von dir gesprochen hat, dann so, als … als wärst du irgendein höheres Wesen. Unerreichbar.«

Ich schüttele den Kopf, merke, wie ich rot werde, und winde mich innerlich. »Ivy … ich … das hast du dir nur eingebildet … Wir waren … sind nicht mehr als gute Freunde. Das schwöre ich.«

Ivy greift über den Tisch und nimmt meine Hand. »Alles gut. Das weiß ich doch. Du kannst nichts dafür, dass Cameron mich nie wirklich wollte. Ich meine, so wie er dich gewollt hat. Vermutlich war ihm das selbst gar nicht richtig bewusst, als das mit uns anfing. Es begann ja auch mit einer Affäre, die sich Ewigkeiten hinzog, bis es ernster wurde. Und weißt du, wann das war? Wann er endlich bereit war, das, was wir hatten, eine Beziehung zu nennen?«

Ich schüttele – immer noch fassungslos – den Kopf.

»Als du für ein halbes Jahr nach Paris gezogen bist, um deine Modelkarriere anzukurbeln. Wow! Amy, ich kann dir sagen, das war unsere beste, heißeste und intensivste Zeit. Wir haben uns jeden Tag gesehen. Er konnte kaum die Finger von mir lassen.« Sie sieht sich verstohlen um und flüstert: »Wir haben es sechs Monate lang getrieben wie die Karnickel.«

Ich ignoriere den winzigen, kaum spürbaren Stich in meiner Brust und merke, wie mir noch mehr Blut in die Wangen schießt. Diese Information hätte ich nicht unbedingt gebraucht.

»Dass er sich einfach nur ablenken und über dich hinwegtrösten wollte, habe ich natürlich nicht wahrhaben wollen. Stattdessen dachte ich: endlich. Endlich meint er es ernst mit mir. Aber dann kamst du wieder und alles drehte sich mehr als zuvor um dich. Ich weiß nicht, wie oft er mir abgesagt hat, um dich von irgendwelchen Dates zu retten, weil ihr irgend so ein seltsames Abkommen hattet.«

Schuld nagt an meinem Gewissen, obwohl mich keine trifft. Auch hier hat mich Cameron in dem Glauben gelassen, verfügbar zu sein. Wenn ich gewusst hätte, dass er Ivy meinetwegen versetzen würde, hätte ich ihm doch niemals geschrieben. Aber wie mir scheint, wusste ich so einiges nicht und habe plötzlich das Gefühl, verantwortlich für das Beziehungsaus der beiden zu sein.

Ich stöhne auf und mache ein zerknirschtes Gesicht. »Gott, Ivy … ich … ich weiß nicht, was ich sagen soll. Ich fühle mich schrecklich, mir tut das so wahnsinnig leid. Wenn ich das gewusst hätte, dann …«

»Hätte das auch nichts geändert, glaub mir.« Sie lächelt. »Dir muss gar nichts leidtun. Ich war schuld. Ich wollte nicht sehen, was die ganze Zeit, eigentlich schon seit wir Kinder waren, vor meiner Nase war: er und du. Cameron und Amy. Euch gab es immer nur zu zweit. Wo du warst, war er und umgekehrt. Fiel sein Name, war deiner nicht weit. Ihr wart einfach schon immer Camy. Ich hatte nie eine Chance.«

Ich schüttele den Kopf, kann das alles nicht glauben … und doch ergibt so vieles nun einen Sinn.

Weil er dich liebt, Amy.

Mein Sohn ist verliebt in dich …

»Du musst mich doch hassen«, sage ich reumütig.

Ivy lacht. »Oh, glaub mir, das habe ich, als ich nach Dubai geflüchtet bin, um ihn und dich nie wieder sehen zu müssen. Ein Jahr lang habe ich dich jede Nacht verflucht, besonders, wenn dein Gesicht wieder auf irgendwelchen Magazincovern zu sehen war. Es hat ewig gedauert, bis ich eine andere Sicht auf die Dinge bekam.«

»O Ivy …« Diesmal bin ich es, die ihre Hand drückt, sie streichelt.

»Alles gut, oder siehst du mich weinen? Ich spüre kein bisschen Schmerz oder Trauer, wenn ich davon spreche. Ehrlich gesagt …« Sie hält kurz inne, als würde sie in sich hineinhorchen. »… tat es richtig gut, mit dir darüber zu reden.« Ein warmes Lächeln umspielt ihre Lippen. »Das hat mir gefehlt … Du hast mir gefehlt.«

Erleichtert, weil sie mich trotz allem nicht mehr hasst, lächele ich zurück. »Du hast mir auch gefehlt.«

»Komm her … du Hübsche.« Sie steht auf und bedeutet mir winkend, mich ebenfalls zu erheben. Es folgt eine lange innige Umarmung über dem Tisch. Als wir uns wieder lösen und Platz nehmen, haben wir beide Tränen in den Augen.

»Waren wir schon immer so nah am Wasser gebaut?« Wir fächern uns lachend Luft zu.

»Das sind Nachwirkungen des Proseccos«, scherze ich und werde dann wieder ernst. »Du hattest mich doch vorhin gefragt, ob ich noch in Manhattan lebe.« Ich schüttele den Kopf. »Ich bin ins Haus meiner Eltern gezogen und wohne dort zur Miete, mit der Option, es später zu kaufen.«

»O mein Gott.« Ivy fasst sich ans Herz, weil sie genau weiß, wie viel mir das Haus bedeutet. Sie kennt mich und meine Geschichte. Mit allen Höhen und Tiefen, fast genauso gut wie Cameron.

Cameron …

»Das ist ja wundervoll. Ich … ich freu mich so für dich«, fährt Ivy fort. »Seit wann? Brauchst du noch Hilfe beim Umzug oder Dekorieren? Ich bin noch immer die Deko-Queen. Daran hat und wird sich vermutlich auch nie etwas ändern. Ich treibe Jason damit schon total in den Wahnsinn. Er meint, bei mir würde es aussehen wie bei All Kinds of Stuff.«

Ich muss lachen, weil Cameron neulich das Gleiche über mein altes Apartment gesagt hat.

Cameron …

Ich muss es ihr sagen. Besonders, da sie sich mir so geöffnet hat. Außerdem brauche ich nach wie vor ihren Rat und ihre direkte Art, mir ohne Rücksicht auf Verluste zu sagen, was Sache ist. Auch wenn sie mich in Bezug auf die Wahrheit über sie und Cam überfordert hat. »Danke für dein Angebot, aber es ist alles so weit eingerichtet. Ich hatte tatkräftige Unterstützung von …« Ich schlucke. »… Cameron. Wir … wir wohnen zusammen.«

Ihre Augen werden groß.

»Als WG, nicht als Paar«, stelle ich sofort klar. »Es ist ein freundschaftlicher Gefallen, weil die Eigentümerin nicht an Singles vermieten beziehungsweise verkaufen wollte und …«

»Mooooooment«, unterbricht sie mich, hebt fragend eine Augenbraue. »Hab ich das richtig verstanden? Ihr gebt euch als Paar aus und wohnt jetzt zusammen?«

Ich nicke.

»Ihr zwei seid echt unglaublich.« Schmunzelnd schüttelt sie den Kopf. »Dazu fällt mir wirklich nichts mehr ein.«

»Was genau meinst du?«

»Euren Eiertanz.«

Ich runzele ahnungslos die Stirn.

»So nennt man es, wenn zwei Menschen, die eigentlich zusammengehören, es nicht hinbekommen. Jeder, der euch nicht kennt und im Umgang miteinander beobachtet … wie ihr euch anseht … durch Blicke miteinander kommuniziert, euch anlächelt, würde denken, dass ihr seit Jahren zusammen seid. Als Paar.«

Ich öffne den Mund zu einem Widerspruch, der nicht kommt. Hat sie recht?

»Im Grunde seid ihr das längst, nur ohne es zu wissen oder es – warum auch immer – wahrhaben zu wollen.«

»So ist das nicht, Ivy …«

»Red dir ein, was du willst.« Belustigt trinkt sie einen Schluck Milchkaffee, der vermutlich schon kalt ist. Meiner ist noch halb voll, weil ich ihn während unserer Unterhaltung ganz vergessen habe. »Und? Wie klappt das Zusammenleben so?«, will Ivy wissen.

»Eigentlich ganz gut«, antworte ich, was ja nicht gelogen ist – wenn das »Aber …« nicht wäre.

»Aber?«, wiederholt sie.

»Ist das wirklich okay für dich, wenn ich dir davon erzähle? Über Cameron. Nach allem, was du …«

»Klar! Für mich ist das Thema durch. Wirklich«, versichert sie mir glaubhaft, weshalb ich tief Luft holend überlege, wie ich am besten anfange.

Ich entscheide mich, beim Gespräch mit Liz und der Sitzung bei Dr. Rivers anzusetzen, weil damit das ganze Gefühlschaos seinen Anfang nahm. Als ich ihr ganz zum Schluss von der Massage und der Aktion mit dem Vibrator erzähle, spuckt sie vor Lachen fast ihr Getränk über unseren Tisch und verschluckt sich daran. Sie lacht so laut, dass uns die anderen Gäste böse Blicke zuwerfen. »O Gott, Amy!« Sie wischt sich eine Träne aus dem Auge. »Ich kann nicht mehr. Das ist die mit Abstand beste Story seit Langem.«

»An den Punkt, dass ich darüber lachen kann, bin ich noch nicht gekommen. Wenn ich daran denke, möchte ich am liebsten in einem Erdloch verschwinden. Na ja … jedenfalls …«, komme ich nun endlich zum eigentlichen Problem. »… kann ich seitdem … Keine Ahnung. Ich kann einfach nicht aufhören, mich zu fragen, wie … wie es mit ihm wäre …«

»Sex zu haben?«

»Auch. Aber vor allem, wie es wäre, mit ihm zusammen zu sein. So richtig«, spreche ich endlich laut aus, was mich die letzten Nächte wachgehalten hat, als Ivys Handy klingelt.

»Mist, da muss ich drangehen.« Sie sieht mich entschuldigend an und dreht sich um, um ihr Telefon aus der Tasche ihrer Trainingsjacke, die über der Rückenlehne ihres Stuhls hängt, zu ziehen.

Während sie telefoniert, checke ich meine Benachrichtigungen und SMS. Eine stammt von Cameron. Er fragt, ob ich heute Abend Zeit habe.

Zum Reden.

Vermutlich über uns.

Entweder darüber, dass ihm unser Zusammenleben zu kompliziert geworden ist und er ausziehen möchte, oder über seine Gefühle zu mir, an denen es jetzt keinen Zweifel mehr gibt.

Zwei zu drei für Liz.

Ivy hat ihr Telefonat soeben beendet, doch ihrem Blick nach zu urteilen und der Tatsache, dass die Stunde längst rum ist, ahne ich, dass sie sich jetzt verabschieden wird.

»Es tut mir leid, aber ich muss weg. Ins Hotel.«

»Schon gut. Wir setzen unser Gespräch ein anderes Mal fort.«

»Unbedingt. Ansonsten schreib mir oder ruf an, wenn was ist. Mir scheint, als hättest du Redebedarf.« Sie zwinkert wissend und macht Anstalten, ihre Kreditkarte zu zücken.

»Nein. Das geht auf mich.« Ich zwinge meine Mundwinkel nach oben, obwohl ich allen Grund zur Freude hätte. Ivy zu treffen und mich noch so gut mit ihr zu verstehen wie damals war einfach wunderbar. Dennoch bin ich genauso ratlos wie vorher. Wenn nicht sogar noch mehr.

»Nächstes Mal bin ich dran.«

Wir stehen auf und schließen uns nun schon zum dritten Mal in die Arme. Diesmal zum Abschied. »Es war so schön, dich zu sehen.«

»Das fand ich auch.«

Sie lässt mich los. »Trau dich, Amy!«

»Was?«

»Cameron – er wartet schon sein halbes Leben auf dich.«

Im Gehen wirft sie mir einen Kuss über die Schulter zu und lässt mich mit meinem Gefühlschaos, aus dem ich niemals alleine herausfinden werde, zurück.

25

Cameron

Sonntag, 11:21 *Heute hab ich leider keine Zeit. Tut mir leid.*

Nachdem ich am Vormittag Amys SMS gelesen habe, war ich den ganzen verdammten Mittag schlecht drauf. Auch bei meinen Eltern, aber das ließ ich mir nicht anmerken. Wieder zu Hause habe ich mir fest vorgenommen, diesem Kindergarten morgen oder übermorgen ein Ende zu machen. Von mir aus kann sie mich heute noch wie Luft behandeln und sich in ihrem Zimmer verkriechen. Früher oder später wird sie sich mir und ihren Gefühlen aber stellen müssen. Bis dahin werde ich die Füße still und meinen Mund geschlossen halten. Das war zumindest mein Plan, bis mir Amy abends um neun, nachdem sie sich stundenlang in ihrem Schlafzimmer verkrochen hat, auf der Treppe entgegenkommt. In einem schwarzen Minikleid, das kaum Raum für Fantasien lässt, zu dem sie schwarze Strümpfe und gleichfarbige Heels trägt. Sie ist gestylt, als wäre sie am Set eines Shootings. Aber da sie bei diesen immer ungeschminkt und mit Top und T Shirt erscheint, weiß ich sofort, dass sie sich nicht für einen Job so zurechtgemacht hat. Ihr Outfit kann nur eins bedeuten, weshalb ich abrupt vor ihr stehen bleibe.

»Gehst du noch weg?«, frage ich, obwohl die Antwort auf der Hand liegt.

»Ja.«

Mein Kiefer spannt sich an. Denn mir wird gerade klar, dass der Grund für ihre Absage ein anderer Mann ist, für den sie sich ganz offensichtlich in Schale geworfen hat. Und sie scheint nicht mal vorgehabt zu haben, mir davon zu erzählen.

Warum, verdammt?

Diese Frage liegt mir auf der Zunge, aber ich würge sie hinunter, ersetze sie durch eine andere.

»Und wohin geht's?« Ich versuche, gelassen zu klingen, obwohl es in mir brodelt. Ich hasse die Vorstellung, dass sie sich von einem anderen geben lassen könnte, wozu ihr Vibrator nach meiner Massage offensichtlich nicht imstande war.

»In eine Bar. Downtown.«

Mein Magen verkrampft sich. »Ein Date?«

Sie nickt und senkt den Blick. »Ich … muss jetzt los.«

»Lass dich nicht aufhalten«, presse ich hervor und balle meine Hände zu Fäusten, die ich am liebsten irgendwo reinschlagen würde. Vorzugsweise in das Gesicht dieses Arschlochs, mit dem sie sich gleich treffen wird. »Viel Spaß.«

Sie antwortet nicht. Weder bedankt sie sich noch fragt sie mich, ob ich mich für eine Rettungsaktion bereithalten kann. Nichts. Nur das Geräusch ihrer hohen Absätze auf dem Parkettboden. Es fehlen nicht mehr viele Schritte, bis sie die Tür öffnen und das Haus verlassen wird – vielleicht bis morgen früh. Ein Gedanke, der sich wie Säure durch meine Gedärme frisst und mich herumfahren lässt.

Ich folge Amy. »Was zur Hölle machen wir hier eigentlich?«, rufe ich ihr nach und bleibe im Wohnbereich stehen.

Sie dreht sich zu mir und ich werfe die Arme in die Luft, schüttele den Kopf. »Ist das eine Art Spiel, Amy? Bei dem man sich drei Schritte annähert, um sich dann wieder kilometerweit zu entfernen. Hm? Erklär's mir, denn ich kapier echt nicht, wo der Sinn darin liegt.«

Sie blinzelt. »Ich weiß nicht, was du meinst, Cameron.«

»Dann willst du mir also sagen, dass ich mir das alles nur einbilde?

Unsere Blicke, diese Anziehung und wie du mich seit Donnerstag ignorierst.«

»Das tu ich nicht«, widerspricht sie, aber die Art, wie sie ihren Oberarm reibt und erneut meinem fragenden Blick ausweicht, straft ihre Worte Lügen.

»Doch das tust du! Das machst du jedes verdammte Mal, wenn wir uns näherkommen. Du ziehst dich zurück und behandelst mich, als wäre ich der gottverdammte Erreger einer ansteckenden Krankheit. Damit könnte ich ja noch irgendwie umgehen. Aber das hier …« Ich mache eine Handbewegung von ihren schwarzen Heels bis zu ihrem langen blonden Haar. »Dass du dich jetzt mit einem anderen triffst, nur um vor dem, was zwischen uns ist, wegzulaufen, ist einfach nur feige, Amy. Ich muss es wissen, weil ich das selbst jahrelang so gemacht habe.«

Sie schluckt und ich sehe Angst in ihren Augen aufblitzen.

»Cameron, nicht … Nicht jetzt. Lass uns morgen darüber sprechen. Bitte. Ich … ich komme zu spät.«

»Ich scheiße darauf, ob du zu spät kommst. Ich scheiß auf dein Date und ich scheiß auf unsere gottverdammten Regeln!«, platzen über Jahre unterdrückte Emotionen und der ganze Frust der letzten Tage viel lauter aus mir heraus als beabsichtigt.

Amys Augen weiten sich erschrocken, aber auch das ist mir egal.

»Ich kann so nicht mehr weitermachen, Amy.« Meine Lautstärke habe ich nun wieder im Griff und gehe zwei Schritte auf sie zu.

»Wie … wie meinst du das?« Sie schluckt. »Willst du ausziehen?« Panik huscht über ihr bleich gewordenes Gesicht.

»Ich will nicht länger so tun, als wären wir nur Freunde. Wir sind mehr als das. Das weißt du genauso gut wie ich.«

»Und deshalb willst du alles aufs Spiel setzen? Wegen Sex?«

Ich sehe sie fassungslos an, kann nicht glauben, dass sie mich das gerade wirklich gefragt hat. »Du glaubst ernsthaft, dass es mir darum geht? Dass ich dich bloß ins Bett kriegen will? Ist das dein verfluchter Ernst?« Ich ziehe die Augenbrauen zusammen, sehe aus schmalen Augen in ihre, entdecke Unsicherheit darin, aber auch Erleichterung – und Sehnsucht. Mit der gleichen Sehnsucht hat sie mich auch schon bei unserem Zusammenprall auf der Treppe, im Fitnessraum und nach der Massage angesehen. Ich will verdammt noch mal, dass sie endlich dazu steht.

Ihr Mund öffnet sich und für den Bruchteil einer Sekunde macht es den Anschein, als würde genau das passieren, doch stattdessen …

»Mein Uber kommt jeden Moment … Ich muss los.« Sie fährt herum, nimmt ihren Mantel von der Garderobe und zieht ihn über. Aus dem Impuls heraus, zu verhindern, dass sie mich erneut für einen anderen stehen lässt, mache ich einen Satz nach vorn und wirbele sie an ihrem Oberarm herum.

»Ich bin nicht mehr der siebzehnjährige verpickelte Teenie, der tatenlos dabei zusieht, wie sein Mädchen mit einem anderen zum Ball geht«, lasse ich sie schwer atmend wissen.

»Cameron …«

»Verdammt, Amy, wie viele Dates und bedeutungslosen Sex mit anderen brauchen wir … brauchst du denn noch, um zu begreifen, dass sich das, was du willst … was wir beide wollen, direkt vor unserer Nase befindet? Wenn wir so weitermachen, wird unsere Freundschaft irgendwann ernsthaften Schaden davontragen. Denn – scheiße – ich weiß nicht, wie lange ich noch die Kraft dazu habe, meine Gefühle für dich zu unterdrücken, dich um mich zu haben, ohne dich berühren und küssen zu dürfen … ohne mehr zu wollen.«

Ihr Ausdruck wird weicher und ich kann förmlich dabei zusehen, wie meine Worte auf fruchtbaren Boden stoßen und in ihr eine Erkenntnis heranreift. Als hätte sie Angst, diese zu äußern, fasst sie sich mit zitternder Hand an den Mund.

»Das will ich schon so lange, dass ich mich an eine Zeit, in der das anders war, kaum erinnere, und …«

Das Klingeln ihres Handys unterbricht mich. Es ist vermutlich der Uber-Fahrer, denn ich höre das Motorengeräusch eines Autos und sehe Scheinwerfer von draußen durch die Fensterscheiben aufleuchten. »Geh nicht, Amy. Bleib und … und lass uns reden. Oder schlaf eine Nacht darüber. Von mir aus auch zwei oder drei. Nimm dir so viel Zeit, wie du brauchst, aber verschwende sie nicht mit irgendeinem Mann, der dir nichts bedeutet.« Vorsichtig trete ich näher. Sie weicht nicht zurück und lässt zu, dass ich ihr die Tasche aus der Hand nehme. Ohne den Blick von ihr zu nehmen, strecke ich den Arm aus und lege sie rechts auf die Kommode. Dann überwinde ich den letzten Meter zwischen uns. Alles oder nichts, Cameron. *Ich halte einen Royal Flush in den Händen und habe nichts zu verlieren*, mache ich mir Mut und sehe entschlossen in ihre Augen.

»Ich … ich will dich nicht verlieren«, haucht sie leise und mit bebender Stimme.

»Das wirst du nicht. Vertrau mir. Vertrau uns. Du fragst dich doch auch, wie es mit uns sein könnte«, sage ich in Anspielung auf ihre Pro-und-Kontra-Liste, von der ich offiziell ja gar nichts weiß.

»Ja, aber …«

»Dann lass es uns herausfinden.« Mit dem Daumen fahre ich sanft über ihre Wange, die sie fast schüchtern an meine Hand schmiegt.

»Ich hab Angst«, gesteht sie flüsternd.

»Mein Mut reicht für uns beide.« Genauso wie meine Liebe, aber so mutig, ihr diese zu gestehen, bin ich dann doch nicht. »Ich will dich!«, sage ich stattdessen und sehe mit einem Puls jenseits von Gut und Böse abwartend in ihre Augen.

26

Amy

Ich will dich, Amy«, wiederholt er jetzt so dicht vor mir, dass mir sein heißer Atem ins Gesicht schlägt. »Ich will dich so sehr, dass es mich verrückt macht. Ich will dich schon mein ganzes Leben. Seit du mir auf dem Baumstamm in der Schule dein Käsebrot angeboten hast. Du warst das erste Mädchen, für das ich mich geprügelt habe, und bist die einzige Frau, für die ich jeden Kampf dieser Welt aufnehmen würde«, gesteht er und reißt damit auch das letzte bisschen Angst in mir nieder. Mir fehlen die Kraft und der Wille, mich meinen Gefühlen noch länger zu widersetzen. Ich gebe auf, falle ihm um den Hals und presse meinen Mund auf seinen. Ein Knurren verlässt seine Kehle, als er mein Gesicht in seine großen Hände nimmt und ich meine in seinem Haar vergrabe. Was folgt, ist nicht etwa der sanfte, vorsichtige Kuss meines besten Freundes, den ich kenne, seit er ein Junge war. Und ich küsse ihn auch nicht zurück wie das kleine Mädchen, das Angst hat, verlassen zu werden. Das hier ist der harte, fordernde Kuss eines Mannes, der sich endlich nimmt, was er will, und der einer Frau, die es ihm gibt. Ich öffne meinen Mund und stöhne in seinen, klammere mich an sein Shirt und gebe mich seinen Lippen, dem Streichen unserer Zungen, dem teuflischen Knabbern seiner Zähne hin. Als wir uns schließlich voneinander lösen, lehnt er seine Stirn an meine und wir ringen beide um Atem. Wortlos streift er mir den Mantel ab, geht vor mir in die Knie, sieht dabei zu mir auf und zieht mir die Heels aus – das alles, ohne auch nur einen Ton von sich zu geben. Auch nicht, als er wieder hochkommt, mich in seine Arme hebt und mit mir die Treppe nach oben nimmt. Es ist, als wollte keiner von uns riskieren, etwas zu sagen, das diesen Moment ruinieren oder hinterfragen könnte.

»Deins oder meins?«, ist alles, was von ihm kommt, als wir vor unseren Schlafzimmern stehen.

»Egal.« Meine Stimme klingt genauso belegt vor Lust wie seine.

Er schiebt seine Tür mit dem Fuß auf und legt mich auf sein Bett, als wäre ich das zerbrechlichste Wesen dieses Planeten. Dann beugt er sich über mich und sein Mund findet wieder meinen. Dieser Kuss dauert länger als der von eben. Er ist sanfter, zärtlicher. Weniger verzweifelt. Cameron lässt sich Zeit, streicht mit der Zunge über meine Lippen, die ich seufzend für ihn öffne, damit er von mir kosten und mich liebkosen kann. Er verlagert seinen Körper, presst sich an mich, ohne mich zu erdrücken, raubt mir mit jedem seiner leidenschaftlichen Zungenstöße den Atem, ohne mich zu ersticken. Ich lasse meine Finger durch sein seidiges Haar gleiten, umfasse seinen Nacken, ziehe ihn noch näher zu mir. Als er von meinen Lippen ablässt, entkommt mir ein frustrierter Laut, der in ein Seufzen übergeht, weil er jetzt meinen Hals küsst, als wäre er dafür geboren. Ich kralle mich stöhnend in sein Haar und führe seinen Kopf zurück nach oben, bis sich unsere Lippen wieder berühren und unsere Zungen verschmelzen. So gut. So schön. So erregend wie das Prickeln, das sich in meinem gesamten Körper ausbreitet und Hitze zwischen meinen Beinen entfacht. Dabei sind seine Hände noch nicht mal in der Nähe meiner Mitte gewesen. Aber allein das Gefühl seiner Erektion an meinem Bauch reicht vollkommen aus, um mich verrückt zu machen. Als hätte er meinen Gedanken belauscht, lässt er seine Hände zu meinen Schenkeln gleiten und schiebt mir das Kleid hoch. Doch dieses sitzt so eng, dass er nicht weiter als bis zu meinem Po kommt. Er zieht sich zurück und steht auf. Wortlos nimmt er meine Hand, hilft mir in einen wackeligen Stand. Er dreht mich um, öffnet den Reißverschluss meines Kleides und streift es von meinen Schultern, Hüften und Beinen. Samt meiner Strümpfe. Schauer durchzucken mich und mein Herz rast wie verrückt, während er mein Haar zur Seite streicht, um sanfte Küsse auf meinen Nacken rieseln zu lassen. Ich senke hingerissen die Lider, grabe die Zähne in meine Unterlippe. Langsam dreht er mich zu sich, und als ich meine Augen wieder öffne, sieht er tief hinein. Mit einem Ausdruck, der meine Seele berührt, denn so hat mich noch niemand betrachtet. Bewundernd, beinahe ehrfürchtig. Ich erwidere seinen Blick mit der gleichen Intensität, öffne meinen BH und lasse ihn achtlos zu Boden fallen. Meinen Slip lasse ich folgen. Camerons Brustkorb dehnt sich zu einem tiefen Atemzug, als er seinen Blick wie eine Berührung über meine Brüste und tiefer gleiten lässt. Dann zieht er sich in einer einzigen fließenden Bewegung das T Shirt aus, bevor er mich ruckartig an seine muskulöse Brust zieht und mich küsst, als würde er verhungern. Wir landen wieder auf der Matratze und er liebkost meinen Hals, fährt mit der Zunge über die Stelle, unter der mein Puls rast. Ich ringe um Atem, spüre, wie er eine heiße Spur über mein Schlüsselbein und zu meinen Brüsten zieht. Als er meine festen Nippel im Wechsel zwischen seine Lippen saugt und mit der Zunge umkreist, biege ich keuchend den Rücken durch, dränge mich seinem Mund … diesem unbeschreiblichen Gefühl entgegen. Mich erfüllt nicht bloß dieser billige Rausch von sexueller Macht, sondern ein tiefsitzendes ungeahntes Verlangen, das alles übersteigt, was mich ein Mann je hat empfinden lassen. Ich will und brauche mehr davon. Mehr Küsse, mehr Hände, mehr Cameron, der meine Brüste aus seinem Mund entlässt und sich meinen Bauch hinab küsst.

Tiefer und tiefer.

Er spreizt meine Beine.

Tiefer.

Sein Atem schlägt schwer und heiß gegen meinen Unterleib.

Noch tiefer.

Ich halte die Luft an und stoße sie keuchend wieder aus, als sein Daumen über meinen Kitzler reibt. Mit zwei Fingern taucht er vorsichtig in mich ein und massiert mich, als hätte er das schon hundertmal getan, als hätte er diesen Punkt, der meinen Körper zum Beben bringt, selbst erschaffen und dort platziert. Wie kann er mich so gut kennen? Wie kann alles, was er tut, so unerträglich perfekt sein? Und als sich sein Mund zu seinen Fingern gesellt, bin ich verloren. Das nasse Streicheln seiner Zunge ist zuerst leicht, dann fester, eindringlicher. Mir entkommt ein Wimmern und ich fange an zu zittern. Druck baut sich auf und entlädt sich in einer sanften Explosion, die er mit einem zärtlichen Stoß seiner Zunge verlängert. Die Beben, die meinen Körper erschüttern, sind längst nicht abgeebbt, da richtet er sich auf, geht einen Schritt zur Kommode und holt ein Kondom hervor. Dabei lässt er mich keine Sekunde lang aus den Augen. Weder, während er sich die Trainingshose samt Shorts auszieht, noch, als er sich das Kondom über seinen steifen Penis streift. Begehrlich betrachte ich seinen durchtrainierten Körper. Glatte Haut, die sich über muskulöse Arme, breite Schultern und einen gewölbten Brustbereich spannt. Mein Blick folgt der langen Senkrechten zwischen seinen Bauchmuskeln, die in ein verführerisches Delta übergehen. Seine Erektion ragt groß, dick und steil empor – wunderschön – und ich kann es kaum erwarten, ihn in mir zu spüren. Endlich sinkt er auf mich und ich spreize meine Beine, mache ihm Platz und heiße sein Gewicht willkommen. Unsere Blicke halten einander fest, während er in mich gleitet. Langsam. Behutsam. Zentimeter für Zentimeter, bis er mich gänzlich ausfüllt. Hitze wallt in mir auf, lässt mich innerlich beinahe verglühen. In mir zieht sich alles zusammen. Verlangen, Begierde, Angst und Freude vereinigen sich zu diesem überwältigenden Gefühl, das mein Innerstes streichelt, es liebkost und sich wie Balsam über all die Risse auf meinem Herzen legt. *Das hier kann nicht falsch sein.*

In diesem Wissen nehme ich Camerons wunderschönes Gesicht in meine Hände, während er sich langsam, im beinahe trägen Tempo in mir bewegt. Lasziv lässt er sein Becken im Einklang mit meinem kreisen. Ganz ohne Hast. Seine Lider sind schwer vor Lust und sein glasiger Blick überall auf meinem Gesicht. Als wollte er keine Sekunde, keinen Atemzug, kein Blinzeln und keine Schweißperle, die sich auf meiner Stirn bildet, verpassen.

»Cameron«, entkommt es mir kehlig, da mich die Gefühle zu übermannen drohen. Ich bin keine Jungfrau mehr und auch kein Kind von Traurigkeit. Dennoch ist das hier, die Art, wie Cameron und ich miteinander schlafen, absolut neu für mich. Das hier ist kein Sex, sondern mehr. Sehr viel mehr. Cameron macht Liebe mit mir.

»Amy«, stöhnt er rau zurück und küsst mich wie zum Beweis mit einer herzzerreißenden Zärtlichkeit.

Heißkalte Schauer durchzucken mich und übertragen sich auf Cameron. Ich senke flatternd die Lider, kralle mich in seinen schweißfeuchten Rücken und spüre jeden seiner Muskeln. Meine ziehen sich voller Wonne um ihn zusammen. Ich grabe die Zähne in seine Unterlippe, sauge heftig an ihr, als mich der Höhepunkt mit voller Wucht trifft.

»Sieh mich an.« Cameron umfasst zärtlich mein Kinn.

Ich gehorche und treffe auf das lodernd heiße Glühen seiner dunklen Augen. Lauernd und als wäre es das Faszinierendste auf der Welt, sieht Cameron dabei zu, wie ich mich verliere.

In seinem Blick.

Ihm.

Uns.

Ein Ruck geht durch seinen Körper und sein Mund öffnet sich zu einem lautlosen Schrei. Dann stößt er ein letztes Mal zu, verharrt und bricht zitternd über mir zusammen.

27

AMY

Cameron streicht mit den Fingern durch mein schweißfeuchtes Haar und zieht meinen nackten Körper an seinen. Wir liegen noch immer in seinem Bett, ineinander verschlungen zwischen den feuchten Laken, und kommen allmählich wieder zu Atem. Nachdem wir dreimal Sex hatten, weiß ich, dass Cameron es auch härter kann, ohne jedoch weniger leidenschaftlich zu sein. Fest steht, dass ich in meinem Leben nie wieder mit einem anderen schlafen kann, ohne ihn an Cameron zu messen.

»Du hast mich für die Männerwelt verdorben, weißt du das?«, murmele ich an seiner Brust, die sich an meiner Wange gleichmäßig hebt und senkt. Ich höre sein Herz schlagen und sein sexy träges Lachen.

»Sehr gut, denn das war Plan A.«

»Und Plan B?«

»Irgendeinen Designer zu finden, der dir eine High-Fashion-Burka schneidert, die du dann jeden Tag trägst.«

Ich stimme in sein Lachen ein. »So einer bist du also. Ich entdecke immer wieder neue Seiten an dir, Cameron Jefferson.«

»Nicht nur du …« Er küsst meine Schulter, spannt seine Arme noch fester um meinen Körper. »Denn das hier, diesen Teil des Sex habe ich nie besonders gemocht.«

»Welchen?«

»Kuscheln. Bettgeflüster. Darin war ich nie sonderlich gut. Aber bei dir ist das anders. Bei dir ist einfach alles anders«, flüstert er, beugt sich über mich und vergräbt seine Nase an meinem Hals, nimmt einen tiefen Atemzug. »Ich könnte ewig hier mit dir liegen. Nichts tun. Und einfach … ja, glücklich sein.«

Ich lächele, als mir auffällt, wie gut seine Beschreibung meinen Gemütszustand beschreibt. Normalerweise kommt nach dem Sex immer dieser Moment, in dem mir klar wir, dass diese Nähe nur geliehen war. Deshalb habe ich mich danach immer leerer und einsamer gefühlt als vorher. Aber dieses Gefühl lässt heute auf sich warten. Ich warte dennoch, aus purer Gewohnheit.

Ich atme ein. Aus. Wiederhole. Der entspannte Zustand hält an, wird sogar intensiver, als ich Camerons warmen Atem an meinem Ohr und sein Herz gegen meines schlagen fühle.

Er rückt ein wenig von mir ab und sieht mir ins Gesicht. Sein Blick ist eindringlich, fast schon konzentriert, als wollte er sich jede verblasste Sommersprosse und Wimper sowie jede Andeutung eines Fältchens einprägen und katalogisieren. »Du bist so verdammt schön, Amy. Und wenn du kommst, wenn du loslässt und dich verlierst, vergesse ich jedes Mal zu atmen.« Mit dem Daumen streicht er über meine erhitzte Wange.

»Dann pass auf, dass du beim nächsten Mal nicht erstickst.«

Beim nächsten Mal …

Es wird eins geben und noch eins und noch eins, weil das hier Ernst ist. Wir sind kein Paar, das sich erst noch kennenlernen muss. Wir sind beste Freunde, die ihre Liebe entdecken.

Mit einem Mal streckt Angst ihre Finger nach mir aus.

»Ich würde es nicht ertragen, wenn dir was passiert«, entkommt es mir in einem Anflug von Panik.

Er schmunzelt. »Wie zum Beispiel, dass ich beim Sex mit dir ersticke?«

Ich bleibe ernst, merke, wie ich leicht versteife. »Nein, dass du plötzlich nicht mehr da bist.«

Sein Lächeln erstirbt von jetzt auf gleich und er sieht mir fest in die Augen. »Ich gehe nirgendwohin, Amy. Wo sonst sollte ich sein, wenn nicht bei dir? Und wenn du glaubst, dass ich dich wieder gehen lasse, ohne dass es dein ausdrücklicher Wunsch war, hast du mir vorhin nicht richtig zugehört oder ich habe nicht die richtigen Worte gefunden. In diesem Fall …« Sein Blick wird noch tiefer, noch eindringlicher; er schluckt. »Ich liebe dich, Amy. Ich liebe dich schon mein ganzes Leben und es gibt nichts, was daran etwas ändern könnte. Mich wirst du so schnell nicht los, versprochen.«

Mein Kinn bebt, und mir brennen Tränen in den Augen, weil ich weiß, dass das Leben nun mal nichts auf Versprechungen gibt. Es bricht sie ohne Rücksicht auf Verluste und warnt einen nicht mal vor. Trotzdem nicke ich gerührt und so unglaublich froh, Cameron zu haben.

»Scheiße, Amy, was …«

»Alles gut«, sage ich knapp. Mehr Worte lässt der Kloß in meinem Hals nicht zu. Ich würge ihn samt aufsteigender Tränen hinunter, weil ich jetzt nicht weinen will. Auch nicht vor Glück. Daher antworte ich mit einem langen zärtlichen Kuss auf seine Lippen, schlinge meine Arme um seinen Körper und drücke ihn an mich. So fest ich kann.

Drei. Zwei. Eins.

Wir halten uns noch immer.

»Ich hab dich, Amy. Ich werde dich immer haben. Immer«, murmelt er und die Angst verlässt mit jedem Atemzug meinen Körper.

Irgendwann nachts lässt mich das ungewohnte Gefühl eines warmen Körpers neben mir die Augen aufschlagen. Cameron schläft tief und fest, ohne einen Laut von sich zu geben. Kein Schnarchen, kein lautes Atmen. Atmet er überhaupt? Ich ertaste den Schalter der Bettlampe, knipse sie an und starre auf seine Brust, die sich nicht zu bewegen scheint. Ich blinzele den Schlaf aus meinen Augen und betrachte ihn erneut. Nichts. Obwohl mir klar ist, dass alles in Ordnung ist, brauche ich den Beweis dafür und beuge mich über ihn, um seinem Atem zu lauschen. Er ist kaum hörbar, aber vorhanden. Ich lege mich erleichtert wieder hin und schmiege mich an seine glühend heiße Brust. Sofort schlingt er den Arm um meinen Bauch und zieht mich knurrend an sich. Hätte er diese Lebenszeichen nicht vor drei Sekunden von sich geben können? Ich lächle, auch über mich selbst, und falle wenig später in einen tiefen erholsamen Schlaf, aus dem ich nur erwache, weil mich der herrliche Duft von frisch aufgebrühtem Kaffee umgibt. Ich öffne gähnend die Augen.

»Guten Morgen.«

»Morgen«, grummele ich zurück und brauche einen kurzen Moment, bis ich wieder weiß, was Cameron neben mir zu suchen hat und wieso ich nackt in seinem Bett liege.

Als mir der Grund dafür einfällt, durchfährt mich ein Prickeln. »Guten Morgen.«

»Das sagtest du bereits«, antwortet Cameron ebenfalls lächelnd. Mit freiem Oberkörper liegt er auf der Seite, den Kopf auf seine Hand gestützt wie ein griechischer Gott. Nur, dass seine Frisur nicht ganz in diese Zeit passt. Sein dunkles Haar ist zerzaust und bettelt mich förmlich an, mit den Fingern hindurchzufahren.

Ich kann nicht widerstehen und bringe es mit den Worten »Da wusste ich aber noch nicht, zu wem ich Guten Morgen sage« noch etwas mehr durcheinander.

Cameron zieht amüsiert eine Augenbraue hoch. »Für dich gibt es nachts von nun an keinen Wein mehr.«

Ich lache. »Das fängt ja gut an mit uns. Nach ein paar Mal Sex schon mit Vorschriften kommen.«

»Und Frühstück.« Er richtet sich auf und kehrt mir seinen muskulösen Rücken zu. Mit einem Tablett in den Händen dreht er sich wieder um und platziert es vorsichtig zwischen uns auf der Matratze. Frisches Obst, Gemüsesticks mit Avocado-Dip und natürlich ein Erdnussbutter-Sandwich. Mir entkommt ein entzücktes Quieken.

»Okay, einverstanden. Keinen Wein mehr, wenn ich dafür jeden Morgen Frühstück ans Bett gebracht bekomme.« Ich grinse breit.

»Das könntest du auch so haben, allerdings kann ich mir nicht jeden Tag freinehmen.«

Ich sehe ihn überrascht an. »Ach, stimmt. Heute ist Montag. Wie spät ist es? Ich hab total das Zeitgefühl verloren.«

»Halb zwölf.«

»Bitte was?«

Cameron lacht.

»Aber meinetwegen hättest du doch nicht hierbleiben müssen«, sage ich und weiß nicht, ob ich mich freuen oder ein schlechtes Gewissen haben soll. Ich weiß, wie viel er mit seiner Firma zu tun hat, und will nicht, dass er sie vernachlässigt, um mehr Zeit mit mir verbringen zu können.

»Es war vier Uhr morgens, als ich das Licht ausgemacht und dich zugedeckt habe. Und mit zwei Stunden Schlaf komme selbst ich nicht aus. Außerdem wollte ich da sein, wenn du wach bist, weil du, glaube ich, einen ziemlich heftigen Albtraum hattest.«

Ich gehe kurz in mich. »Echt? Daran kann ich mich gar nicht erinnern.«

»Du hast dich hin und her gewälzt und geschrien.«

»Seltsam. Normalerweise weiß ich immer, was ich geträumt habe.«

»Vielleicht kommt die Erinnerung ja diesmal später zurück.«

»Zum Beispiel nach einem Kaffee.« Ich will gerade die Tasse vom Tablett nehmen, als mir auffällt, dass es nur eine gibt. »Wo ist deine?«

»Ich hatte bereits einen Kaffee und gefrühstückt hab ich auch schon.«

»Allein essen ist doof. Hier.« Ich halte ihm das Sandwich an den Mund, doch er dreht sich weg.

»Du weißt doch, dass ich mich in der Woche ausschließlich clean ernähre. Ich hatte schon meine Haferflocken.«

»Okay, ab morgen steige ich auf Haferflocken um. Sonst bist du irgendwann noch der Heißere von uns beiden«, scherze ich.

»Was willst du denn damit sagen?«

»Nur, dass ich heißer bin als du.«

Seine Mundwinkel zucken. »Aber auch nur ein Tick.«

»Sag ich doch.« Damit trinke ich einen Schluck Kaffee und begegne über den Rand der Tasse dem amüsierten Funkeln seiner fast schwarzen Augen.

Den restlichen Tag sowie die darauffolgenden Abende verbringen wir, bis auf das gemeinsame Duschen, hauptsächlich in der Horizontalen. Mit viel Lachen, viel Sex, viel Kuscheln, extreeeeem viel Küssen und viel Reden. Bis tief in die Nacht hinein, obwohl Camerons Wecker schon um sechs Uhr klingelt. Weil ich im Gegensatz zu ihm ausschlafen kann, stelle ich ihn aus und stehe auf, um ihm sein Haferfrühstück zu machen. Auf diese Weise kann er wenigstens zwanzig Minuten länger liegen bleiben.

»Du bist wundervoll, weißt du das? Aber du musst dich deswegen nicht immer aus dem Bett quälen«, murmelt er mir am Freitagmorgen von hinten ins Ohr, nachdem ich mich wieder zu ihm gelegt habe.

Ein Schauer durchfährt mich und hinterlässt eine Gänsehaut. Wie immer, wenn seine Lippen auch nur in die Nähe meines Körpers kommen. »Aber ich will es und mach das gern für dich. Außerdem schmeckt mein Hafer viel besser als deiner.«

»Ist das so?« Seine Stimme klingt vom Schlaf noch leicht rau und so unglaublich sexy.

»Ja, weil ich ihn immer mit einer extragroßen Portion Liebe mache.«

Er spannt seinen Arm fest um meinen Bauch, zieht mich noch näher zu sich, während sein raues Lachen an meinem Hals vibriert.

Gänsehaut bildet sich auf Gänsehaut.

Geht das überhaupt? Ich weiß nur, dass mein müder Körper gerade prickelnd zum Leben erweckt wurde. Instinktiv gehe ich leicht ins Hohlkreuz, drücke meinen Po gegen seine Erektion. Hallo.

»Gott, Cameron«, stöhne ich. »Wie kannst du nach dieser und den letzten vier Nächten schon wieder hart sein? Nimmst du Viagra oder so?«

»Ja, Amygra. Ist so was Ähnliches.«

Ich versteife, weil die Frage eigentlich rhetorisch gemeint war. Ruckartig drehe ich mich zu ihm um, was überhaupt nichts bringt, weil das Licht aus ist und ich seine Gesichtszüge sowieso nicht sehen kann. Er klang aber auch nicht, als würde er scherzen.

»Du hast gefragt. Hätte ich lügen sollen?«

»Ja, ähm, nein … vielleicht ein bisschen.« Ich schnaube enttäuscht, weil ich die ganze Zeit angenommen habe, ich allein würde genügen, um ihn scharf zu machen. Umgekehrt ist das schließlich auch der Fall. Und wie das der Fall ist.

»Willst du wissen, wie man dieses Wundermittel schreibt, dann kannst du es mir vom Drugstore mitbringen.«

»Hol dir dein Wunderzeug selbst, wenn du es unbedingt brauchst«, antworte ich gekränkt und will mich aus seinen Armen winden.

Doch er hält mich fest, findet mit den Lippen mein Ohr und raunt: »Die Kurzform von Amygra ist Amy und es gibt auf dieser Welt kein stärkeres Aphrodisiakum.«

Mein Mund verzieht sich zu einem Schmunzeln. »Du Arsch.«

»Reingefallen«, flüstert Cameron nun an meinen Lippen, bevor wir uns küssen und sich unsere Zungen auf eine Weise massieren und umschmeicheln, dass ich seinen kleinen Streich blitzschnell vergessen habe.

28

Amy

It's a wrap!«, ruft Bruno, der Creative Direktor der Proud-Kampagne und wirft freudig die Hände in die Luft. Alle am Set – mich eingeschlossen – fangen an zu jubeln und zu klatschen.

Mika, meine heutige Shooting-Partnerin, fällt mir erleichtert um den Hals. Es war nicht nur ihre erste Schmuckkampagne, sondern ihre dritte überhaupt. Und dafür hat sie einen wirklich guten Job gemacht.

»Danke, Amy. Ohne dich hätte ich das niemals hinbekommen. Deine Tipps waren großartig.«

»Du hast sie großartig umgesetzt«, lobe ich sie und habe gleich die nächste Person im Arm. Diesmal Santana, den Fotografen – zufällig einer meiner liebsten, weil er mein erster war und mir quasi den Weg für eine erfolgreiche Karriere geebnet hat.

»Amy, meine Amy! Du wirst von Shooting zu Shooting besser und hast dich heute selbst übertroffen.« Er gibt mir wie immer einen Kuss auf den Mund. Eine Art Brauch, der sich über die Jahre so eingeschlichen hat, und ich weiß einfach nicht, wie ich dem ein Ende setzen soll, ohne ihn vor den Kopf zu stoßen. Santana ist sehr empfindlich und würde das garantiert persönlich nehmen. Daher bleibt mir nur, Cameron, der in der Ecke des Raumes auf mich wartet, entschuldigend anzusehen. Er hat die Arme vor der Brust verschränkt, wirkt ziemlich angespannt. Oje. Ihn aufzuregen ist das Letzte, was ich will.

Da es Probleme mit der ursprünglich geplanten Location gab, mussten wir kurzfristig umdisponieren. Mit dem Ergebnis, dass das Shooting in New Jersey stattfindet. Cameron hatte angeboten, mich abzuholen, also fragte ich ihn, ob er nicht direkt mitkommen wolle. Irgendwie gefiel mir die Vorstellung, ihm zu zeigen, womit ich mein Geld noch so verdiene. Bis jetzt hat er mich nur zu Galas oder Cluberöffnungen begleitet. Wobei er es nach dem Kuss mit Sicherheit bereut, heute mitgekommen zu sein, so böse, wir er Santana mustert. Daher beeile ich mich mit der Verabschiedung der anderen und bedanke mich. Zuerst beim Team, das für Haare und Make up zuständig war, und zum Schluss bei der Schmuckdesignerin selbst. Viola Adams.

»Danke, dass ich für dich arbeiten durfte. Es war mir eine Ehre.« Ich nehme die Kette mit dem Saphir-Anhänger vom Hals und halte sie ihr auf offener Hand hin.

Doch statt sie an sich zu nehmen, schließt sie meine Finger um den Schmuck. »Behalt sie und zeig deinen Followern, dass die Proud-Kollektion ein absolutes Must-have für die modebewusste Frau von heute ist.«

»Awww.« Mir ist natürlich klar, dass sie den Wert der Kette soeben mit einer Werbeaktion auf Instagram und Co. verrechnet hat. Geschenke machen geht definitiv anders. Ich bedanke mich dennoch brav und gebe mich absolut überwältigt. »Wow! Ich weiß gar nicht, was ich sagen soll. Vielen Dank! Ich liebe deinen Schmuck und meinen Followern wird er auch gefallen.«

Ich drücke sie noch schnell, bevor ich mich abwende und mit einem knappen »Gib mir zwei Minuten« an Cameron vorbeihusche und mich rasch umziehe. Abschminken werde ich mich während der einstündigen Autofahrt, die ich vermutlich auch damit verbringen werde, ihm den Kuss von Santana zu erklären.

Zehn Minuten später sitzen wir endlich in seinem Porsche. Doch statt loszufahren, zieht er mich unerwartet in einen superleidenschaftlichen Kuss, der meine Hochsteckfrisur ganz durcheinanderbringt und mich mit geschwollen Lippen zurücklässt.

»Wow.« Ich ringe atemlos nach Luft. »Wofür war der denn?«

»Dafür, dass ich meiner superheißen und unglaublich talentierten Freundin bei der Arbeit zusehen durfte.«

Er grinst breit und ich grinse noch breiter zurück.

»Dann bist du also nicht böse?«, erkundige ich mich.

Er zieht fragend seine Stirn kraus. »Weshalb?«

»Na, weil mich Santana, der Fotograf, auf den Mund geküsst hat.«

»Hatte der Kuss irgendeine Bedeutung? Außer der Freude, dass alles im Kasten war?«

»Nein.«

»Warum sollte ich dann eifersüchtig sein? Außerdem ...« Seine Mundwinkel zucken. »... bist du ohnehin nicht sein Typ, sonst hätte er mich wohl kaum nach meiner Nummer gefragt.«

»Er hat was?« Ich reiße die Augen auf.

»Jep. Eifersüchtig?«

»Überrascht.« Ich wusste nicht, dass er auf Männer steht. Wie konnte mir das all die Jahre nicht auffallen?

»Wann findest du dich endlich damit ab, dass du nicht der einzige heiße Feger in der Stadt bist?«, kontert er und bringt mich nach einem wirklich anstrengenden Tag zum Lachen. Dafür liebe ich ihn genauso wie für die Tatsache, dass er so erwachsen und souverän auf diesen harmlosen Kuss reagiert. Ich habe ihn während meiner Jobs unfreiwillig schon auf so manche Probe gestellt, die er jedes Mal mit Bravour bestanden hat. Wie konnte ich das nur vergessen? Keine Ahnung, was ich mir vorhin eingebildet habe, in seinem Gesicht zu sehen, aber Eifersucht war es nicht.

»Danke«, sage ich lächelnd, während er den Motor startet.

»Wofür?«

»Dafür, dass du mich fährst und so viel Verständnis für meinen Job aufbringst. Und dass du nicht auf Santanas Anmache eingestiegen bis, du heißer Feger«, schiebe ich hinterher und bringe diesmal ihn zum Lachen.

Er lässt ein zentnerschweres Seufzen hören. »Endlich siehst du es ein. Und jetzt schnall dich an. Ich will schnell nach Hause und unser Wochenende starten.«

»Hast du was Besonderes vor?«, frage ich angesichts der Tatsache, dass wir das letzte Wochenende genauso verbracht haben wie die gesamte Woche. Nämlich im Bett. Und es wurde nie langweilig. Sogar im Gegenteil.

»Du meinst, außer dich am Sonntag als meine Begleitung zur Verleihung des Immobilien-Awards mitzunehmen?«

Ich sehe ihn mit offenem Mund von der Seite an. »Diesen Sonntag schon?«

»Jap!«

Geschockt starre ich ihn an. »Und das sagst du mir am Freitagabend?«

»Ups.«

»Cameron!«, stoße ich empört aus.

»Was denn? Sonst bist du doch so spontan.«

»Aber doch nicht bei solchen Events. Da weiß ich immer schon Wochen vorher, was ich anziehen werde. Weil man mich danach beurteilt. Das ist wichtig. Ich kann da nicht in einem Kleid von der Stange auftauchen.«

»Machst du Witze, Amy? Du kannst alles tragen.«

Ich schüttele verständnislos den Kopf. »Wie kann man so was nur vergessen? Also ehrlich.«

»Was soll ich sagen? Ich war abgelenkt.« Er wirft mir einen gespielt vorwurfsvollen Blick zu.

»O nein, Cameron. Untersteh dich, mir die Schuld daran zu geben.«

»Dir und deinem heißen Körper, den du mir in letzter Zeit sehr oft nackt präsentierst.«

»Wenn das so ist, können wir das gerne ändern, dann bist du vielleicht wieder konzentrierter«, drohe ich scherzend.

Den Blick nach vorn gerichtet, hebt er schmunzelnd einen Mundwinkel. »Wohl kaum, denn wie gesagt, ich finde dich auch in Klamotten heiß.«

»Ich springe schnell unter die Dusche. Kommst du mit?«, rufe ich Cameron aus meinem Schlafzimmer zu, als er sich in seinem gerade umzieht. Meins mutiert mehr und mehr zum zweiten Ankleideraum, weil wir zu neunzig Prozent in Camerons Bett schlafen. Im Gegensatz zu meinem hat es Kingsize-Größe – als hätte er geahnt, dass wir es uns eines Tages teilen würden. Glücklich darüber, wie sich die Dinge zwischen uns gefügt haben, lächle ich in mich hinein und schäle mich aus meinen Klamotten, während ich mich frage, was ich übermorgen anziehen soll.

Übermorgen!

Ich kann immer noch nicht fassen, dass er mir vor gerade mal einer Stunde davon erzählt hat.

»Du weißt, dass das eine längere Dusche wird, wenn ich mitkomme«, gibt er zu bedenken. »Geh allein. Dann kümmere ich mich schon mal um unser Essen. So wie ich dich kenne, hast du seit heute Morgen nichts mehr gehabt.«

»Ja, stimmt.« Mein Magen knurrt mich wütend an. »Weißt du schon, worauf du Lust hast? Im Tiefkühler sind Gambas und das Gemüse im rechten Fach muss zuerst aufgebraucht werden.«

»Dann nehme ich das zuerst.«

»Danke. Ich komme helfen, wenn ich fertig bin.« Das war zumindest der Plan. Doch als ich geduscht und mit in ein Handtuch gewickelten Haaren zurück in mein Schlafzimmer gehe, bleibe ich abrupt in der Tür stehen. Auf meinem Bett befinden sich zwei Schachteln. Eine weiß und groß und die andere rot und klein. Auf der größeren, in der ich etwas zum Anziehen vermute – vielleicht ja sogar ein Abendkleid – liegt ein Umschlag.

Deshalb wollte Cameron nicht mit unter die Dusche. Um das hier vorzubereiten, nicht etwa unser Abendessen. Lächelnd gehe ich zum Bett, nehme die Karte aus dem Umschlag und lese:

Für den heißesten Feger dieser Stadt ein verdammt heißes Abendkleid.

Mein Herz schlägt wie das eines Kleinkindes am ersten Weihnachtstag, wenn es endlich die Geschenke auspacken darf. *Eine Dosis Schmerz.* Weil ich diese Erfahrung nur bis zu meinem achten Lebensjahr mit meiner Familie teilen durfte.

Ich atme aus, lasse die Trauer entweichen, mache der Vorfreude Platz und hebe gespannt vor Neugierde zuerst den Deckel der kleinen Schachtel an. Genauer gesagt handelt es sich um einen Schuhkarton mit … »Oh. Mein. Gott!« Fassungslos nehme ich die Riemchensandaletten von Louboutin – ja, richtig: LOUBOUTIN – aus der Verpackung. Ist Cameron denn wahnsinnig, mir solche Schuhe zu schenken? Und es kommt noch schlimmer, denn in der anderen Schachtel befindet sich ein Traum in Rot von Valentino. Feinste Seide streichelt meine Finger, und ich schwöre, dass gerade eine Gänsehaut meinen Nacken hochkriecht. Ich kann nicht widerstehen, löse das Handtuch aus meinem Haar, probiere das Kleid vor dem Spiegel meines Ankleidezimmers an und – bin sprachlos. Das Kleid sitzt, als wäre es eigens für mich entworfen worden. Es ist ärmellos, vorne hochgeschlossen und umschmeichelt meinen Körper wie Honig. An Taille und Hüften akzentuiert, läuft es zum Boden hin leicht aus und zaubert eine vollendet weibliche Silhouette. Der knapp über dem Po endende Rückenausschnitt sowie der fast schon unanständig hohe Gehschlitz machen es wahrhaftig zu einem verdammt heißen Abendkleid, um es in Camerons Worten zu sagen. Mit dieser Auswahl hat er nicht nur Geschmack bewiesen, sondern auch, dass er nicht mehr alle Latten am Zaun hat. Das kann ich doch nicht annehmen. Oder? Seufzend betrachte ich mich im Spiegel und schlüpfe in die ebenfalls roten Sandaletten.

Ich lasse eine gestöhntes »Wow!« hören und bin kurz davor, eine sexuelle Beziehung mit diesem Outfit einzugehen. Soweit ich weiß, nennt sich das Objektophilie. Jetzt verstehe ich Menschen, die darunter leiden, und lasse meine Finger zärtlich über meine Hüften gleiten. Gott, dieses Kleid …

Ich muss es Cameron vorführen, mich dafür bedanken und nehme die Treppe nach unten. Vorsichtig, wie auf rohen Eiern, weil ich Angst habe, über das wundervolle Kleid zu stolpern und es dabei kaputt zu machen. Dabei weiß ich aus Erfahrung, dass solche Gedanken Unfälle erst heraufbeschwören, weshalb ich, unten angekommen, wieder normal gehe. Ich folge den Geräuschen aus der Küche und bleibe in der Tür stehen.

Cameron steht in Trainingshose und T Shirt mit dem Rücken zu mir und brät gerade die Gambas.

»Cameron?«

Er fährt herum und seine Augen weiten sich. Ich kann förmlich sehen, wie er einen kurzen Moment lang erstarrt. Bewundernd lässt er seinen Blick an mir runter und wieder rauf gleiten. Mehrmals. Dann schluckt er. »Ein Traum.«

Ich lächele verlegen. »Findest du?«

Keine Antwort, nur sein Brustkorb, der sich zu einem tiefen Atemzug dehnt. Wortlos dreht er sich um, nimmt die Pfanne von der Platte und schaltet das Gas ab. Als er sich mir wieder zuwendet, sind seine Augen verengt und etwas, das mir allzu sehr vertraut ist, glimmt in ihnen auf. Verlangen, das wie ein Funke auf mich überspringt. Cameron fixiert mich wie ein Raubtier seine Beute. Während er auf mich zukommt, ohne den Blick von mir zu nehmen, leckt er sich über seine vollen festen Lippen, die ich mir plötzlich überall auf meinem Körper wünsche.

»Küche oder Wohnzimmer?«, fragt er dicht vor mir, die Stimme belegt vor Lust.

»Wohnzimmer. Aber lass mich vorher das Kleid ausziehen. Ich will nicht, dass ihm was passiert.« Ich höre mich heiser an – und wie eine Mutter, die Angst um ihr Baby hat.

Camerons Hand umschließt meinen Nacken, er umfängt meine Taille und drängt mich mit seinem großen Körper nach hinten. Bis ich etwas Hartes, Kantiges unter meinem Hintern spüre.

»Das Kleid bleibt an«, befiehlt er rau, findet mit den Lippen mein Ohr und raunt: »Ich will dich darin zum Höhepunkt bringen. Mit meiner Zunge. Du wirst meine süße Vorspeise.«

Mein Bauch reagiert mit Kribbeln auf seine geflüsterten Worte, die einem keinen Widerspruch zulassen. Selbst wenn ich wollte. Ergeben und erregt bis in die Haarspitzen lege ich meine Arme um seinen Hals und genieße. Das Gefühl seiner Lippen, die meinen Hals hochgleiten und die Kontur meines Kinns entlangfahren, bevor sie sich auf meinen Mund legen. Ich öffne ihn zu einem Seufzen und gewähre seiner Zunge Einlass. Genüsslich lässt er sie um meine kreisen, streichelt und massiert sie, bis heftiges Verlangen durch meinen Körper schießt. Ich sauge an seiner Unterlippe, er beißt hungrig in meine. Stöhnend atmen wir die Luft des anderen und ich spüre sein Haar zwischen meinen Fingern und wie seine Erektion gegen meinen Bauch drängt. Er ist hart, so unglaublich hart. Dennoch unterbricht er den Kuss, um mein Kleid an der Stelle über meinen Po zu schieben, wo sich der Gehschlitz befindet. Dann hebt er mich auf den Tisch, dessen kühle Platte mich kurz zusammenzucken lässt. Ich greife nach Cameron, will ihn wieder an mich ziehen, doch er entzieht sich meinen Händen und sinkt vor mir auf die Knie. Er spreizt meine Beine und lässt seinen lodernden Blick tiefer rutschen.

»O ja …«, kommentiert er die Tatsache, dass ich keinen Slip trage, da ich gerade aus der Dusche kam und das Kleid eigentlich nur kurz anprobieren wollte. Ich bin vollkommen entblößt, sein attraktives Gesicht nur wenige Zentimeter von meiner Mitte entfernt.

»Gott.« Er zieht scharf die Luft ein. »Wie ich deinen Duft liebe, ganz besonders, wenn du so feucht bist wie jetzt.« Mit einem alles verschlingenden Blick sieht er mir wieder in die Augen, legt meine Beine auf seine Schultern, und Lust schwappt über mich hinweg.

Ich halte mich an der Tischkante fest, während er sich die Innenseiten meiner Oberschenkel hoch küsst. Knabbernd, saugend und leckend sendet er eine Serie Schauer über mich hinweg. Heiße sowie kalte. Was bleibt, ist eine Gänsehaut, gefolgt von einem langen sehnsüchtigen Ziehen meines Unterleibs. Sein Mund nähert sich meiner Mitte und mein Herzschlag einem neuen Rekord. Ich spüre die Hitze seines schweren Atems an meiner Haut und keinen Wimpernschlag später seine Zunge. Samtig weich gleitet sie durch meine feuchte Hitze bis knapp unter meinen Kitzler.

O Gott.

Nach Luft schnappend sehe ich an mir hinunter und treffe auf dunkle Augen, in denen Gier und Lust aufglimmen. Meine steigt ins

Unermessliche, als sich Camerons wunderschöner Mund um meine pulsierende Klitoris schließt und an ihr saugt. Zunächst sanft, dann fester, was eine Ladung Blitze durch meine Nervenenden jagt. Mein Herz setzt einen Schlag aus und ich atme so flach, dass ich glaube, zu ersticken. Sein Griff um meine Schenkel wird fester und ich kralle mich in seinen Nacken, während er mich um den Verstand leckt. Keuchend dränge ich mich dieser Liebkosung entgegen, gebe mich dem intensiven Gefühl hin, das meinen Körper in Brand steckt. Ich stehe in Flammen.

»Cameron«, entkommt es meiner Kehle, gefolgt von einem Laut irgendwo zwischen Wimmern und Schreien, als ich auf seiner Zunge explodiere und in eine Million Teile zerspringe. Ich zittere, winde mich, während der Orgasmus in heißen Druckwellen jeden Winkel meines Körpers erreicht.

Die Bewegungen seiner Zunge werden langsamer und träger, gehen über in feuchte, süße Küsse. Er nimmt meine Beine, die sich wie Pudding anfühlen, vorsichtig von seinen Schultern und kommt hoch.

Vollkommen überwältigt sinke ich gegen seine Brust. »Gott, Cameron, das war … Was war das?«

Statt einer Antwort dringt sein raues Lachen an meine Ohren, in das ich atemlos einstimmte, bevor ich ihn an seinem Nacken in einen Kuss ziehe, der nach mir schmeckt.

29

Cameron

Ein Wimmern.

Schluchzen.

»Nein, bitte nicht. Daddy. Ryan.«

Ich öffne blinzelnd die Augen, nicht sicher, ob ich nur geträumt habe, doch dann …

»Nein. Komm zurück. Bitte, komm zurück!«, schluchzt Amy neben mir und windet sich. Ich bin von jetzt auf gleich hellwach und ertaste im Dunkeln ihren Körper.

»Was ist los?«, frage ich voller Sorge.

Keine Antwort und sie zittert am ganzen Leib, gibt immer wieder dieses leise leidvolle Schluchzen von sich. Ist sie überhaupt wach?

»Amy?«

Nichts – vermutlich, weil sie wieder träumt, nur sehr viel heftiger als die Male davor.

Ich mache das kleine Licht an und betrachte hart schluckend ihr tränenüberströmtes Gesicht. Sie weint im Schlaf und ruft dabei immer wieder: »Ryan. Daddy. Bitte nicht. Kommt zurück. Bitte kommt zurück!«

In meiner Brust ist es plötzlich so eng, dass ich einige tiefe Atemzüge brauche, um wieder Luft zu bekommen. Denn ich ahne, wovon sie gerade träumt, welchen Schmerz sie gerade ein weiteres Mal durchlebt, und würde alles dafür tun, ihn ihr abnehmen zu können. Es zerreißt mich, zu sehen, wie sie ihren Kopf hin und her bewegt, während Tränen in ihren offenen Mund laufen.

Ich muss sie wecken, muss sie aus diesem Albtraum befreien, und rüttle leicht an ihrer Schulter. »Amy. Wach auf. Es ist nur ein Traum.«

»Daddyyyy …«

Ich rüttle fester.

»Bitteeeeee … Komm zurück.«

Ich beuge mich über sie, nehme ihr nasses Gesicht in meine Hände. »Amy! Amy! Wach auf, Amy!«

Sie öffnet endlich die Lider.

»Du bist in Sicherheit. Schau mich an«, befehle ich sanft und – Gott …

Nichts und niemand auf der Welt hätte mich je auf den Ausdruck in Amys feuchten blauen Augen vorbereiten können. Eine unendlich große Traurigkeit schwimmt in ihrem Blick, den ich eigentlich kaum ertrage. Dennoch halte ich ihm stand und streiche zärtlich über ihre Wange, damit sie nicht nur sieht, sondern auch fühlt, dass sie wieder in der Realität ist. »Du bist hier, bei mir. Alles ist gut.«

»Nein, nein … nein. Daddy und Ryan sind tot. Sie sind gestorben und ich … ich konnte sie n-nicht … retten.«

»Shhh, shhh …« … *es war nur ein Traum*, will ich sagen, doch was sich dort abgespielt hat, ist tatsächlich passiert. Ihr Dad und Ryan sind wirklich tot, weshalb ich lieber nichts sage und sie einfach an meine Brust ziehe und halte. Ich will ihr Geborgenheit schenken, sie spüren lassen, dass sie nicht allein ist.

»E-er … h-hat gesagt, i-ich soll … Hilfe holen.«

»Wer?«, flüstere ich in der Hoffnung, dass es ihr vielleicht hilft, darüber zu reden.

»D-daddy. Er hat gesagt, ich soll Hilfe holen, aber ich konnte nicht. Ich konnte einfach nicht. Ich … ich … bin stehen g-geblieben, weil er es ver-sprochen h-hat … er hat versprochen, m-mit Ryan wie-wiederzukommen. E-er hat gesagt, dass er gleich zurück i-ist. Er hat … es m-mir versprochen und ist … ist dann reingerannt.

In unser brennendes … Haus, hat m-mich ganz allein ge-gelassen. Ich … ich hab gewartet, statt Hilfe zu … holen. Ich h-hab nicht auf ihn … gehört. Es ist … es ist m-meine Schuld.« Sie schluchzt jetzt so heftig, dass man sie kaum versteht, aber ich habe jedes Wort gehört – zum allerersten Mal. Weil sie mir nie vom Brand aus ihrer Sicht erzählt hat. Ich kannte nur die Fassung meiner Eltern und die, die man sich erzählte, wenn sie nicht anwesend war. Sie selbst habe ich nie gefragt, da ich mir denken konnte, wieso sie das Thema mied. Jetzt kenne ich den Grund dafür und es bricht mir das Herz. Ich weiß ihr und vor allem mir nicht anders zu helfen, als sie noch fester an mich zu pressen. So dermaßen machtlos habe ich mich schon lange nicht mehr gefühlt und spüre, wie sich die Beben ihres Körpers auf meinen übertragen. Ich fühle ihren Schmerz, ihre Trauer, ihre Qualen, die ganze Verzweiflung und Schuld, die sie gar nicht trifft. All das bekomme ich nach zweiundzwanzig Jahren Freundschaft zum ersten Mal hautnah mit.

»I-ich h-habe keine … Hilfe ge-geholt«, wimmert sie an meiner tränennassen Brust.

»Shhh … Du kannst nichts dafür. Es war ein tragischer Unfall.«

»I-i-ich … h-hätte Hilfe … ho-holen müssen. I-i-ich hä-hätte …« Ihre Stimme bricht weg und ihr Weinen gleicht nun beinahe einem Schreien, das mir durch Mark und Bein geht.

»Shhh … Amy. Tu dir das nicht an. Bitte«, flehe ich.

Doch meine Worte dringen nicht zu ihr durch. Ich bin mir nicht mal sicher, ob sie mich hört, ob es überhaupt was bringt, auf sie einzureden. Denn nichts, was ich sage, könnte den schrecklichsten Tag in ihrem Leben ungeschehen machen und durch ihren Albtraum musste sie diesen noch mal durchleben.

»Fuck«, sage ich eher zu mir selbst und halte sie fest, damit sie nicht vollkommen zerbricht. Ich küsse ihr Haar, küsse das Salz von ihren Wangen. Amy klammert sich an mich, als wäre ich ihr einziger Halt.

Du bist mein bester Freund, Cameron, und wenn du mich hasst, wenn du mich nicht mehr magst, dann hab ich niemanden mehr. Ich hab doch nur dich.

Keine Ahnung, warum ich plötzlich an diesen Satz denken muss, als wäre es gestern gewesen. Sie in diesem Ballkleid, vollkommen aufgelöst. Vielleicht liegt es daran, dass ich mich damals ähnlich hilflos gefühlt habe. Ich konnte ihr die Angst nicht nehmen, jedenfalls nicht so, wie ich es wollte, wie sie es möglicherweise gebraucht hätte. Weil wir Freunde waren.

Aber heute sind wir mehr als das, daher würge ich den Kloß in meinem Hals hinunter und flüstere: »Ich liebe dich, Amy. Ich werde immer für dich da sein, dich nie verlassen, hörst du? Ich liebe dich.«

»I-ich … d-dich … auch.«

30

Amy

»Hier.« Cameron reicht mir einen Tee. »Vorsicht, der ist noch heiß.«

»Danke.« Ich nehme ihn an mich und puste in die Tasse. Der Duft von Minze und Honig kommt mir entgegen.

Mit besorgtem Blick setzt er sich ans andere Ende des Sofas, dreht sich zu mir und legt meine Beine über seine.

»Musst du nicht zur Arbeit?«, frage ich, obwohl ich die Antwort natürlich kenne. Aber sie gefällt mir nicht. Ich will nicht, dass er meinetwegen wieder zu Hause bleibt und in der Woche dann erst um zehn zu Hause ist, um Liegengebliebenes aufzuholen.

»Ich habe heute keine Termine und alles andere erledige ich von hier aus.« Er sieht mich prüfend an. »Wie fühlst du dich?«

Zu sagen, dass es mir nach dem Albtraum besser geht, liegt mir auf der Zunge. Aber ich muss und will Cameron nichts vormachen. Er war da, als mich die Vergangenheit nachts heimgesucht und heimtückisch ihre Klauen in mich gerammt hat. Wäre er nicht gewesen, hätte der Schmerz mich zerrissen und Schuld mich aufgefressen. Ich weiß nicht, wie ich die Nacht und den Morgen ohne ihn überstanden hätte. So lange hat es gedauert, bis ich mich wieder beruhigt hatte. Jetzt ist es Mittag. »Es geht mir den Umständen entsprechend … besser.«

»Ist denn gestern irgendwas vorgefallen? Warst du aus irgendeinem Grund aufgewühlt oder so? Ich meine … woher kam das so plötzlich? Klar, du hattest in letzter Zeit öfter mal einen Albtraum, aber nicht so.« Er schluckt hart.

»Keine Ahnung. Wir waren doch die ganze Zeit zusammen und gestern auf deiner Verleihung, beim Dinner und der anschließenden Party ging es mir super. Der Abend war unglaublich schön und lustig. Wir haben getanzt, hatten Spaß. Es gab überhaupt keinen Platz für solche Gedanken. Zum ersten Mal in meinem Leben habe ich nicht an … diese Sache gedacht. Ich weiß nicht, woher der Albtraum plötzlich kam oder warum ich in letzter Zeit so schlecht träume.« Ratlos zucke ich mit den Schultern und atme gedehnt aus.

»Liegt es vielleicht *gerade* daran, dass du nicht an den Brand gedacht hast?«, mutmaßt Cameron, während ich vorsichtig an meinem Tee nippe.

»Es könnte doch sein, dass dieser …« Denkfalten zerfurchen seine sonst so glatte Stirn. »… dieser Prozess des Verarbeitens, der vermutlich eher unbewusst abläuft, dadurch gefehlt und dann eben auf andere Weise stattgefunden hat. In deinen Träumen. Weißt du, was ich meine?«

»Ja, ähm … möglich wäre es.«

Cameron schüttelt den Kopf, als würde er seine eigene Theorie wieder verwerfen. »Vielleicht ist es aber auch Quatsch. Keine Ahnung. Am besten sprichst du mit deiner Therapeutin darüber und …«

Die Sitzung.

Meine letzte Sitzung war vergangenen Montag und ich war nicht da.

»O Scheiße«, unterbreche ich Cameron, als mir klar wird, dass ich nicht mal abgesagt habe.

»Was ist los?«

»Mir ist gerade eingefallen, dass ich gar nicht bei Dr. Rivers war. Ich hab sie komplett vergessen. Das ist mir noch nie passiert. So ein Mist.«

»Oh.«

Ich halte nach meinem Handy Ausschau, das Cameron mir reicht, ohne dass ich ihn darum bitten musste. »Danke. Hältst du kurz?«

Er nimmt mir den Tee ab, damit meine Hände frei sind.

»Hoffentlich ist sie nicht sauer.« Ich rufe ihre Mailadresse auf. »Womit entschuldige ich denn nur, dass ich nicht abgesagt habe?«

»Gar nicht. Sag einfach, es täte dir leid, und gut. Sie ist deine Therapeutin, nicht deine Freundin.«

»Aber ich kenne sie schon so lange …«

»Trotzdem ist euer Kontakt rein professionell, oder etwa nicht?«

»Ja.«

»Dann halte es auch mit der Mail so.«

Ich nehme seinen Rat an, auch weil mir keine andere Lösung einfällt, und schreibe Dr. Rivers eine Entschuldigungsmail, in der ich versichere, die nächste Sitzung am Montag auf jeden Fall wahrzunehmen. Ich will mein Handy gerade wieder weglegen, da trudelt eine SMS von Ivy ein. Im Anhang befindet sich ein Screenshot von einem Foto, das gestern auf der Verleihung entstanden ist. Ich in meinem neuen Kleid und Cameron in seinem sexy Smoking. Arm in Arm. Das Bild stammt von irgendeinem Klatschmagazin und trägt die Überschrift:

Der Immobilienmogul und das Model: Wenn aus Freundschaft Liebe wird.

Mein Lächeln wird breiter, als ich Ivys Kommentar dazu lese:

Bitte sag mir, dass das keine Fake News sind, damit ich mich für euch freuen kann.

»Wie süß«, entkommt es mir und ich gebe ihr die Antwort, die sie lesen will, woraufhin fünf Herzchenaugen-Smileys auf meinem Bildschirm auftauchen.

»Was schreibt deine Therapeutin dir denn Süßes?«

Ich halte ihm mein Handy mit Ivys SMS vors Gesicht. Auch um zu sehen, wie er auf unseren Kontakt reagiert. Noch vor wenigen Wochen hat ihn allein der Gedanke gestört. Nicht nur aus diesem Grund habe ich ihm nie von dem Treffen mit ihr erzählt, sondern auch, weil ich von Ivy sehr private Dinge über die Beziehung der beiden erfahren habe. Dinge, die sie beide voreinander bloßstellen würden. Und abgesehen davon, haben sich die Dinge ohnehin von selbst zum Guten gewendet. Für uns alle.

»Typisch Ivy.« Schmunzelnd verdreht er die Augen. »Dann ist es wohl offiziell, hm? Du und ich?«

Ich nicke. »Der Immobilienmogul und das Model«, wiederhole ich die Headline. »Erstaunlich nett, oder? Und ich finde, dass sie uns echt gut getroffen haben.«

»Du solltest wieder mehr Kontakt zu ihr haben«, wechselt er mit einem Mal das Thema.

»Mit Ivy?«

»Ja. Sie scheint dir gutzutun, bringt dich zum Lachen«, erklärt er und ich ahne warum.

Seit ich ihre SMS gelesen habe, sind die grauen Wolken über mir aufgelockert. Ähnlich ging es mir bei unserem zufälligen Treffen. Trotz der zum großen Teil schwermütigen Themen hat sie es immer wieder geschafft, mich mit ihrer positiven Art aufzumuntern. Ich verstehe, was Cameron in ihr gesehen hat und warum er sie um sich haben wollte, als ich ein halbes Jahr in Paris verbracht habe. Ich will ihm gerade gestehen, dass wir seit Kurzem wieder in Kontakt stehen, da vibriert Camerons Handy auf dem Beistelltisch. Er nimmt seine Beine vom Sofa, wirft einen Blick aufs Display und stöhnt.

»Meine Mutter, und ich wette, sie hat unser Foto gesehen und ruft nur an, um mich auszuquetschen.«

»Liest sie denn solche Klatschmagazine?«

»Das nicht, aber ich musste ihr letztes Jahr oder so meinen Google Alert einstellen. Seitdem stalkt sie mich.«

Ich muss schmunzeln, weil das irgendwie süß ist und total zu Liz passt. »Na los! Geh dran«, ermutige ich ihn und spüre ein nervöses Kribbeln im Bauch. Seit dem Gespräch in ihrer Küche hatten wir keinen Kontakt. Sie weiß nicht, dass ihre Worte mitunter dazu beigetragen haben, dass ich jetzt fest mit ihrem Sohn zusammen bin. Jedenfalls nicht von uns. Nicht, weil wir ein Geheimnis draus machen wollten, sondern weil es sich einfach noch nicht ergeben hat. Außerdem wollte ich die Verkündung der Neuigkeit Cameron überlassen. Spätestens an Thanksgiving.

»Hi Mom.« Er hat sein Handy auf Laut gestellt, legt es aufs Sofa und lehnt sich zurück.

»Hi Cameron. Hier ist deine Mom.«

»Ich weiß, sonst hätte ich dich nicht mit Mom begrüßt. Außerdem habe ich deine Nummer gespeichert.«

Ich unterdrücke ein Lächeln, nehme Cameron den Tee aus der Hand und trinke einen großen Schluck.

»Ach, stimmt ja.«

»Das sage ich ihr auch jedes Mal, aber sie lernt es einfach nicht«, spricht nun Steve ins Telefon. »Na, mein Junge. Wie geht's dir?«

»Gut, Dad. Wird das hier eine Art Familienkonferenz?«

Ich werfe Cameron über den Rand meiner Tasse einen amüsierten Blick zu.

»Na ja, also dein Dad und ich«, meldet sich nun wieder Liz zu Wort, »haben uns gefragt, ob das, was mir heute Morgen von Google angezeigt wurde, stimmt.«

Cameron verdeckt mit der Hand den Hörer und flüstert: »Hab ich's dir nicht gesagt?« Dann nimmt er seine Hand wieder weg. »Was wurde euch denn angezeigt?«, stellt er sich dumm.

»Dass du und Amy auf der Immobilien-Award-Verleihung als Paar erschienen seid.«

»Liz!«, zischt Steve im Hintergrund. »Lass dem Jungen doch seine Privatsphäre. Ich dachte, wir wollten ihm einfach nur zu seiner Auszeichnung gratulieren.«

»Das machen wir danach doch auch.«

Ich halte mir die Hand vor den Mund, um nicht laut loszulachen.

»Du bist viel zu neugierig«, wirft Steve ihr vor.

»Er ist unser Sohn …«

»Mom? Dad? Könnt ihr das vielleicht später ausdiskutieren? Ich bin noch am Telefon.«

»Tut mir leid, mein Junge«, entschuldigt sich Steve für die Neugierde seiner Frau, nur um dann selbst nachzuhaken. »Und? Waren das Fake News oder darf man sich für euch freuen?«

Fragend sieht Cameron mich an, als bräuchte er meine Erlaubnis. Ich nicke natürlich und habe plötzlich Herzklopfen.

»Ja, Amy und ich sind zusammen.«

Ich halte den Atem an.

»O wie schön. Das sind ja ganz wundervolle Neuigkeiten. Ist es denn ernst?«, will Liz wissen und kassiert von Steve dafür vermutlich einen mahnenden Blick.

»So ernst, dass Amy gerade nickend neben mir sitzt.«

»Hi Steve. Hi Liz.«

»Hi Amy«, antworten beide unisono.

Ich krabbele zwischen Camerons Beine und habe plötzlich die Idee, ein Pärchen-Selfie von uns zu machen und es Liz zu schicken. Vielleicht, um ihr zu zeigen, wie glücklich ich mit ihm bin und er mit mir. Als ob sich das an einem Selfie mit Gewissheit erkennen ließe. Aber durch Ivys SMS und das lustige Telefonat mit seinen Eltern hat sich meine Laune und auch die von Cameron gehoben. Diesen hellen Moment will ich erhalten, so lange es geht. Ich nehme mein Handy und stelle rasch den Fotofilter ein, der müde beziehungsweise vom Weinen aufgequollene Augen halbwegs kaschiert. Dann fahre ich mir durchs Haar, lege einen Arm um Camerons Schulter und halte mein Handy vor unsere Gesichter.

»Muss das jetzt sein?«, beklagt sich Cameron leicht genervt.

»Lächeln«, fordere ich ihn leise auf, drücke ihm einen Kuss auf die stoppelige Wange und schieße ein Foto.

»Was macht ihr denn da? Bist du noch dran, Cammy?«

»Ja, bin ich. Amy macht Blödsinn«, zieht er mich grinsend auf.

»Was denn für Blödsinn?«

»Wirst du gleich sehen, Mom.«

Während sich Cameron von Liz und Steve zu seinem Award in der Kategorie *CEO des Jahres – national* beglückwünschen lässt, verschicke ich das Bild mit den Worten: *Danke für diesen wundervollen Mann.*

Eine Sekunde später dringt Liz' überraschtes »Oh, eine SMS von Amy« durch Camerons Telefon. »Awww, Steve, sieh nur.«

Lächelnd höre ich, wie sie sich über das Foto sowie uns als Paar freuen, und erwidere Camerons amüsierten Blick. Dankbar und bis über beide Ohren verliebt.

31

Amy

Ich freu mich für Sie und Cameron. Unter diesen Umständen sei Ihnen Ihre Vergesslichkeit ausnahmsweise verziehen.« Dr. Rivers drückt nicht nur sprichwörtlich ein Auge zu und lächelt mich aufrichtig an.

»Danke«, sage ich leicht reumütig. »Und entschuldigen Sie noch mal, dass ich die letzte Sitzung ausfallen ließ, ohne abzusagen. Die können Sie mir natürlich trotzdem in Rechnung stellen.«

Sie winkt ab. »Wie gesagt, das eine Mal lasse ich Ihnen durchgehen und nehme Ihre Entschuldigung an.«

Ich nicke erleichtert und spüle die Überreste meines schlechten Gewissens mit einem großen Schluck Wasser hinunter. »Übrigens hab ich meine Hausaufgabe mit, da steht sogar einiges drauf. Wollen Sie sie sehen?«

Dr. Rivers schmunzelt. »Ich denke, das wird nicht nötig sein, da sie ihren Zweck erfüllt hat.«

»Den, mich und Cameron zusammenzubringen?«

»Nein, Ihnen die Angst vor einer Beziehung mit ihm zu nehmen. Oder haben Sie Bedenken? Gibt es Ihrerseits Zweifel?«

»Nein. Mich auf Cameron einzulassen und das Haus zu mieten sind die besten Entscheidungen, die ich seit Langem getroffen habe. Beide haben mein Leben in kürzester Zeit zwar grundlegend verändert, aber auf eine unglaublich positive Art und Weise.«

»Können Sie das näher erläutern?« Sie klappt ihr Notizbuch auf. »Beginnen Sie mit dem Haus. Inwiefern hat es Ihr Leben positiv beeinflusst?«

»Das Beste daran ist natürlich Cameron. Ohne das Haus wären wir niemals zusammengezogen und jetzt ein Paar. Ich hatte wahnsinnige Angst davor, ins Haus meiner Eltern zu ziehen, und vor all den Erinnerungen. Aber dadurch, dass ich mich ihnen gestellt habe, fällt es mir jeden Tag leichter, sie zuzulassen, schöne wie schlechte … na ja, bis auf …«

»Ja?«

»Ich habe in letzter Zeit ziemlich heftige Albträume.«

Sie kritzelt in ihr Notizbuch. »Das habe ich mir für später notiert. Erzählen Sie mir erst mal, inwiefern nun Cameron Ihr Leben positiv beeinflusst hat.«

Mein Mund verzieht sich zu einem Lächeln. »Einfach in jeder Hinsicht. Mit ihm ist alles so … so einfach, so unkompliziert und … schwerelos«, sage ich und merke, wie sehr ich ins Schwärmen gekommen bin.

»Die Tatsache, dass Sie nicht nur Liebe, sondern auch eine tiefe, langjährige Freundschaft verbindet, dürfte einen großen Anteil daran haben.«

»Ja, das glaube ich auch. Ich muss mich vor ihm nicht verstellen und er sich nicht vor mir. Ich kann alles mit ihm teilen. Freude, Sorgen, Probleme, einfach alles. Das konnte ich früher zwar auch, aber irgendwie war es nicht das Gleiche. Allein schon, weil ich ihn nicht jeden Tag gesehen habe. Wenn es mir schlecht geht, muss ich ihn nicht vorher anrufen, jetzt ist er sofort da. Alles, was wir vorher oft getrennt voneinander gemacht haben, tun wir jetzt zusammen. Live. Von Angesicht zu Angesicht. Lachen. Spaß haben. Weinen. Diskutieren. Und ja … es ist unbeschreiblich schön mit ihm. Ich frage mich wirklich, warum ich mich nicht schon früher auf ihn eingelassen habe.«

»Weil Sie es nicht konnten. So weit waren Sie noch nicht. Alles – auch die Liebe – braucht gewisse Rahmenbedingungen. Diese waren noch vor einem Jahr nicht gegeben. Ihre Ängste waren damals noch zu groß. Erst mit dem Einzug in Ihr Elternhaus konnten Sie sich ihnen – wie Sie gerade selbst festgestellt haben – erst so richtig stellen.«

Nickend gebe ich ihr recht. »Alle sagen immer, das Leben sei jetzt und dass man nach vorne blicken und die Vergangenheit hinter sich lassen solle. Aber vielleicht muss man manchmal in genau diese Vergangenheit reisen, um in der Gegenwart sein Glück zu finden«, sage ich eher zu mir selbst.

»Darf ich diesen Satz verwenden? Für den Fall, dass ich mal einen Slogan für meine Praxis benötige. Treffender könnte man den Sinn unserer Sitzungen nämlich nicht zusammenfassen.«

»Dann sollte ich den Satz wohl patentieren lassen. Sie bekämen natürlich einen Sonderpreis«, scherze ich und entlocke meiner Therapeutin ein Lachen, was nicht oft passiert, so ernst und professionell, wie sie immer ist.

»Ich würde jetzt gerne auf die von Ihnen erwähnten Träume zurückkommen«, kommt sie auch rasch wieder zum Thema zurück.

»Albträume«, korrigiere ich sie automatisch.

»Ja, genau.« Sie hält ihren Stift über dem Notizblock bereit. »Seit wann haben Sie die, wie oft und worum geht es darin?«

»Seit wann ich die habe, ist schwer zu sagen. Cameron hat mich an dem Morgen nach unserer ersten gemeinsamen Nacht darauf angesprochen. Er meinte, ich hätte im Schlaf geschrien, aber ich konnte mich an nichts erinnern.«

»Es könnte also sein, dass Sie die vorher schon hatten, aber selbst nicht bemerkt haben?«

»Ja. Es gibt nur einen Traum, an den ich mich erinnere. Von dem ich weinend wach geworden bin … weil ich vom Brand geträumt habe.«

»Verstehe. War es derselbe Traum, den Sie bis vor drei Jahren noch regelmäßig hatten?«

»Ja, aber diesmal war es intensiver. Realer. Es hat sich so echt angefühlt. Als wäre ich wieder acht und draußen vor unserem brennenden Haus.«

Eine Dosis Schmerz.

»Schaffen Sie es, mir den Traum zu schildern, Amy?«

Nickend hole ich tief Luft und zeige ihr verbal, was ich gesehen und gefühlt habe. Ich erzähle von der Schuld, unter deren Last ich fast zusammengebrochen wäre, wenn Cameron nicht gewesen wäre. »Ich habe bis morgens geweint und ich weiß nicht, wie ich die Nacht ohne ihn überstanden hätte.«

»Geben Sie sich denn auch jetzt noch die Schuld am Tod Ihres Vaters und Bruders?«

Ich atme gedehnt aus. »Rational nein. Ich weiß, dass alle Fakten gegen eine mögliche Rettung sprechen. Aber gefühlsmäßig? Puh … Das ist schwer zu sagen. Ich wünschte einfach, ich hätte damals auf meinen Vater gehört und zumindest versucht, Hilfe zu holen. Dann hätte ich mir jetzt vielleicht nichts vorzuwerfen.«

»Außer, wenn Sie auf dem Weg hingefallen oder nicht schnell genug gerannt wären.«

Ich sehe sie verwirrt an.

»Dann hätten Sie einen anderen Grund gehabt, die Schuld bei sich zu suchen. Zum Beispiel, weil Sie nicht rechtzeitig Hilfe geholt haben. Halten Sie sich bei der Schuldfrage ruhig an die Fakten, Amy. Holen Sie zur Not die Kopie des Gutachtens hervor. Dort steht schwarz auf weiß, was Sie eigentlich schon wissen.«

»Man hätte weder meinen Vater noch meinen Bruder aus dem Feuer holen können«, mache ich mir klar und merke, dass meine Stimme bebt. Ich greife nach dem Wasserglas und trinke es aus, um Zeit zu gewinnen. Drei oder vier Sekunden, um mich innerlich wieder zu fangen. So mache ich das in den Sitzungen immer und Dr. Rivers hat es mittlerweile durchschaut.

»Brauchen Sie eine Pause oder …?«

»Nein, es geht schon.« Ich stelle das Glas wieder ab und warte auf ihre nächste Frage, die nicht lange auf sich warten lässt.

»Konnte Cameron Sie in dieser Nacht beruhigen?«

»Es hat etwas gedauert, aber ja. Das konnte er.«

»Wie?«

»Indem er einfach da war, die ganze Zeit, und mich gehalten hat. Er ist geblieben und hat mich nicht verlassen.«

»Er ist geblieben und hat mich nicht verlassen«, wiederholt sie und scheint sich diesen Satz, dessen ich mir jetzt erst so richtig bewusst werde, zu notieren. »Cameron ist also geblieben, statt Sie zu verlassen?«, formuliert sie ihn nun als Frage um.

Mein »Ja« klingt zögerlich, weil ich nicht genau weiß, worauf sie hinauswill.

»So, wie Ihr Vater Sie damals verlassen hat, als er zurück ins Haus gerannt ist, um Ihren Bruder zu holen?«

Ich ziehe die Augenbrauen zusammen. »Ähm …« Mehr kommt nicht über meine Lippen.

»Sie wirken überrascht. Sehen Sie da keinerlei Zusammenhang?«

»Zwischen meinem Dad und Cameron?«

»Zwischen der Tatsache, dass Ihr Dad Sie allein zurückließ, um Ihren Bruder zu retten, und nicht mehr zurückkam, obwohl er es Ihnen versprochen hatte, und Ihrer Angst, sich auf feste Beziehungen einzulassen?«

»Wenn überhaupt, meiner früheren Angst. Ich bin jetzt mit Cameron zusammen.«

»Der zugleich Ihr bester Freund ist und seit über zwanzig Jahren immer für Sie da war, nie von Ihrer Seite gewichen ist und Sie nie verlassen hat. Er ist vermutlich der einzige Mensch in Ihrem Umfeld, dem Sie blind vertrauen und dem Sie glauben, wenn er Ihnen sagt oder zeigt, dass er Sie nie verlassen wird.«

Ich fange an zu begreifen, worauf sie hinauswill, und rutsche auf dem Sofa etwas weiter vor. »Meinem Dad habe ich auch vertraut.«

»Und dennoch hat er Sie in Ihren Augen im Stich gelassen und angelogen. Weil er sein Versprechen wiederzukommen nicht gehalten hat. Sie haben große Verlustängste und ich glaube, dass Ihre Beziehung zu Cameron – die erste, die sie überhaupt jemals hatten – diese Urangst in Ihnen getriggert hat. Deshalb werden Sie nach so langer Zeit wieder von diesem Albtraum heimgesucht.«

»Sie meinen, weil ich Angst habe, Cameron könnte mich verlassen …«

»Genauso, wie es Ihr Vater getan hat.«

»Aber hat nicht jeder Mensch Angst davor, verlassen zu werden?«

»Ja, allerdings verbindet nicht jeder ein derart traumatisches Erlebnis damit.«

»Wenn Ihre Theorie stimmt, bedeutet das ja, dass ich von nun an immer diese Albträume haben werde«, stelle ich ernüchtert fest.

»Nur so lange, bis Sie Ihre überdurchschnittlich große Verlustangst überwunden haben. Und an diesem Punkt werden wir künftig ansetzen.« Es folgt der obligatorische Blick zur Wanduhr. »Für heute machen wir Schluss. Und setzen Sie sich für unsere nächste Sitzung einen Reminder«, sagt sie halb scherzend, halb mahnend.

Ich lächele entschuldigend. »Schon geschehen. Haben Sie eine Hausaufgabe für mich?«

»Ja.«

»Und welche?«

»Genießen Sie Thanksgiving.«

Ich lache. »Danke, Sie auch.«

32

Amy

Mir läuft das Wasser im Mund zusammen, als ich den prall gedeckten Esstisch betrachte. Wie jedes Thanksgiving frage ich mich, wie Liz es schafft, all diese Köstlichkeiten ganz ohne Hilfe zuzubereiten. Denn die lehnt sie jedes Jahr strikt ab. Mit den Worten »Ich bin da ganz in meinem Element und möchte nicht gestört werden« hat sie sich auch diesmal geweigert, meine Hilfe anzunehmen, und muss den ganzen Tag am Herd gestanden haben. Neben einem saftigen Truthahn – der noch in der Küche steht – gibt es gerösteten Rosenkohl, Kartoffelgratin, Grüne-Bohnen-Auflauf und warme, mit Käse gefüllte Popovers.

»Wie macht sie das nur?«, frage ich Cameron, der nebenbei bemerkt fast genauso zum Anbeißen aussieht wie das Essen. Zu einem hellgrauen Hemd, unter dem sich seine Muskeln dezent abzeichnen, trägt er eine dunkelblaue verwaschene Jeans und ein gleichfarbiges Sakko. Ich liebe diese Mischung aus Business und Casual bei ihm.

»Keine Ahnung. Kinderarbeit?«, scherzt er makaber.

»Den Verdacht hatte ich ehrlich gesagt auch schon. Hat sich aber nicht bestätigt«, kommt es von Steve. Derart trocken, dass ich schmunzeln muss, obwohl ich es mir eigentlich verkneifen wollte.

»Was macht sie denn noch so lange? Das Essen ist doch schon fertig.« Camerons Dad sitzt bereits ungeduldig am Tisch und schaut immer wieder Richtung Küche. Vermutlich aber auch, um rechtzeitig vom Tisch aufzuspringen, wenn Liz kommt. Sie besteht nämlich darauf, dass wir alle gemeinsam Platz nehmen. »Liz?! Das Essen wird kalt!«, ruft er.

»Komme! Hab den Truthahn schon in den Händen. Hier steht noch der Rotwein. Kann den einer von euch holen?«

Cameron will ihr zur Hilfe kommen, doch Steve bedeutet ihm, dass er das übernimmt, und steht auf. Als wir allein sind, umschlingt Cameron blitzschnell meine Taille und zieht mich an seine Brust. Damit habe ich nicht gerechnet und stoße überrascht den Atem aus.

»Habe ich dir schon gesagt, wie hinreißend du in diesem blauen Kleid aussiehst?«, murmelt er gegen meinen Mundwinkel.

Ich lächele. »Ja, das hast du, aber doppelt und dreifach hält besser.«

Er gibt mir einen zärtlichen Kuss, als das Klirren einer zu Bruch gegangenen Flasche aus der Küche herüberschallt. Es folgen ein metallischer Knall, ein dumpfes Geräusch – und Liz' Schrei. »Steveee! O Gott! Steveee! Cameron!«

Wir eilen sofort in die Küche und finden Steve zusammengesackt auf dem Küchenboden.

Auf der Seite liegend. Reglos. Um ihn herum zerbrochenes Glas. Verschütteter Rotwein, der mich im ersten Moment an Blut erinnert. Meins weicht mir gerade aus dem Gesicht, das sich ganz kribbelig anfühlt. Ich bleibe stehen, starre Steve an.

Bitte nicht.

»Was ist passiert?« Cameron stürzt atemlos zu seinem Vater. Liz sinkt neben ihm auf die Knie. Beide kreidebleich.

»Ich weiß es nicht. Er … er hat plötzlich die Flasche fallen lassen und ist zusammengebrochen.« Ich höre Panik in Liz' Stimme, aufsteigende Tränen und Angst. Angst, die diesen Raum verdichtet und sich in meinem ganzen Körper ausbreitet. Erst in der Brust, dann im Bauch, im Kopf und von dort aus in Beine und Arme. Ich spüre sie sogar in den Ohren.

»Amy! Ruf einen Krankenwagen!«

Hol sofort Hilfe, Amy! Schnell!

Feuer.

Flammen.

Der Geruch von Verbranntem.

Ryan und Dad im brennenden Haus.

Steve am Boden.

Ohne Bewusstsein.

Meine Beine bewegen sich nicht.

»AMY! VERDAMMT! RUF 911!«, kappt Camerons lautstarker Befehl die Erinnerung und löst bei mir den Autopiloten aus. Wie ferngesteuert renne ich zur Sofaecke und hole mein Telefon aus der Tasche. Meine Finger führen Camerons Befehl aus. Als jemand abhebt, gebe ich einen Text von mir und beantworte Fragen, an die ich mich nach dem Auflegen nicht mehr erinnere. Alles, was ich noch weiß, ist: fünfzehn bis zwanzig Minuten. Dann erst können sie hier sein. Meine Beine setzen sich wieder in Bewegung. Schwerfällig, als würde ich mich unter Wasser befinden und gegen den Druck ankämpfen.

Zurück in der Küche halte ich mich mit zittrigen Händen an der Kücheninsel fest. »Sie sind in fünfzehn bis zwanzig Minuten da«, sage ich monoton.

Keine Antwort, keine Reaktion, während Cameron seinen Dad inzwischen Mund-zu-Mund beatmet. Liz sitzt in der Weinpfütze zwischen den Scherben und hält schluchzend seine schlaffe Hand. »O Steve, bitte. Bitte tu uns das nicht an«, fleht sie und ich kann nicht fassen, dass es schon wieder passiert. Dass ich schon wieder jemanden verliere, den ich liebe, und verlassen werde.

Liegt es an mir?

Ist es ein Fluch?

Wie kann das Zufall sein, wenn ich die ewige Konstante bin?

Es kann nur an mir liegen.

Steve wird sterben. So, wie Mom, Dad und Ryan gestorben sind.

Camerons Beatmungsversuche werden nichts bringen. »Dad, komm schon, verdammt!« Wieder und wieder presst er seine Lippen auf Steves und Luft in seine Lungen. So lange, bis es endlich klingelt. Immer noch auf Autopilot eile ich zur Tür und öffne sie. Der Notarzt und ein Sanitäter stürzen mit einer Trage und einem Notfallkoffer an mir vorbei. Ich gehe nicht hinterher. Ich kann nicht. Aus Angst, mitzubekommen, wie sie Steves Tod feststellen. Den Schmerz in Liz' und Camerons Augen zu sehen, würde ich nicht ertragen. Also bleibe ich an der Tür, lasse mich von meiner eigenen Angst verzehren, statt Cameron beizustehen, für ihn da zu sein. Er braucht mich jetzt, so wie ich ihn gebraucht habe, es noch immer tue. Weil es zehnmal so lange dauert, sich wieder zusammenzufügen, wie es dauert, zu zerbrechen. Wie soll ich je wieder ganz werden, wenn Steve stirbt? Wie soll ich Cameron helfen, wenn ich nichts als ein Scherbenhaufen bin? Wie soll ich ihm jemals wieder unter die Augen treten, wenn ich insgeheim weiß, dass es meine Schuld ist? Wenn er meinetwegen seinen Dad und Liz ihren Mann verliert? Wen trifft es als Nächstes? Allein die Vorstellung, es könnte Cameron sein, reißt mir den Boden unter den Füßen weg.

»Ma'am?! Machen Sie bitte Platz!«

Ich trete zur Seite, damit Steve aus dem Haus getragen werden kann. Mit einer Sauerstoffmaske auf dem Gesicht. Das bedeutet, dass er noch lebt. O bitte, lass ihn durchkommen.

»Wir fahren mit! Komm!« Cameron nimmt meine Hand, zieht mich hinter sich und seiner weinenden Mom her. Meine Augen sind trocken, weil Tränen nicht auf Autopiloten reagieren. Das weiß ich aus Erfahrung.

Am Krankenwagen angekommen, teilt man uns hastig mit, dass maximal zwei Personen an Bord dürfen.

»Ich komme nach«, poltert es aus mir heraus, während Steve im Innenraum an irgendwelche Apparate angeschlossen wird. Liz sitzt bereits neben ihm. »Schickt mir die Adresse!«

»Ist gut.« Ich sehe die Furcht und den Schreck in Camerons Blick, als er einsteigt. Dann schließen sich die Türen und der Wagen fährt mit heulenden Sirenen davon.

33

Amy

Ich bin nicht nachgekommen, sondern nach Hause gegangen. Seit über einer Stunde sitze ich im Dunkeln auf dem Sofa und starre vor mich hin. In der Hoffnung, etwas Ruhe zu finden – und Klarheit. Darüber, was ich tun soll, wenn Cameron anruft oder mir eine weitere SMS schickt. Er wird nicht verstehen, dass ich nicht ins Krankenhaus gekommen bin und es auch nicht vorhabe. Er wird nicht einsehen, wie riskant es für ihn ist, von mir geliebt zu werden, und dass es ratsam wäre, auf Abstand zu gehen. Er wird mich nicht ernst nehmen, wenn ich ihm sage, wie toxisch ich bin. Das wird niemand ernst nehmen. Weil das für Menschen, die sich nicht in meiner Lage befinden, verrückt klingt. Selbst Dr. Rivers würde es nicht begreifen. Folglich gibt es niemanden, mit dem ich meine Gedanken teilen kann. Und da stehe ich wieder. Allein, verloren und verlassen.

Ich schrecke zusammen, als plötzlich mein Handy klingelt. Auf meinem Bildschirm leuchtet Camerons Foto auf und mich erfüllt eine bleischwere Furcht. Davor, was mit Steve sein könnte. Ich will wissen, was die Ärzte gesagt haben und ob sie ihn retten konnten. Doch die Angst davor, dass sie es nicht konnten, siegt. Mom, Dad und Ryan waren von jetzt auf gleich nicht mehr da. In Steves Fall bleibt mir noch Zeit, diesen Moment, erneut verlassen zu werden, hinauszuzögern. Also entscheide ich mich für die Ungewissheit und nehme Camerons Anruf nicht entgegen. Auch nicht beim zweiten, dritten und vierten Mal.

Es folgt eine SMS, die ich mit zittrigen Fingern lese.

> **Donnerstag, 20:01** *Wo bist du? Hast du meine SMS bekommen? Warum gehst du nicht ans Telefon? Ist alles okay? Ich kann mir jetzt nicht auch noch um dich Sorgen machen, also komm bitte so schnell wie möglich nach. Wir sind im Comprehensive Stroke Center des NYU Langone Hospital in Brooklyn, 150 55th Street. Dad hatte eine Hirnblutung und wird gerade notoperiert.*
> *Ich brauche dich hier.*

Hirnblutung, Not-OP. Das ist nicht gut. Das ist gar nicht gut.

Ich sollte antworten, ihm mitteilen, dass ich in fünfzehn Minuten da bin, weil er mich braucht.

Stattdessen lege ich mein Handy einfach auf die Sofalehne.

Liz hatte recht. Ich bin egoistisch. So was von egoistisch. Dabei tue ich das alles auch für ihn. So ist es besser, für alle Beteiligten. Meine Anwesenheit wird Steve ohnehin nichts nützen. All das rede ich mir so lange ein, bis ich felsenfest davon überzeugt bin. Dann stehe ich auf, ziehe mich um, wasche Wäsche und putze das Haus. Als ich damit fertig bin, ist es kurz vor eins. Cameron kommt gerade zur Haustür herein, während ich die Treppe hinuntergehe. Als sich unsere Blicke treffen, verknoten sich meine Eingeweide. So niedergeschlagen und fertig habe ich ihn noch nie gesehen. Er scheint innerhalb weniger Stunden um zehn Jahre gealtert zu sein. Ich spüre seine Furcht, sein Leid mit jeder Faser meines Körpers. Beides will ich ihm nehmen oder wenigstens erträglicher machen, meine Arme um ihn schlingen und ihm geben, was er mir all die Jahre gegeben hat. Halt, Zuversicht, Kraft, Mut, Liebe.

Stattdessen bleibe ich auf Autopilot und lasse meine Gefühle unter einer Stahlfalltür verschwinden. »Hi«, sage ich knapp und will an ihm vorbei in den Wohnbereich, doch er packt mich am Arm und wirbelt mich zu sich herum.

»Hi? Ist das alles, was du zu sagen hast? Wieso bist du nicht ins Krankenhaus gekommen?«

»Ich … ich dachte, du willst vielleicht erst mal in Ruhe ankommen nach dem ganzen Stress.« Seine zweite Frage überhöre ich einfach.

»Amy?« Besorgnis, Verwirrung und Fassungslosigkeit gesellen sich zu der Furcht in seinem Blick. Ich kann sehen, dass er mein Verhalten nicht versteht. »Mein Dad hatte eine Hirnblutung, musste notoperiert werden und liegt jetzt im künstlichen Koma. Sie wissen nicht, ob er die Nacht überstehen wird, und du glaubst, ich bin hier, um zur Ruhe zu kommen?«

Steve wird sterben, er wird mich verlassen. Uns alle.

»Amy, verdammt!« Cameron rüttelt an meinen Armen, die ich ihm entziehe. »Hörst du mir überhaupt zu? Warst du anwesend, als mein Dad in der Küche zusammengebrochen ist? Er könnte sterben, Amy. Und ich müsste eigentlich im Krankenhaus bei meiner Mom sein. Sie weint sich die Augen aus und dreht durch vor Angst. Stattdessen bin ich hierhergefahren, weil du weder auf meine Anrufe noch auf meine SMS antwortest. Ich dachte, dir sei was zugestoßen, und bin auf dem Weg tausend Tode gestorben. Ich … Gott!« Er fährt sich durchs Haar, schüttelt um Beherrschung ringend den Kopf und holt tief Luft. »Okay, weißt du was? Wir vergessen das. Für solche Diskussionen fehlt mir jetzt echt der Nerv. Lass uns jetzt bitte einfach losfahren, okay? Ich will meine Mom nicht so lange allein lassen.«

Zu hören, wie schlecht Steves Zustand ist und wie sehr Liz darunter leidet, bricht mir das Herz. Aber sie im Krankenhaus zu sehen, würde es vermutlich in Stücke reißen. So stark bin ich einfach nicht. »Cameron, ich … ich denke nicht, dass ich eine große Hilfe wäre, wenn …«

»Wenn was?«, unterbricht er mich irritiert.

»Wenn … Ich kann nicht.«

Er zögert einen Moment. »Was kannst du nicht?«

»Mit ins Krankenhaus kommen. Ich … bleibe hier und warte auf dich. Diesmal gehe ich auch ans Handy«, verspreche ich in meiner Verzweiflung und sehe es in seinem Blick, seiner Körperhaltung, der Art, wie er einmal tief Luft holt. Ich bin gerade zur größten Enttäuschung seines Lebens geworden.

»Du willst hierbleiben, während ich im Krankenhaus um das Leben meines Dads bange?« Er starrt mir ungläubig ins Gesicht. »Ich mache gerade die schlimmste Nacht meines Lebens durch und du willst dir hier eine angenehme Zeit machen? Weißt du eigentlich, wie viel Zeit ich damit verbracht habe, für dich da zu sein? Ich habe immer alles stehen und liegen gelassen, wenn du mich brauchtest. Weil man das in einer Freundschaft nämlich so macht und erst recht in einer Beziehung. Aber wie mir scheint, vertreten wir da wohl unterschiedliche Ansichten.«

»Cameron, versteh doch bitte, ich …«

»Nein!«, fällt er mir barsch ins Wort. »Ich hatte mein ganzes Leben lang Verständnis für dich. Ich weiß, was du durchgemacht hast und dass diese Situation all das wieder hochkommen lässt. Aber das liegt in der Vergangenheit und ist nicht mehr zu ändern. Mir hingegen geht es hier und jetzt richtig schlecht, Amy. Mein Dad liegt im Sterben, hier und jetzt. Und meine Mom – die dich liebt und sich um dich gekümmert hat, als wärst du ihre Tochter – ist vollkommen am Boden, weil sie die Liebe ihres Lebens verlieren könnte.«

Ich schließe schmerzerfüllt die Augen, als ließe sich auf diese Weise verhindern, dass seine Worte mein Innerstes berühren.

»Ich habe dich noch nie um was gebeten. Nie. Außer heute. Zum ersten Mal in über zwanzig Jahren brauche ich ausnahmsweise mal dich an meiner Seite und du lässt mich eiskalt hängen, bekommst es nicht mal hin, einen gottverdammten Notruf zu tätigen, was meinen Dad das Leben kosten könnte.«

Ich zucke zusammen und reiße entsetzt die Augen auf.

»Ohne deine verfluchte Schockstarre wäre der Krankenwagen vielleicht eine Minute eher da gewesen«, verpasst er mir einen verbalen Faustschlag in die Magengrube.

Schützend schlinge ich die Arme um meinen Bauch. »W-was sagst du da?«

Er schluckt hart und sein Kiefer spannt sich an. Dann schließt er die Augen, wendet sich einen kurzen Moment ab, bevor er mir wieder ins Gesicht sieht. Ich habe die Hoffnung, dass er den Satz nicht wiederholt, damit ich so tun kann, als wäre er nicht gefallen. Damit ich mein egoistisches Verhalten weiterhin rechtfertigen kann. Doch seine Worte haben sich längst durch meinen stählernen Schutzwall mitten in mein Herz gebohrt.

»Ich muss wieder zurück. Meine Familie braucht mich jetzt«, versetzt er mir einen weiteren Stich, indem er mir das Gefühl gibt, nicht mehr dazuzugehören. »*Bekomm endlich deine verdammte Angst in den Griff,* Amy.« Damit fährt er herum und lässt mich mit all seinen Vorwürfen sprachlos zurück. Ich stehe da und starre die Tür an, durch die er gerade verschwunden ist.

Bekomm endlich deine verdammte Angst in den Griff.

Es ist dieser eine letzte Satz, der an mir rüttelt, bis Wort für Wort, Silbe für Silbe und Buchstabe für Buchstabe in mein Bewusstsein gedrungen sind. Die Tür erkenne ich bloß verschwommen, weil sich mein Autopilot ausgestellt hat. Und als mir klar wird, wie sehr ich Cameron verletzt habe, laufen heiße Tränen meine Wangen hinunter. Wird er mir verzeihen, dass ich in der schlimmsten Stunde nicht bei ihm war? Dass ich meine Angst über ihn und auch über Steve und Liz gestellt habe, die mich immer wie eine Tochter behandelt haben?

Alle für einen, einer für alle.

Jetzt ist es an mir, für die Menschen, die ich liebe, da zu sein. Trotz meiner Angst, die sich noch immer wie eine eisige Faust um meinen Magen schließt. Aber ich ignoriere sie, eile zum Sofa, wo mein Handy liegt, und rufe mir ein Uber. Dann hole ich eine Reisetasche aus meinem Schlafzimmer und stopfe Dinge hinein, von denen ich glaube, dass sie die Warterei – wenn überhaupt möglich – erträglich machen. Ein paar Kosmetikartikel, zwei kleine Kissen, eine Decke, einen Hoodie von Cameron sowie eine meiner Strickjacken für Liz. Für mehr reicht der Platz nicht aus.

Auf dem Weg ins Krankenhaus schreibe ich Cameron, dass ich gleich da bin. Doch er antwortet nicht, was viele Gründe haben kann. Aber am wahrscheinlichsten erscheint es mir, dass er mich nicht mehr dahaben will. Ich atme gegen die Unsicherheit und

Furcht, dass Steve es nicht schaffen könnte, an und versuche, mich nicht erneut davon verzehren zu lassen. Mit Erfolg – auch wenn sich meine Beine wie Zementblöcke anfühlen, als ich aus dem Wagen steige und das Krankenhaus betrete.

Bei der brünetten Empfangsdame frage ich mit heiserer Stimme nach Steve Jefferson.

»Es ist mitten in der Nacht, Miss. Kommen Sie doch bitte morgen zur Besuchszeit wieder.«

»Bitte. Es ist ein Notfall. Er musste nach einer Hirnblutung operiert werden und liegt jetzt im Koma.« Ich hole tief und zitternd Luft. »Sein Zustand ist kritisch und ich weiß nicht, ob ich morgen noch Gelegenheit haben werde, ihn zu besuchen.« Mich das sagen zu hören, hält mir wieder Camerons Vorwurf vor Augen. Ich könnte es mir nie verzeihen, wenn Steve nicht überlebt.

»Sind Sie denn direkt mit dem Patienten verwandt?«

Ich nicke. Etwas zu zögerlich.

Sie sieht mich erwartungsvoll an.

»Ich bin seine Tochter«, sage ich mit bebendem Kinn, ohne dass es sich wie eine Lüge anfühlt.

»Moment bitte, ich schaue im System nach.«

Nachdem sie mir mitgeteilt hat, dass Steve nach der OP auf die Stroke-Intensiv-Abteilung gebracht wurde, eile ich zu den Fahrstühlen. Mit wild klopfendem Herzen und Übelkeit fahre ich in die vierte Etage und steige aus. Der Gang, auf dem ich mich befinde, ist gespenstisch leer. Bis auf das Piepen irgendwelcher Apparate ist nichts zu hören. Ich folge einem Pfeil mit der Aufschrift *Wartebereich,* und als ich am Ende des Ganges Cameron und Liz zusammengekauert in einer der Sitzgruppen finde, gehe ich langsamer. Mir rutscht das Herz in die Hose und schlägt mir dennoch bis zum Hals, der sich von jetzt auf gleich staubtrocken anfühlt. Ich trete näher, zwinge mich dazu, nicht wieder kehrtzumachen. Liz sieht mich noch vor Cameron, der mich mit einem unergründlichen Blick mustert. Sein Blick fällt auf meine Tasche und er steht auf. Ich lächle schwach in der Annahme, er würde mir entgegenkommen und sie mir abnehmen. Stattdessen geht er, ohne mich eines weiteren Blickes zu würdigen, einfach wortlos an mir vorbei. Enttäuschung bricht über mich herein; deutlicher hätte er mir nicht zeigen können, dass ich unerwünscht bin. Trifft das auch auf Liz zu? Grund genug hätte sie und mich überkommen Scham und Reue, weil ich auch sie im Stich gelassen habe. Unsicher bleibe ich zwei Schritte vor ihr stehen. Schmerz und Verzweiflung schwimmen in ihren Augen – und eine Wärme, die offenbar mir gilt, obwohl ich sie kein bisschen verdiene. Liz setzt sich etwas auf, winkt mich zu sich, und als sie die Arme ausbreitet, kommen mir die Tränen. Ich lasse meine Tasche fallen und werfe mich schluchzend an ihre bebende Brust. Dabei wollte ich doch eigentlich für sie da sein.

»Shhh … Shhh. Er wird wieder gesund.« Ihrer Stimme ist anzuhören, wie sehr sie sich an diese Hoffnung klammert und dass sie viel geweint hat. Ich hätte da sein müssen, um sie zu trösten.

»Es tut mir so leid«, flüstere ich.

»Jetzt bist du ja hier. Jetzt sind wir wieder komplett«, sagt sie und bricht mir damit das Herz.

Wir halten uns weinend in den Armen und geben einander Halt. Als wir uns schluchzend wieder lösen, nicken wir einander zu, als hätten wir gerade beschlossen, uns zusammenzureißen. Wir wischen uns mit den Daumen gegenseitig die Tränen von den Wangen, bevor ich meine Tasche hole. Ich nehme die Wolldecke und eins der Kissen heraus. Wortlos lege ich es hinter Liz' Kopf und breite die Decke über uns aus.

»Danke, Liebes.«

»Ich habe auch noch eine Strickjacke mitgebracht.«

»Die Decke reicht mir erst mal.«

Sie kuschelt sich ein und ich rücke näher an sie heran, damit diesmal sie ihren Kopf an meine Schulter legen kann. Ich greife nach ihrer Hand und drücke sie.

»Es ist über ein halbes Jahr her«, flüstert Liz kaum hörbar.

»Was?«

»Dass ich Steve ›Ich liebe dich‹ gesagt habe.«

Mein Herz zieht sich zusammen.

»Ich wollte ihm an Thanksgiving sagen, wie sehr ich ihn nach zweiunddreißig Jahren Ehe immer noch liebe und … und wie dankbar ich bin, ihn zu haben. Und jetzt …« Ihre Stimme bebt. »Jetzt weiß ich nicht, ob ich überhaupt noch dazu kommen werde. Was mache ich nur, wenn …« Ein raues, tiefes Schluchzen unterbricht sie.

Diesmal bin ich es, die sie in eine Umarmung zieht. Mit aller Macht zwinge ich mich, ihren Schmerz auszuhalten, während Cameron auf einem Stuhl weiter weg Platz nimmt und zu mir blickt. Voller Misstrauen und Argwohn.

34

Cameron

Als Amy plötzlich vor uns stand, dachte ich einen Augenblick lang, ich würde halluzinieren. Bevor ich bei ihr war, bin ich die ganze Zeit diesen verfluchten Gang auf und ab gelaufen. Mit den Nerven am Ende und darauf wartend, dass sie endlich auftaucht. Dass sie mich einfach nur hält. Und jetzt, da sie tatsächlich da ist und ihre Angst zumindest für den Moment überwunden zu haben scheint, trifft mich ihre Anwesenheit vollkommen unvermittelt, wie ein Eimer Eiswasser. Überfordert mit der Situation, noch immer enttäuscht von ihrer Reaktion sowie aufgewühlt von unserem Streit, der offenbar Früchte getragen hat, gehe ich erst mal auf Abstand.

Ich weiß einfach nicht, was ich von ihrem plötzlichen Sinneswandel denken soll. Wie lange wird dieser anhalten? Wird sie sich wieder zurückziehen und mich hängen lassen, wenn ihr die Situation zu viel wird, wenn sich Dads Zustand verschlechtert und er vielleicht sogar …

Ich schüttele den Kopf und diesen Gedanken ab, damit er mich nicht auffrisst. Denn ich muss positiv denken und stark bleiben. Für Mom, die sich gerade in Amys Armen ausheult, als ich wieder bei ihnen bin. Eingewickelt in eine Decke, die Amy von zu Hause mitgebracht haben muss. Ich erkenne die Geste, aber traue ihr nicht ganz über den Weg. Aus purem Selbstschutz. Dabei täte ich nichts lieber, als meine Arme um die beiden Frauen zu schlingen, die mir die Welt bedeuten. Stattdessen beobachte ich die Situation aus sicherer Entfernung. Amy und ich reden kein Wort miteinander, schauen uns nur immer wieder tief und traurig in die Augen, während sie an Moms Seite bleibt. Und ich kann nur hoffen, dass sie es sich nicht doch wieder anders überlegt, weil es Mom das Herz brechen würde. So wie mir vorhin, als Amy mir sagte, dass sie nicht ins Krankenhaus kommen würde. Ich lecke meine Wunden, warte und hoffe. Darauf, dass die Schwellung in Dads Kopf über Nacht zurückgeht, damit ihn die Ärzte aus dem Koma holen können.

Inzwischen ist es drei Uhr nachts. Mom liegt zusammengerollt auf zwei Sofas, nachdem sie sich in den Schlaf geweint hat. Amy hebt vorsichtig ihren Kopf an, schiebt das Kissen darunter und deckt sie zu. Dann kommt der Moment, der die ganze Zeit unausweichlich war. Sie setzt sich auf den Stuhl neben mir und sieht mich aus rot unterlaufenen Augen reumütig von der Seite an. In den Händen einen meiner Pullis sowie ein Kissen.

»Hi«, krächzt sie und hält mir meinen Hoodie hin. »Den hab ich dir von zu Hause mitgebracht, falls … falls du dich umziehen willst. Und hier, für deinen Kopf oder Hintern, weil die Stühle so hart und unbequem sind.« Sie scheint sich wirklich Gedanken gemacht zu haben. »Ich hab auch noch Deo mitgebracht, allerdings ist es eins von mir.«

»Willst du mir sagen, dass ich stinke?«, frage ich scherzend, obwohl mir überhaupt nicht nach Lachen zumute ist. Ihr geht es offenbar genauso, da keiner von uns beiden lacht.

»Nein, natürlich nicht, ich … ich versuche, dir zu sagen, dass …« Ihre Augen schimmern feucht und ihre Stimme ist derart heiser, dass sie einem Flüstern gleicht. »… dass es mir leidtut, Cameron. So unglaublich leid, dass ich nicht sofort ins Krankenhaus gefahren bin, obwohl du mich gebraucht hättest. Ich … ich hatte nie vor, dich zu verletzen. Oder Liz.«

Ihr entschuldigender Blick liegt auf meinem Gesicht und ihre Hand auf meinem Bein. Darauf wartend, dass ich meine auf ihre lege. Aber ich widerstehe dem Drang, obwohl ich ihre Nähe und ihren Trost so verdammt dringend brauche. Nur wer sagt mir, dass sie mir beides nicht wieder entziehen wird?

»Okay«, sage ich daher bloß und würge den Kloß in meinem Hals samt der Entschuldigung, die auch mir auf der Zunge liegt, hinunter. Denn ich habe Amy in meiner Wut, Enttäuschung und Hilflosigkeit vorhin Dinge an den Kopf geworfen, mit denen ich sie tief verletzt habe. Jedoch bin ich noch nicht bereit, ihr zu verzeihen, und lehne ihr Angebot ab. »Den Pulli kannst du von mir aus selbst überziehen. Ich brauche weder den noch das Kissen.« Was ich brauche, ist, dass Dad überlebt.

»Mehr willst du dazu nicht sagen?«, fragt sie mit wackeliger Stimme.

Ich fahre mir durchs Haar, sehe sie an, ringe mit dem Verlangen, einfach zu vergessen, was war, und der Befürchtung, Amy könnte sich wieder hinter ihrer Angst verbarrikadieren. »Erst mal nicht«, lautet meine Antwort, die Amy mit den Tränen kämpfen lässt, für die ich verantwortlich bin. Und ich hasse es. Sie so zu erleben ist gerade mehr, als ich ertrage, weshalb ich ihre Hand von meinem Bein schiebe und aufstehe.

»Ich hole mir einen Kaffee. Willst du auch einen?«, frage ich – auch um sie nicht vollkommen im Regen stehen zu lassen.

»Ich mach's wieder gut, Cameron«, antwortet sie unerwartet. »Ich bin für dich da. Für dich, Liz und Steve. Ich werde nirgendwo hingehen.«

»Das wird sich zeigen, Amy.«

35

Amy

Vier Tage liegt Steves Operation nun zurück.

Vorgestern wurde er aus dem künstlichen Koma geholt, aber wach ist er trotzdem nicht, obwohl es angeblich keine Komplikationen gab. Die Ärzte wissen nicht, woran es liegt, dass er seine Augen nicht öffnet. Das kann vorkommen, sagen sie. Wir sollen weiterhin für ihn da sein und Geduld haben. Aber ich habe einfach nur Angst. Angst, die mich weder schlafen noch essen lässt. Angst, dass die Ärzte was übersehen haben oder dass Steve bleibende Schäden davontragen könnte. Dennoch zwinge ich mich jeden Tag, mit Cameron und Liz ins Krankenhaus zu gehen. Morgens, mittags und abends sitzen wir, manchmal auch im Wechsel, an seinem Bett und sprechen mit ihm. In der Hoffnung, dass die Vertrautheit unserer Stimmen dazu führt, dass er endlich wach wird. Da das auch auf Gerüche zutrifft, habe ich Liz dabei geholfen, Steves Lieblingsgericht zu kochen, das wir ihm gestern sowie heute auf einem Teller unter die Nase gehalten haben. Gebracht hat es leider nichts.

Immerhin lenkt mich die Sorge um Steve ein wenig von der Tatsache ab, dass Cameron sich einfach nicht dazu durchringen kann, mir zu verzeihen. Es ist, als hätte er eine Art Mauer um sich errichtet, durch die nur Liz dringen kann. Mich hingegen hält er körperlich und emotional auf Distanz. Und es verletzt mich. Besonders spätabends im Bett, wenn ich mich an ihn schmiegen will. Dann dreht er sich um, kehrt mir den Rücken zu und wünscht mir eine gute Nacht. Morgens, bevor wir ins Krankenhaus fahren, macht er mir zwar einen Kaffee mit, lässt mich den aber ohne seine Gesellschaft trinken. Er ignoriert mich nicht, schenkt mir aber auch keine große Beachtung. Wir reden miteinander, unterhalten uns jedoch nicht, was sich ja auf die bedrückenden Umstände schieben ließe, wenn ich nicht mitbekommen würde, dass er bei Liz viel gesprächiger ist. Natürlich hat sie gemerkt, dass zwischen mir und ihrem Sohn was nicht stimmt.

»Gib ihm Zeit«, hat sie mir geraten. Aber wie lange? Ich verlange ja nicht, dass zwischen uns alles von jetzt auf gleich so ist wie vor Steves Zusammenbruch. Aber ich sehe auch nicht, dass wir uns von Tag zu Tag wenigstens ein bisschen annähern. Ich will nicht nur durch körperliche Anwesenheit für ihn da sein, sondern ihn auch berühren, umarmen und küssen dürfen. Mir fehlt die Wärme zwischen uns und ich vermisse ihn, obwohl wir uns jeden Tag sehen. All das würde ich gerne sagen, traue mich aber nicht, ihn darauf anzusprechen. Weil ich befürchte, er könnte sich dann noch mehr zurückziehen. Ich kann ihn einfach nicht mehr einschätzen, denn so wie in den letzten Tagen war er noch nie zu mir. Und das macht mir Angst. Also warte ich in doppelter Hinsicht. Darauf, dass Steve endlich zu uns zurückkommt, und darauf, dass Cameron sich mir wieder öffnet.

Drei Tage später ist weder das Eine noch das Andere geschehen. Was Steve angeht, werden wir uns alle weiterhin in Geduld üben und auf die Fachkompetenz der Ärzte verlassen müssen. Aber die Situation zwischen Cameron und mir werde ich nicht länger tatenlos hinnehmen. Nachdem ich die ganze Nacht wach gelegen und mir überlegt habe, wie ich das Gespräch mit ihm beginne, was ich sage und wie, warte ich morgens darauf, dass er aufwacht. In der Regel ist das zwischen sechs und sieben Uhr der Fall, so auch heute. Ich habe mich vor ihn gelegt, damit ich das Erste bin, was er sieht. Als sich seine Lider öffnen, blinzelt er verwirrt, als wäre er diesen Anblick so früh morgens nicht mehr gewohnt. Wie auch, wenn er seit einer Woche entweder mit dem Rücken zu mir wach wird oder vor mir aufsteht.

»Oh, guten … Morgen, was …«

»Du hast mir gesagt, ich soll meine verdammte Angst in den Griff kriegen, und das tue ich jetzt«, beginne ich ohne Umschweife, damit mich mein Mut nicht verlässt. »Denn vor diesem Gespräch drücke ich mich schon seit Tagen.«

Seine Augen weiten sich und wirken von jetzt auf gleich viel wacher. »Was für ein Gespräch?«

»Darüber, wie das mit uns weitergehen soll, Cameron. Ich weiß, dass ich dich enttäuscht und dir mit meinem Verhalten sehr wehgetan habe. Und ich verstehe, dass du da nicht einfach so drüber hinwegsehen kannst. Aber wie soll ich meinen Fehler wiedergutmachen, wenn du mich überhaupt nicht an dich heranlässt? Wie sollen wir uns annähern, wenn du emotional kilometerweit weg bist? Wie sollen wir wieder miteinander warm werden, wenn …« Meine Stimme bebt und meine Nase beginnt zu kribbeln. »… wenn du eiskalt bist?« Abwartend sehe ich ihn an. Doch außer einem harten Schlucken zeigt er keinerlei Reaktion und gibt auch keinen Ton von sich.

»Willst du mir damit zeigen, dass du mich nicht mehr brauchst? Oder ist das eine Art Bestrafung? Denn du tust mir damit unfassbar weh und ich glaube, das habe ich nicht verdient.« Ich blicke in seine Augen, auf der Suche nach Anzeichen dafür, dass meine Worte etwas in ihm auslösen. Sei es ein kurzes Aufblitzen von Wärme, Reue, Erkenntnis oder von mir aus auch Unverständnis, aber da ist nichts. Sein Blick bleibt unergründlich und er stumm wie ein Fisch. Vermutlich straft er mich jetzt mit völliger Ignoranz und ich spüre, wie sich Wut zu meiner Verzweiflung gesellt.

»Danke für das Gespräch«, fahre ich ihn an, stehe auf und gehe ins Bad. Unter der Dusche lasse ich meinen Tränen freien Lauf – bis Camerons Arme von hinten meine Taille umfangen. Ich zucke im ersten Moment zusammen, da ich mit dem Rücken zur Tür stehe und ihn nicht habe kommen sehen. Mein Herz reagiert prompt auf seine Nähe, die er mir all die Tage verweigert hat, und ich erwidere seine Umklammerung. Wer weiß schon, wie lange sie anhält?

Cameron presst mich an seinen nackten Körper, während warmes Wasser von oben auf uns niederprasselt.

»Ich will dich nicht bestrafen«, spricht er an meiner Wange. »Ich will nur nicht wieder so von dir enttäuscht werden und schütze mich davor, indem ich auf Abstand gehe. Du hast mir in dieser Nacht das Herz gebrochen, Amy, und ich … ja, ich habe Angst, dass das noch mal geschieht. Du hast recht, ich habe versucht, dich nicht zu brauchen, weil dich zu brauchen mich so verdammt verwundbar gemacht hat.«

Ich löse seine Arme von meinem Bauch, drehe mich zu ihm um und nehme sein wunderschönes Gesicht zwischen meine Hände. »Dann gib mir die Chance, dir zu beweisen, dass ich dich nie wieder auf diese Art verletzen werde, und …« Ich lege meine Hand auf sein Herz. »… lass mich wieder hier rein.«

»Das bist du schon.« In seinem Ausdruck sehe ich wieder jene Zärtlichkeit und Wärme, die ich in den letzten Tagen so vermisst habe. »Und das wirst du immer sein.«

Ich umschließe seinen Nacken, ziehe sein Gesicht näher an meins. »Es tut mir so leid, Cameron. Immer noch.«

»Und mir tut es leid, dass ich dir die Schuld an …«

»Shhhh«, hauche ich an seinem halb geöffneten Mund. »Lass uns nicht mehr davon sprechen, okay?«

Er antwortet mit einem innigen Kuss, der nach Reue, Angst, Hoffnung und Zuversicht sowie unendlich viel Liebe schmeckt.

Tags darauf werden Cameron und ich um fünf Uhr morgens vom Klingeln seines Handys geweckt.

Steve!, schießt es mir wie ein Pfeil durch den Kopf.

Sofort schrecken wir beide hoch und Cameron macht das kleine Licht an. Er nimmt sein Telefon von der Kommode und starrt aufs Display. Mit einem sorgenvollen Blick, der mir genauso viel Angst macht wie sein Zögern, das Telefonat anzunehmen.

»Wer ist es?«

»Meine Mom.«

O Gott, lass nichts mit Steve sein.

Cameron hebt ab. »Mom? Ist was mit Dad?« Furcht vibriert in seiner Stimme.

Ich halte vor Anspannung den Atem an, schicke Stoßgebete in den Himmel, die, so erleichtert, wie Cameron seufzt, wohl erhört wurden. Er nimmt meine Hand, verschränkt unsere Finger miteinander und führt sie an seine Brust, in der sein Herz den Takt einer Kalaschnikow nachahmt.

»Er ist wieder wach und es geht ihm gut«, lässt er mich wissen – in den Augen ein feuchter Schimmer – und mir kommen wie auf Knopfdruck die Tränen. Ich halte sie nicht zurück, falle Cameron, der noch immer mit Liz telefoniert, um den Hals. Als er das Telefonat beendet, schlingt auch er seine Arme fest um meinen Körper und wir halten einander wortlos fest. Ich vergrabe mein Gesicht in seiner Halsbeuge und weine, am ganzen Körper zitternd. Vor Glück und unendlich großer Erleichterung.

Weil bei Steve noch einige Untersuchungen vorgenommen werden mussten, sind wir erst drei Stunden nach Liz' Anruf ins Krankenhaus gefahren. Die Tür zu seinem Zimmer ist angelehnt. Als Cameron sie aufschiebt, liegt Liz mit einem Lächeln auf den Lippen und verheulten Augen neben Steve im Bett. Er sieht mit erstaunlich wachen Augen zu uns herüber. Bis auf die Bandage um seinen Kopf und eine Kanüle in seinem Handrücken deutet nichts darauf hin, dass wir ihn um ein Haar verloren hätten. Bedauern huscht über sein noch blasses und unrasiertes Gesicht, als wollte er sich dafür entschuldigen, uns so einen Schrecken eingejagt zu haben.

»Dad …«

»Steve …«

Wir gehen beide auf ihn zu.

»Schatz, die Kinder sind da, wir müssen unser Schäferstündchen auf später verschieben«, scherzt Steve mit noch schwacher Stimme und bringt uns damit alle zum Lachen. Bei mir mischen sich neuerlich Tränen darunter, die in Steves Krankenhemd sickern, während ich ihn umarme.

»Ich bin so froh, dass du wieder wach bist«, schluchze ich und er streicht mir sanft über den Rücken.

»So schnell werdet ihr mich nicht los«, sagt er heiser und gibt erst Liz und dann mir einen Kuss aufs Haar. »Ich hab schließlich vor, meinen Enkelkindern irgendwann das Radfahren beizubringen.«

Cameron steht neben uns und ringt schwer atmend um Beherrschung. Ich habe ihn den Tränen noch nie so nah gesehen und bemerke, wie sehr er gerade dagegen ankämpft, seinen Emotionen freien Lauf zu lassen.

»Was stehst du denn da so rum, mein Junge? Komm schon! Group-Hug!«

Liz breitet einen Arm aus. »Komm her zu uns, Cammy.«

Zögerlich – vermutlich aus Angst, den Kampf gegen seine Emotionen zu verlieren – kommt er ans Bett, beugt sich vor und spannt seine Arme um uns alle. Ich suche seinen Blick, lecke mir lächelnd die Tränen von den Lippen und forme ein stummes »Ich liebe dich«.

EPILOG

Amy

Zehn Monate später

Cameron und ich sitzen gemeinsam in der frei stehenden Badewanne, was wirklich selten vorkommt, weil wir beide eher Duschtypen sind. Und ich frage mich jedes Mal wieso, weil es einfach nichts Schöneres gibt, als an ihm zu lehnen, seinen Herzschlag an meinem Rücken zu spüren und von ihm gehalten zu werden.

»Was hältst du von Olivia?«, murmelt er an meiner Schulter.

»Weiter.«

»Savannah?«

»Hmpf.«

Er küsst meinen Hals, streicht zärtlich über meinen Bauch. »Anna.«

»Dann werden wir sie auf dem Spielplatz niemals rufen können, ohne dass sich noch fünf andere Mädchen umdrehen.«

»Audrey.«

»Meiner Meinung nach kann es nur eine geben und das ist Hepburn.«

»Samantha.«

»Weiter.« Schmunzelnd lasse ich ihn noch ein paar mehr Mädchennamen aufzählen. Dabei habe ich heute Morgen von meiner Frauenärztin erfahren, dass es ein Junge ist. Sie hat sich bei der Ultraschalluntersuchung verplappert, denn eigentlich wollte Cameron bei der Verkündung dabei sein, konnte aber nicht, weil ihm ein wichtiger Termin dazwischengekommen war. Ich kann es kaum erwarten, ihm zu sagen, dass wir einen Jungen bekommen werden, obwohl er sich über ein Mädchen genauso freuen würde.

»Lilly«, fährt er fort.

»Hm …«

»Abigail?«

»Uh, sexy …«

»Nee, dann nicht. Der Name unserer Tochter soll schön, aber ganz sicher nicht sexy sein. Sie wird dank dir ohnehin schon ein absoluter Hingucker.«

»Das klingt wie ein Vorwurf«, sage ich schmunzelnd.

»Mir graut schon jetzt vor all den Jungs, die hinter ihr her sein werden. Und wenn ich noch mal drüber nachdenke, sollten wir sie Gertrude, Gretchen oder Ingrid nennen. Oder sogar Gretchen-Ingrid in Kombination.«

Lachend drehe ich mich zu ihm um und setze mich rittlings auf seinen Schoß, was etwas Badewasser aufspritzen lässt. »Gretchen finde ich sogar ganz süß.«

»Dann steht der Mädchenname also schon mal fest. Gretchen-Ingrid«, scherzt Cameron und schlingt seinen Arm um mich. »Jetzt brauchen wir noch einen für den Fall, dass es ein Junge wird. Und der Name darf ruhig sexy sein. Wie wäre es mit Cameron Jr.?« Er hebt eine Augenbraue und verzieht seinen Mund zu einem schiefen selbstverliebten Grinsen.

Ich umfasse sein Kinn, das nun voll mit Badeschaum ist. Jetzt scheint mir ein guter Zeitpunkt zu sein, das Geheimnis zu lüften. »Das meinst du nicht wirklich ernst, oder?«, will ich vorher jedoch noch wissen.

»Genauso wie Gretchen-Ingrid.«

»Dann ist ja gut, denn ich habe Neuigkeiten. Wir bekommen keine Gretchen-Ingrid, sondern einen Jungen.«

Ein breites Lächeln erhellt sein wunderschönes Gesicht und bringt seine dunklen Augen regelrecht zum Leuchten.

»Ich weiß, du wärst gern dabei gewesen, aber die Ärztin hat sich verplappert.«

»Ein Junge!« Er schüttelt ungläubig den Kopf. »Wow. Das macht die Sache noch realer. Wir werden also wirklich Eltern.«

»Wir werden wirklich Eltern«, wiederhole ich, die Arme um seinen Nacken gelegt, an dem ich mich ein kleines Stückchen höher auf seinen Schoß ziehe. Näher an sein Gesicht.

Über meins lässt er nun zärtlich seinen Blick gleiten. »Was hältst du davon, wenn wir …« Er schluckt schwer. »… unseren Sohn nach deinem Bruder und eurem Dad benennen?«

Meine Augen werden groß. Damit hab ich nicht gerechnet und bin zutiefst gerührt. »Du meinst Ryan Gregory?«

»Wie klingt das für dich?«

Mein Herz wird ganz schwer. »Wundervoll – und für dich?«

»Auch.«

»Wirklich? Du musst das nicht mir zuliebe machen. Wir leben ja schon meinetwegen im Haus meiner Eltern, statt in irgendeinem Luxus-Apartment in Manhattan.«

»Amy …« Er nimmt eine etwas aufrechtere Sitzposition ein und sagt, die Stirn gegen meine gelehnt: »Nach einem anstrengenden Tag in der Firma zu dir zu kommen, jeden Tag neben dir einzuschlafen und aufzuwachen, frühmorgens von dir das weltbeste Haferfrühstück zubereitet zu bekommen, hier mit dir in der Wanne zu sitzen und schon bald unsere eigene kleine Familie zu haben – das ist Luxus. Und ich hätte noch zig andere Beispiele nennen können, die alle damit zu tun haben, dass du die Frau an meiner Seite bist.«

Sein Gesicht erkenne ich bloß verschwommen. »Gott, Cameron …«, lachschluchze ich. »Du musst aufhören, solche Sachen zu sagen.«

»Dazu müsstest du aber aufhören, mich so verdammt glücklich zu machen.«

»Okay, erwischt. Denn das tue ich nur, weil ich in Wirklichkeit nicht genug von solchen Liebeserklärungen bekomme.«

»Das klingt nach einem verdammten Teufelskreis«, flüstert er an meinen Lippen.

»Aus dem wir wohl nie wieder herauskommen«, hauche ich zurück.

»Nie wieder.«

»Nie wieder«, verklingt in seinem Mund, der sich nun zärtlich auf meinen legt …

ENDE

DANKSAGUNG

Die Zahl der Menschen, bei denen ich mich bedanken möchte, steigt von Buch zu Buch. Das liegt ganz einfach daran, dass seit meiner ersten Veröffentlichung so viele liebe Menschen in mein Leben getreten sind und mich, jeder auf seine Art, bei dem, was ich liebe, nämlich dem Schreiben, unterstützt haben. Denn wenn ich eins festgestellt habe, dann, dass mehr als eine Person hinter einem Buch steckt. Ein Team, das im Hintergrund agiert, aber immer da ist und einen auffängt. Egal, was passiert und welche Zweifel einen plagen. Und bei genau diesem wundervollen Team möchte ich mich von ganzem Herzen bedanken.

Annie Stone: Deine Tipps sind Gold wert. Danke, dass du mir all diese Geheimnisse verrätst.

Christian T.: Wo nimmst du nur deine Geduld für mich her? Ich liebe dich!

M. H.: Ich freu mich auf unsere nächsten Projekte.

Kerstin P.: Niemand teilt und verbreitet meine Buchankündigen bei Facebook so häufig, wie du.

Kimmy R.: Ich liebe es unsere Schreibsessions

Sarah H.: Was wäre ich nur ohne meine Muse? Danke, dass du WIRKLICH IMMER für mich da bist!

Meine Testleserinnen:

Astrid, Beate, Juliane, Luna, Madeleine, Stefanie, Silvia, Tina J und Tina O.

Eure Adleraugen, eure Aufmerksamkeit, eure ehrliche Meinung ist Gold wert! 1000 Dank und jederzeit wieder! <3

Zu guter Letzt geht natürlich ein riesengroßes Dankeschön an meine lieben Leser. Ich behaupte jetzt einfach mal, die besten Leser der Welt zu haben. Und jeder, der die vielen Zuschriften, Mails, Nachrichten und Pakete mit wundervollen Geschenken kennen würde, wüsste, wovon ich da spreche.

Ihr seid der absolute Wahnsinn!

Eure Anya Omah

ÜBER DIE AUTORIN

Anya Omah, geboren im Juli 1984 in Dortmund, ist Medizinisch-technische Laborassistentin, Wirtschaftspsychologin und Autorin aus Leidenschaft.

Schon als Kind liebte sie es, Geschichten zu erfinden – oft auch zum Leidwesen ihrer Eltern. Je größer sie wurde, desto umfassender wurden die Geschichten, die in ihrem Kopf herumspukten. Irgendwann entdeckte sie die Fähigkeit Emotionen auf Papier zu bringen und hauchte ihren Figuren Leben ein.

Als im März 2014 ihr Debüt Roman VON DIR VERFÜHRT erschien und die Deutschen E-Book-Charts eroberte, beschloss sie, das Schreiben zu ihrem Beruf zu machen.

Es folgten weitere Romane, mit denen sie an den Erfolg ihres ersten Buches anknüpfte.

Um ihrer Kreativität freien Lauf zu lassen, benötigt sie drei Dinge: Gute Musik, schwarzen Tee mit Latte Macchiato und weiße Schokolade.

Mehr Informationen unter www.anyaomah.de